一九七九年春，彻底平反，重返文坛，倡导乡土文学。此为一九八一年春在光明胡同 45 号自家门前留影。赵中全 摄

刘绍棠

中国乡土文学作家。一九三六年二月二十九日生于北京通州大运河畔的儒林村。一九四八年参加革命。一九四九年开始发表作品。一九五三年加入中国共产党。一九五四年考入北京大学中文系学习。一九五六年加入中国作家协会，从事专业创作。至一九五七年被划右派时，已出版了《青枝绿叶》《山楂村的歌声》《运河的桨声》《夏天》《中秋节》《瓜棚记》《私访记》等七本书。

一九七九年右派冤案得以改正，重获创作权利。带病顽强拼搏了十八年，为后人留下了五百多万字的乡土作品。即十二部长篇小说：《春草》《狼烟》《地火》《豆棚瓜架雨如丝》《这个年月》《敬柳亭说书》《十步香草》《京门脸子》《野婚》《水边人的哀乐故事》《孤村》《村妇》。二十多部中篇小说：《蒲柳人家》《渔火》《瓜棚柳巷》《花街》《草莽》《荇水荷风》《蒲剑》《鱼菱风景》《小荷才露尖尖角》《绿杨堤》《烟村四五家》《柳伞》《年年柳色》《青藤巷插曲》《黄花闺女池塘》《碧桃》《二度梅》等。两部短篇小说集：《青枝绿叶》《蛾眉》。十一部散文短论集：《乡土与创作》《我与乡土文学》《一个农家子弟的创作道路》《我的创作生涯》《论文讲书》《乡土文学四十年》《蝈笼絮语》《如是我人》《红帽子随笔》《我是刘绍棠》《四类手记》。

《京门脸子》获得北京市优秀长篇小说奖。《敬柳亭说书》获得首届中国大众文学优秀长篇小说奖。《蒲柳人家》获得全国优秀中篇小说奖。《蛾眉》获得全国优秀短篇小说奖。中短篇小说多种被译成英、法、德、俄、日、西班牙、泰国、孟加拉、阿尔巴尼亚等国文字。

上世纪八十年代以来，不遗余力地倡导乡土文学，创作上坚持“中国气派，民族风格，地方特色，乡土题材”。他的全部作品，都是写大运河的乡土乡亲，形成了独具特色的大运河乡土文学体系。

刘绍棠文集

小荷才露尖尖角

刘绍棠／著

北京出版集团公司
北京十月文艺出版社

目录

鱼菱风景

1

且剪取村北两家的三分春色，以小见大，看鱼菱村这二年吉星高照，时来运转，桃红柳绿中喜眉笑眼的风景人情。

早年，北运河上的渔家船户，中途遇上顶头风雨，进退两难，便河边抛锚，老柳拴船，上岸找一道沙岗，搭起窝棚栖身；大家萍水相逢，雨过天晴之后又各奔东西。但是，也有人随遇而安，贪爱这一方白沙绿水，鱼大蟹肥，不愿再四处奔波，就在这道沙岗上落地生根，安身立命了；一家两户，三亲六故，日久天长便形成村落。一百年过去，小小鱼菱村，眼下也不过三五十户人家。

鱼菱村远看像一条卧鱼，近看像一只菱角，村北也就好比是鱼头和菱角尖子；书中两家，正坐落在鱼菱村的门面上。

东院那一家姓杨，西院那一家姓邵，早年两家只隔一道柳篱，来来往往跳篱笆，并不出门入户，好得像一家人。五七年两家失和，拔掉篱笆当柴烧，两院之间垒起墙；两家人出门见面，路上相遇，头碰头撞个青包，谁也不抬一下眼皮。已经冰冻三尺，六六年更结下深冤；院墙长高，高出院界上那棵祖辈传留的皴皮老枣树，墙头上还嵌满玻璃碴子和枣核钉子，像一面断崖峭壁。而且，两家人出门见面，姓杨的仰起脸，姓邵的低下头，路上相遇，姓邵的赶忙闪身路畔，垂手侍立，姓杨的昂首阔步，大摇大摆而过。但是，八〇年一个大喜日，这两家却又扒倒高墙，重归于好；而且，好过早年，不再栽起一道柳篱，东西两院合二而一了。

杨邵两家二十几年中的颠颠倒倒，至少可算是北运河两岸农村生活的一幅缩影。

两家合二而一，必得人财相当。量财是一杆秤，看人是一把尺；鼠目寸光的量财，就像臭棋篓子见子就吃，眼光远大的看人，就像棋坛国手眼观全局，棋走三步。

只见钱而不见人，杨家好像吃了大亏。

这两年，杨家老少六口人中有四口，就像直上青云的风筝，又像一帆风顺的行船，在鱼菱村富得拔了尖儿。他们看准了城里人吃菜紧张，中央书记处和市委都为首都的蔬菜供应问题着急，便打定主意在鲜鱼水菜上下功夫。他们跟大队管委会订下合同，包下几片池塘养鱼栽藕，自留地上种葱、姜、蒜和辣椒，家里大养猪、羊、鸡、鸭，京津路畔搭两间豆棚卖大碗茶，自由市场上鼓捣小生意；每日都有活钱进门，虽不是雪片飞来，却也是细水长流，一年到头就是个不小的数目。而且，大河涨水小河满，鱼菱村生产大队这两年的工值，也是直线上升；年关分红，杨家的几个劳力更分到一大笔现款，鼓囊囊地装满了腰包回家来。

京郊的农民常见大世面，开口吐字，京腔京韵，衣、食、住、行，紧追城里人，眼下，虽不能迎头赶上，可也不是望尘莫及。住房上，这两年，京郊农村只差没有高楼大厦，要看三合院和四合院，早已把北京城里的一般住户比了下去。

杨家在鱼菱村富得拔了尖儿，财大气粗，就想跟城里人比个高低上下；于是，大兴土木，先在“住”字上抢个上风。

这十间大房，高高坐落在鱼菱村北口，一下京津公路，站在运河桥头，远看真像一座拔地而起的青山。一色的扁砖到底，房上游龙起脊，铺盖鱼鳞红瓦，又都是一溜坐北朝南，全长九丈九，一丈五尺五的柁头，屋内柁高一丈，三尺顶棚，格局十分高大壮观。四面虽是泥坯土墙，却是麦芋熟泥挂面，手工又细，平整明光，就像四大块水晶玻璃，镶嵌这座青堂瓦舍的四框。杨家跑马占圈，南北院墙十丈长，整个院落占地三亩开外，等于多得两份六口人的自留地。老头子迷信，偷偷找了个七老八十、运河滩上硕果仅存的阴阳先生看风水；阴阳先生投其所好，赌定砌起一座飞檐走瓴的花门楼，杨家的后辈儿郎，必出文官武将。走进院去，又有一道半人高的矮墙，隔断内外两院，外院满是猪圈、羊栏、鸡窝、鸭舍、柴火垛，内院只留一条羊肠子小道，两旁是两座菜园，葡萄、黄瓜、豆角、茄子、萝卜、芹菜、西红柿，五光十色，琳琅满目。每座菜园都有一支自来水管子，几朵莲蓬头，浇园像下小雨；鱼菱村家家户户吃自来水，队里免费安装，只收工钱，杨家一口气安装了六处，大占便宜。一亩园十亩田，这两座小菜园的一年收入，足够翻盖旧房的花费。新房的费用，来自其他的生财之道。

十间大瓦房的格局也出奇：正中两间，左右两侧四间一套。正中两间高出左右两侧一头，住的是一家之主的老两口，古色古香，正像灶王爷和灶王奶奶的佛龛，凌驾于小字辈之上，才显出尊卑长幼之分。老两口子的这两间高堂，上窗是雕花窗棂，糊高粱纸，贴红喜字，下窗倒是整幅玻璃，却不挂花花草草的塑料窗帘，而是纸帘倒卷，古朴土气；屋里，方炕苇席，墙柜、春凳、八仙桌，一色的老式家具。但是，左右两侧的四间一套，可就是京城风味，现代化的模样儿了。这两套住房的前脸，十三层砖以上，双层开合的玻璃窗，上下都钉起草绿窗纱，流通新鲜空气，室内明光亮堂，还不进蚊子。后山墙一张双人床，不打土炕，头上白灰吊顶，不是粉莲纸糊棚，脚下是溜光的水泥地面，不是方砖墁地。左侧一套住的是主人的儿子，右侧一套住的是主人的女儿，儿子已经成了家，满堂的大立柜、梳妆台、酒柜、沙发、折叠桌椅；虽然是自制土产，可全是北京家具公司的最新样式，乡下人手巧，尺寸上不差分毫。女儿还待字闺中，正在一件一件地筹办嫁妆，所以右侧一套虽不是满堂光彩，却也并非四壁皆空。

相形之下，跟杨家一墙之隔的西院邵家，可就黯然失色了。

这两年，邵家也眼看着步步登高，只不过没有杨家的招数多，也就比不上杨家的财源茂盛。宅院仍然是三间土房，水柳篱墙，但是房上铺起了红瓦，像一个身穿破旧衣裳的人，却头戴一顶华贵的峨冠高帽，土房的前脸满换上了玻璃窗，也算面目一新。邵家手头上本来存有四五百块钱的现款，把三间旧房翻盖一下，也拉不了多少亏空；可是他们却偏偏买了一台十二吋的电视机，真叫异想天开，却是出奇制胜。不过，邵家的这个院落，又是一座花果园：水蜜桃、香白杏、雪花梨、火柿子、红海棠、饽饽枣儿、黄元帅苹果、玫瑰香葡萄，都有几棵。每到阳春三月，绿叶成荫，花香四溢，邵家只有风光景色高出杨家一头。

风光不能卖，景色也换不了钱，两家合二而一，岂不是抽肥补瘦，亏损了杨家，便宜了邵家？但是，且慢！杨家的灶王爷花轱辘老头，金箍棒过他的手，都得捋下一层皮，不是本小利大，冷手抓个热馒头，他才不会如此大方。

2

杨家轱辘老头，自幼给地主家当猪倌，没进过学堂，所以只有小名，没有大号。他的小名就叫轱辘，又生得鬼头蛤蟆眼儿，比个头一般高、年龄一般大的小伙伴们花活多，眨巴眼儿就是一个主意，小伙伴们都管他叫花轱辘。运河滩有句俗谚：人不得外号不发家。小伙伴送他这个外号，他不但一点不恼，而且十分得意。这个外号一直叫到他三十岁，才有所变化；那一年正是土改以后，民主政府颁发土地证，小名儿落到土地证上，工作队队长吴钧觉得有失庄严，咬文嚼字了半天，轱辘来轱辘去，忽然灵机一动，把轱辘改成国禄，谐音而另有新意，就像北京城里，把狗尾巴胡同改成高义伯胡同。不过，杨国禄这个大号，后来也很少使用，只在户口本、选民证和工分手册上，端端正正写上这三个字；鱼菱村的大人小孩，面前背后还是管他叫花轱辘，只不过小字辈在花轱辘之后，加上大叔、大伯、爷爷之类的称呼，也不能算是不够尊敬。

这些年，风风雨雨，鱼菱村也气候多变，花轱辘老头不但没有伤筋动骨，脱皮掉肉，而且逢凶化吉，脚步老是走在鼓点上；这全靠他见风使舵，随机应变，一看此路不通，赶快拨马回头转弯子。

有一首民歌，从黑龙江唱到北京，有线广播的大喇叭，一天放三遍；花轱辘老头沾耳朵一听，就学会了两句，唱得很有韵味：

大轱辘车呀，
转呀，转呀！
转呀转……

以下的歌词，他就不再感兴趣；有这两句，足够用了。

以转应变，是花轱辘老头六十年饱经风霜，从酸、甜、苦、辣、咸中得出的一条调合五味的人生哲学。

他给地主家扛长工，从来没有真正卖过力气；耕、耩、锄、耪、收割、打场，就像霜打的黄瓜秧，吊儿郎当，伸不开懒腰。可是，不打馋，不打懒，单打不长眼；他这个人眼观六路，远远瞄见地主的影子，马上手勤眼快，争风抢上，挥汗如雨，一马当先，欢喜得那个地主口口声声夸他是忠臣。

三伏天钻青纱帐耪地，就像笼屉里焖饭，进垄就是一身汗，他却不受这个罪；一垄两头，各耪三丈，精工细作，草刺儿不剩，就像入洞房的新郎官，光头净脸。但是，深入垄间，他可就骑着锄杠跑，雪亮的大锄草上飞，只把青草吓一跳。地主打着旱伞下地查垄，一见他的地头地脑有如大姑娘雕花绣朵，便赞不绝口。他摸透了地主的脾气：身穿纺绸裤褂，脚下皂鞋白袜，才舍不得入垄蒸一趟；所以他虽然弄虚作假，却面不更色。

土改的时候，运河两岸隔河为界，西岸是国民党的地盘，东岸是共产党的天下，沿河村庄，两家拉锯。出头的椽子先烂，花轱辘藏头裹脑不站到风口上，可是天天半夜三更找工作队队长吴钧说体己话；他在地主家从小到大二十年，地主家的五脏六腑都瞒不了他的眼睛，节骨眼儿上给吴钧点明透亮，吴钧也同意他躲在幕后，于是顺藤摸瓜，把地主家隐藏在耳朵眼里的浮财，都挖得一干二净。他唱完了红脸又唱白脸儿，装神弄鬼又到地主家通风报信，把工作队的一些芝麻绿豆大的机密，掺糠拌水，真真假假，透露给地主家一星半点，少吃了几回眼前亏。土地分到了手，他偷偷去见老东家，扮出一副不忘旧主的憨厚模样儿，面带愧色地说："这几亩地虽然分给了我，我可只当是您的佃户；完秋之后，我必有一份人心。"那个老地主十分满意，笑眯着肉泡子眼，说："咱们老东旧伙，不姓一个姓，可像一家人；等那几亩地打下粮食，二五平分吧！"还乡团从河西岸反扑过来，没有一家贫雇农不遭殃，只有他的门上贴着老地主的护身符，一根鸡毛也没有损失。等到完秋，国民党已经大势去矣，还乡团灰飞烟灭，他一粒粮食也没有交给老东家。

手上有几亩地，就有人给他保媒：一个是贫雇农家的黄花闺女，人过门地不过门；一个是河边渡口开鸡毛小店的年轻寡妇，不但随身带着八亩好地，扒倒小店还有几间的砖瓦木料，可就是名声不大好听。他过了秤又过尺，加减乘除，还是招财进宝，娶了那个作风不正的小寡妇。小寡妇进门以后，他施展水磨功夫，有文有武，有软有硬，斩断了小寡妇跟那些旧日情人的藕断丝连，改邪归正。这一来，他人财两得，如鱼得水，小日子过得火盆似的，在鱼菱村的穷哥们中也算出人头地。

当年那个土改工作队队长吴钧，解放以后进了京，当上市委农村工作部的政策研究室主任，下到鱼菱村试点办社，跟花轱辘磨破了嘴皮子，劝他出马带头；花轱辘一会儿嘻嘻哈哈，一会儿哼哼唧唧，虚晃一招，就跟吴钩转影壁。强扭的瓜不甜，吴钩也不想赶着鸭子下河；他仍旧一心直奔三十亩地一头牛，妻儿团圆热炕头。谁想，吴钩被打成小脚女人，他见势不妙，赶快入社。又过了两年，吴钩忽然被划了右，他跟西院的邵正大搭伴，左手提着一只肥母鸡，右胳臂挎一柳篮子鸡蛋，到北京看望吴钩。他们一进门，就被整风反右办公室扣留，要把他们带到会场上，面对面把吴钩数落一顿。邵正大是个牛脖子脾气，大吼一声撞开门就走；他吓得腿软，乖乖上阵，跟吴钩撕破了面皮。

回到运河滩，邵正大早在鱼菱村口等候多时，两人一言不合动了手，邵正大把他打得鼻青脸肿，三天下不来炕。几辈子的邻居，一个长工棚子里滚大的弟兄，翻脸成仇了。

吴钩被发配到运河滩的一个农场劳改，又是八九年过去，天下大乱，从北京下来一伙造反小将，大造农场的反。吴钩被关在牛棚里打得死去活来，邵正大带着儿子邵火把，夜入牛棚，抢救九死一生的吴钩，躲进青纱帐。造反小将追到鱼菱村搜捕，花轱辘的儿子杨吉利，正想大出风头，就加入北京战友的行列，把邵家砸了个稀巴烂。几天之后，造反小将得胜回京，邵家父子也从青纱帐回村，杨吉利已经拉起一哨人马，就给邵家父子挂上黑牌，戴上尖帽子，敲锣打鼓游街，给他爹出了气。

杨家走十年红运，邵家走十年背字儿。本村有个俊俏姑娘叫于芝秀，偷偷跟邵火把相好已经五六年，只因邵家是个黑牌户，爹娘犯嘀咕，两人订而不定。杨吉利也看中了于芝秀生得俊俏，就托人到于家说媒。于芝秀的爹娘只看杨家眼前兴旺，就答应了这门亲事。胳臂拗不过大腿，于芝秀只得嫁到杨家去；木已成舟，邵火把也只得打掉了牙咽到肚子里。于是，两家的怨恨，父传子了。

天有阴晴，月有圆缺，被打下去二十多年的吴钩，伴着天晴月圆，当上农民报社的社长，又是个大人物了。

花轱辘老头儿慌了神儿，邵家父子跟吴钩是生死换命之交，必定倚仗吴钩的势力，跟他清算陈年老账，如何是好？他关门闭户，憋在屋里转磨，砖墁的地面，被他转出了迤逦歪斜的脚印，这一天，左思右想，忽然心头一亮，一拍大腿，情不自禁喊出来："宰相肚子里能撑船，我到吴钩门前请罪去！"他背起梢马子，鼓鼓囊囊装满了黄瓜、茄子、扁豆、青椒，又左手提一只肥母鸡，右胳臂挎一柳篮子鸡蛋，到北京找吴钩去也。

花轱辘老头是个沁头汉子，五尺五的大高个儿，却又水蛇腰。走路不抬头，眼盯着脚尖，轻提脚根，飘动脚步，好像生怕一脚下去，踩死一只蚂蚁，又好像沿路寻找遗落的散碎银子，说起来，都不是；他这个人喜欢一边走路一边盘算，又不愿被人看破形迹，才耷拉着脑袋，蹑手蹑脚而行。

走上京津公路，迎面一辆草绿色的北京吉普车疾驰而来；他心事重重，耳朵失灵，吉普车在他面前紧急刹住，吓得他慌张急忙躲闪，一屁股坐在了地上。

车上跳下一个老干部，无巧不成书，正是吴钩突如其来。

吴钩已经六十多岁，瘦骨嶙峋，花白了头，夕照青山了，但是目光炯炯有神，一双眼睛还像二十多年前那么清澈明亮。

"吴……吴大哥，我……我对不起你！"花轱辘老头咧着嘴哇哇大哭，一边哭一边打自己的嘴巴，"五七年，我可不是……存心害你。"

“老轱辘，把这些陈谷子烂芝麻沤肥去吧！”吴钩哈哈大笑，“我带着酒肉，就是来找你跟正大一块喝两盅儿。”

“你……得替我……向他求情哩！”花轱辘老头眼泪婆娑地说，“只怕他……跟我话不投机半句多。”

“酒逢知己千杯少，我这两瓶红粱大曲不够喝的！”吴钩把花轱辘老头拖上车来，打手势叫司机开车，“我们这张农民报，七月一日复刊，宣传党中央关于农村工作的新政策。我要在鱼菱村召开一个座谈会，你跟正大得给我捧场。”

“我……我怎么给你捧场呢？”花轱辘老头瞧了瞧自己那两只长满老茧的大手，“又不会……绘画……绣花……作文章。”

吴钩把他这一双粗糙而又灵巧的大手紧紧握住，深情正色地说：“我只要你跟正大不再心有余悸，在鱼菱村带头富起来。”

“有你给我壮胆……”花轱辘老头挤咕着眼睛，胡髭下狡黠地一笑，“我就敢转……转呀转……转弯子！”

“老轱辘，老轱辘！”吴钩连叫了两声，眼眶潮湿了，“是党的十一届三中全会，给我们大家造福呀！”

车进鱼菱村，司机问吴钩道：“社长，到谁家门口停车？”

“当然是我家！”花轱辘老头抢先答话，遥指自家门口。

吉普车停在杨家门外，吴钩下车，拍了拍花轱辘老头的肩膀，笑道：“叫你家锦囊娘子煎、炒、烹、炸，预备酒饭，我去恭请正大，出席盛宴。”

花轱辘老头脚下驾云进家门，站在两家分界的那棵皴皮老枣树下，耳朵贴住高墙，提心吊胆，等候佳音。

“老吴，我不认得姓杨的！”突然，隔墙一声大吼。

“正大，不要小肚鸡肠……”吴钩轻声低语。

“你没心没肺！”邵正大吼声如雷。

花轱辘老头就像雷殛了顶，蔫溜溜软瘫墙下，两眼直勾勾发呆，嘴唇嗫嗫嚅嚅：“老正大这个家伙，犯起牛脖子来，十八匹马……也拉不回头，吴钩到了儿还得……站到他那边。”

“你这个老花轱辘呀，怎么刚遇上个甩洼就转不动了？”他的老伴，从灶上一阵风走出来。

这位当年开鸡毛小店的年轻寡妇，原名锦囊娘子；岁月不饶人，似水流年三十载，她已经红颜褪尽霜染头，变成了一个干巴精瘦的小老太婆，村里人也就叫她锦囊大婶了。

锦囊大婶走到花轱辘老头身边，咬住老伴的耳朵，嘁嘁喳喳，眉眼乱动。

“着，着，着！”花轱辘老头鸡啄米似的点头，满脸云开雾散，“妙计，妙计！”

3

三十五岁以上的人都记得，当年运河滩渡口，青青河畔草，葱茏杨柳岸，有一家鸡毛小店；也更难忘，小店瓜棚豆架下，那位身穿水红的小衫，葱心绿的肥裤，鬓角簪着一朵粉莲花，当垆卖酒的锦囊娘子。

鸡毛小店坐北朝南，泥棚茅舍三合院，每座棚舍对面两条大通炕；过往贩夫走卒，天黑路远，风雨路断，便都前来鸡毛小店投宿。花几个小钱，占大炕二尺宽窄一席地，一灯如豆掷骰子，头枕炕沿酣然入梦。小店里也有伙食，清一色的饭菜：三九天是窝头白菜汤，白菜汤里洒满辣椒油，吃得红扑涨脸，满头大汗；三伏天水捞轧饸饹，生拌腌黄瓜，吃下去饱肚子又败火。腰里硬的，买一碗兑水的烧酒，啃两条野鸭子大腿。这些都是锦囊娘子的手艺。

这家鸡毛小店的老板，是运河滩上的一个青皮泥腿，外号翻天印。此人脚走明暗两条路，阴阳正反两张脸：他跟人贩子合伙做生意，却又是妙峰山进香的香头；他给土匪做眼线，却又当赎票的掮客；他出入日伪军和还乡团的炮楼，称兄道弟拜把子，却又给八路军刺探情报，套购军用品。他一直不要家室，人贩子在鸡毛小店的后院存货，他看中了哪一个女人就扣留下来，过上三五个月不顺心，再交还人贩子转卖。翻天印三十八岁那年，有个十五岁的少女名叫锦儿，被人贩子拐骗，存放在鸡毛小店，又被他霸占：一连三年遇不见更中意的女子，就把锦儿收了房。这个锦儿，就是后来的锦囊娘子。

鸡毛小店是一座染坊，汉白玉也能沤得黑，锦儿跟翻天印搅混了十个年头，学会了翻天印的几套花招儿，自个儿还有满腹的鬼点子；连翻天印都高挑大拇指，夸她七窍八孔满是锦囊妙计。于是，众人随缘凑趣儿，锦儿就落了个锦囊娘子的封号。

锦囊娘子一想自己这朵鲜花插在了狗屎上，就恨不得一刀一刀活剐了翻天印。可是她自打十五岁被翻天印揉圆了又搓扁，折磨得怕入骨髓；而且深知翻天印一肚子狼心狗肺，凶狠毒辣，只得低眉顺眼，不敢轻举妄动。土改运动要过三查关，翻天印作恶多端，害过几条人命，吓得急火攻心中了风，一摊烂泥瘫痪在炕上，爬也爬不动，坐也坐不起，有嘴不会说话，连张口吃饭都得一勺一勺喂下去，这下子可落在了锦囊娘子手里。十年的怨恨要出气，打他是个活尸，不知疼痛，骂他自个儿伤神，反倒不上算，饿他一死，一时痛快，却又便宜了他，都不是高明手段；软刀子割肉最难受，锦囊娘子就在翻天印的眼前招野男人，细水长流整一年，翻天印才气死。

气死了翻天印这个恶棍，锦囊娘子孤身一人，年轻寡妇开店，招蜂引蝶，也不是长久之计，于是她赶快找主儿改嫁。

嫁给花轱辘，棋逢对手，将遇良才，锦囊娘子感到称心如意；可是，过去的那几个情人仍旧死皮赖脸，纠缠不休，婚后几个月不得安宁。

花轱辘沉得住气，自有安排；他一面对锦囊娘子百般温存，一面打听这些旧日情人的真名实姓，心中有底，这才动手。他打发人兵分几路，到那几个旧日情人家去，假作替锦囊娘子捎信；只说花轱辘外出，约那个人夜晚前来鱼菱村幽会。花轱辘在家里，找来力大如牛的邵正大当帮手，暗中埋伏已定，只等关门打狗。

月黑天，三更时分，这些家伙一个个先后到来，进门一个，花轱辘和邵正大就一拥而上，放倒在地，捆猪一般绑住手脚，嘴里填进烂棉花团子，扔到鸽子笼小棚屋的土炕上；一个又一个，小炕上堆起了人垛，便关紧了屋门，堵严了窗户，在外间屋的灶膛里点起老树杈子，干锅爆螃蟹。

正是暑伏天气，关门闭户的鸽子笼小棚，闷热得像扣屉的蒸笼；硬柴又把土炕烧得滚烫，不到一顿饭的工夫，这几个家伙便满身燎泡，皮开肉烂。花轱辘不慌不忙，支起窗户打开门，兜头泼下几大筲水，一个一个松绑放生；这几个家伙不死只剩一口气，各自四脚落地爬回家去，全都根除了邪念。

一年之后，锦囊娘子生下一个粉团似的大胖小子，也就不再三心二意了。

锦囊娘子喜欢劳心，不爱劳力，嫁到杨家，又入社多年，从不下地。她是河边渡口的鸡毛小店出身，眼皮子杂，嘴皮子巧，心路宽，门路广，不愿吃闲饭，就做小买卖。运河两岸四乡八镇的集市，她是穆桂英大破天门阵，阵阵出马，每趟都沾手三分肥；一年到头，锦囊娘子抓回家来的活钱，顶得上三个花轱辘死挣工分。

天下大乱那十年，京郊的集市被横扫一空。锦囊娘子已经很不年轻，早被村里人尊称锦囊大婶，可是手长脚快，不减当年；她跨出北京地界，跑河北省境内的自由市场。鱼菱村的工值，年年落价，一个强劳力，还不如一只老母鸡；杨家老少几口，没有锦囊大婶东奔西忙，吃穿得愁断肠。

要想走出围、追、堵、截的鱼菱村口，头上得撑起一柄大红伞。锦囊大婶虽然是自由市场的老客，却不忘驱赶老伴和儿子跑在学大寨的前列；花轱辘老头当上活学活用的标兵，他们的儿子杨吉利更当上政治队长，锦囊大婶跑自由市场也就四面八方，畅通无阻了。

支农代表和学大寨工作队，都把杨家当成堡垒户，进村先派他家的饭，这可烦死了锦囊大婶。她一怕露馅，二怕麻烦，眉头一皱，计上心来：河滩上挖野菜，园子里捡烂菜帮子，大锅一熬，吃忆苦饭，支农代表和学大寨工作队一上饭桌上，不禁心里发呕，却又不得不装出庄严沉痛的神色，硬着脑皮，捏着鼻子喝几碗。等他们一走，锦囊大婶插上门闩，顶上门杠，切面、烙饼、包饺子；忆完了昨日的苦，全家另享今日的甜。从此，支农代表和学大寨工作队不敢再到杨家派饭，还得夸杨家阶级觉悟高。

锦囊大婶虽然已经是个干巴精瘦的小老太婆，但是仍然残存着昔日的风韵神采，穿着打扮也不肯土气；女儿天香穿旧的衣衫，她都照搬在身上。这些衣衫买自北京王府井百货大楼，又是上海服装店出品，描得出少女婀娜的身姿；风吹日晒褪了色，花儿草儿的还有几分鲜艳。有钱难买老来瘦，锦囊大婶五十几岁不发胖，穿起时装正合身；若再蒙上女儿天香那藕荷色的头纱，冷眼一看后影，还只当是谁家的新媳妇。锦囊大婶也真是人老心不老，花轱辘老头喜欢穿农民的老式裤褂，被她指鼻子剜眼一顿数落，只得四季都穿儿子杨吉利的剩货，外貌颇像城里工厂的老师傅。

心快眼尖钻空子，是锦囊大婶的独到之处，花轱辘老头也不能不佩服她棋高一着。

这时，高墙那边的西院，邵正大跟吴钩大喊大叫，吴钩劝不转这头十八匹马也拉不回头的犟牛；花轱辘老头乱了方寸，锦囊大婶却十分镇静，想出了妙计安天下。

“兵贵神速！”锦囊大婶把花轱辘老头从地上搀架起来，拍了拍他身上的泥土，“快把吉利找回来，叫他给老正大服个软儿，老正大这个人脸热，不会跟晚生下辈一般见识；两家讲和，咱们也不失身份，没丢面子。”

花轱辘老头遵旨，跑出门去。

“小师傅，有劳你的大驾。”花轱辘老头满脸堆笑，向吉普车的司机点头哈腰，“我要把我的儿子接回来，跟你们的吴社长，他的吴大伯吃顿团圆酒饭，求你开车跑一趟。”

“大伯，上车吧！”年轻的司机爽快地答应。

花轱辘老头坐着汽车接儿子，从北到南穿过鱼菱村的一条街，神气十足。

4

杨吉利已被削职为民，不再当政治队长；从高人一等，落到等外劳力，低人一头了。

过去，嘴皮子开花，舌头尖子取贵；溜溜达达，十分到家，游游逛逛，工分上账。丢了乌纱帽，就得下地卖力气，他可舍不得劳其筋骨，汗珠子摔八瓣儿：便自己落价，跟花甲古稀之年的老人一起遛马，每日只挣六分。拉了秧的黄瓜卸了任的官，杨吉利仕途失意，整天愁眉苦脸，愤愤不平，一脑门子丧气。

花轱辘老头和锦囊大婶，自打杨吉利落生之日，就顶在头上，捧在手里，甘当儿子的牛马，把杨吉利娇惯得咬群抓尖儿，自命不凡，好出风头。他念中学，造反起家，回村以后，又以鹦鹉学舌，左嗓子唱小靳庄的高调儿，写诗成名；不费吹灰之力，扶摇直上，荣任政治队长，更不知天有多高，地有多厚，梦想平步青云，一步登天，当上“全民所有”，不吃毛粮，铁杆庄稼，旱涝保收，货真价实的长字号人物。明明是碟子里孵出的豆芽儿，却自以为是一棵栋梁之材的大树。

杨吉利眉眼透着鬼头，其实不到家；前扑后咬得罪人找他，大学选拔学员，工厂招收壮工，全都没有他的份儿，还美其名曰工作需要，对他重用。连花轱辘老头和锦囊大婶都看出了其中有鬼，他却鬼迷心窍，还呵斥他的爹娘私字当头，没有公心。

儿子走了背字儿，花轱辘老头和锦囊大婶只觉得满腹委屈，怨天尤人；生怕儿子一口气窝在心里，得了臌症，有个三长两短。轿车的骡子单喂，吃穿都把杨吉利供在上席，老少三辈拔头份儿。但是，杨家毕竟已经今非昔比，灶王爷和灶王奶奶虽是一家之主，却也不是金口玉言；两片刀子嘴的女儿天香，一身占全骄娇二气的儿媳妇于芝秀，都不给杨吉利好脸色，杨吉利吃口东西，也是打脊梁骨下去。

花轱辘老头乘坐吉普车，指手画脚，穿村而过；就像官轿行街，惊动了家家户户，男男女女都跑出门来观看，沿街一条人巷。

“看见我家吉利了吗？”花轱辘老头从车窗里探出身子，逢人便问。

“这是谁的汽车呀？”人们反问他。

“是公安局的逮捕车吧？”有人跟他开玩笑。

“这是他吴大伯的专车！”花轱辘老头眉飞色舞，“他吴大伯要找他谈话。”

“你家吉利哪儿来的吴大伯呀？”有人迷惑不解，也有人明知故问。

“就是当年土改工作队的吴队长呀！”花轱辘老头大声吆喝，“卧龙出山，老将出马啦！”

吉普车带着一缕尘烟驶出村外，花轱辘老头心里明镜似的知道，儿子喜欢在河湾子的柳林中拴马，便又指引吉普车向河湾子驶去。

从鱼菱村西口向南，运河甩了一个大弯；河湾和长堤之间，是一片茂密的柳棵子地，洒满野花，水边绿苇丛中鸣禽啼啭，罕有人迹，是鱼菱村外一个十分背静的角落。杨吉利遛马，跟花甲古稀的老年人话不投机半句多，便孤家寡人，独往独来；把两匹挂了驹儿的骒马拴在河湾子的大柳树上，自己钻入柳棵子地里，白沙地上铺开一张大花塑料布床单，不是睡大觉，就是看小人书，还常常在柳荫深处摆下赌场，招来几位酒肉朋友打扑克赌钱。杨吉利别无一技之长，只有在赌钱上玲珑剔透，手眼精明，十局九胜；所以他花钱大手大脚，一支接一支地吸过滤嘴香烟。

吉普车在河堤上停下来，花轱辘老头跳下车去，走下河坡，只见柳棵子地上空，香烟缭绕，柳丛里吵蛤蟆坑似的吆五喝六；一架录音机播放着令人骨酥肉麻的港台歌星的流行歌曲。

杨吉利跟他的朋友们正在狂赌。

“吉利！”花轱辘老头叫道。

没人理睬，只有港台歌星在嬉皮笑脸地打情骂俏：

好花不常开呀，
好景不常在……

“警察抓局来啦！”花轱辘老头大喝一声。

柳棵子地里一阵大乱，鸡飞狗走，抛下了港台歌星，几声抽泣，几声凄厉：“……今宵离别后，何日君再来？……”

花轱辘老头捧腹大笑。

"爹，谁打发您前来诈尸？"从柳棵子地中冲出一个花花公子，横眉立目地向花轱辘老头大发脾气。

此人便是杨吉利。

杨吉利三十一岁，生得细皮嫩肉，唇红齿白，不带一点农村的土气；他留的是大鬓角，嘴唇上一抹小胡髭，鼻梁上架一副贴着商标的蛤蟆镜，上身穿一件套头紧身尼龙衫，下身穿一条米黄色的喇叭裤，十足的港式派头儿。

也许有人不相信，这副打扮，城里也并不多见，京郊农村怎么会出产这类角色?

京郊农村的每个大队，差不多都有放映机，放映员到公社电影站租片子，每场只花一至五元；不到三夏三秋大忙时节，乡下人晚上收工，闲着没事，大队就放映电影，至少隔一天演一场。而且，大队部还有一台二十吋的电视机，更是每晚都要开放。某些香港和国产仿洋牌的影片，以及花里胡哨、光怪陆离的电视剧，造就了杨吉利这一类的浮浪子弟。

"你跟谁在一块打扑克？"花轱辘老头笑眯着眼睛问道。

自幼把儿子娇惯得野腔无调，打天骂地，花轱辘老头被儿子当头棒喝，也是自作自受；不过，习以为常了，倒不觉得脸上挂不住。

"北京来的哥们！"杨吉利脸上放着亮光。

花轱辘老头一听儿子结交上北京的朋友，只觉得他家又多开了几条门路，忙问道："他们都在哪儿上班？"

"人家是争取人权自由同盟的。"杨吉利打开雕花镀镍的烟盒，抛给花轱辘老头一支，"这是人家刚送给我的外国香烟，您尝尝。"

花轱辘老头听着耳生，追问道："这是哪一行的单位，你怎么跟他们认识的呀？"

"我前些日子进京，跟他们在民主墙结成战友。"杨吉利摇头晃脑，自鸣得意，"连外国人都佩服他们！"

花轱辘老头倒吸了一口冷气，说："吉利，京油子可沾不得呀，你别吃不着羊肉反惹一身膻气。"

"您一个土老帽儿，懂得什么？"杨吉利不耐烦地挥手，"去，去，去！"

"快跟我回家！"花轱辘老头一指河堤上的吉普车，"你吴大伯特派汽车来接你，要跟你谈谈话。"

"您打哪儿给我捡来一个吴大伯呀？"杨吉利翻着白眼。

"就是吴钩呀！"花轱辘老头的得意神气，不下于儿子，"人家又当上了报社的社长，大老远的从北京下来看我。你不是会写诗吗？正跟他对工，求他提拔提拔你。"

"原来是那个老右呀，不见！"杨吉利嗤之以鼻，"二次革命一来，还得给他戴上帽子。"

"什么，什么？……还要折腾呀！"花轱辘老头惊慌失色，直打寒噤。

"眼下的这些政策，都是要使党变修，国变色，不折腾行吗？"杨吉利恶狠狠地嘶叫，"什么叫让农民富起来，分明是要使贫下中农再吃二遍苦，再受二茬罪！"

"放屁！"花轱辘老头头一回跟宝贝儿子发这么大火，"我土埋大半截，穷够了！临死之前，非要富一下子不可！"

他气昏了头，转身就走，上堤坐车，原路而回。

“我警告你们！”杨吉利跳着脚，“不许跟吴老右勾勾搭搭，丧失阶级立场。”

花轱辘老头气呼呼回到家，锦囊大婶急不可耐地问道：“怎么没把吉利接来？”

“小兔崽子还是头上长角，身上长刺！”花轱辘老头听见墙那边吴钩大说大笑，急得在院里来回转磨。

“我，还有一条妙计。”锦囊大婶牵着嘴角一笑，酸溜溜压低声音，“打发芝秀过去赔情，这把钥匙一定打得开那把锁。”

“唉呀，这……这……”花轱辘老头面带难色，“咱们也太下作了。”

锦囊大婶脸一沉，下令：“快去接芝秀！”

就在这时，收了工的儿媳妇于芝秀，怀抱着从幼儿园接回的小女儿，风摆杨柳走进门。

5

于芝秀虽然已经狂风落尽深红色，绿叶成荫子满枝，仍然在鱼菱村的年轻女人中拔尖儿，豆蔻梢头二月初的姑娘少女，也比不上她的花光草色。这两年，她的小姑子杨天香像一朵碧水新荷，崭露头角；可是，那丫头整天一副冷若冰霜的脸子，又是两片刀子嘴，没有一点春水柔情，温馨气味，还是她更引人注目。

她的爹，十三岁进京学生意，眼下是北京大栅栏百货商店的老售货员，比她娘大十八岁，节假日替人顶班，也不回家。家里，她娘带着她和两个弟弟过日子，每到月头，她娘就打发她到北京去，替她爹领取工资，然后给她爹买下十五块钱的饭票，剩下的五十四元三角二分，整个儿带走。

于芝秀的娘，是个小肉头户的女儿，年轻时候也长得像三春的桃李，炕上地下又是一双巧手。她家只雇一个孤儿扛小活，只管吃穿，不给工钱，一年四季都住在她家里，不知道的只当他们是一家人。八年朝夕相处，耳鬓厮磨，两人就有了情，柳棵子地里私订终身；芝秀娘的老爹哪里肯把女儿嫁给一个穷小子，就串连同姓的男子，要把那个孤儿打断了腿，一根麻绳勒死芝秀娘。那个孤儿只得连夜逃走。大军南下过江那一年，那个孤儿已经当上连长，路过运河滩，打听芝秀娘的下落，才知道芝秀娘被老爹闹坏了名声，忍辱含冤，被迫嫁给了比她大十八岁的芝秀爹。现在，当年那位孤儿，在外省的一个县里当武装部长。所以，芝秀娘不但恨自己的老爹，三十多年不回娘家；而且也看不上芝秀爹那见人点头哈腰矮三辈儿，树叶飘下来也怕砸破头的老买卖人习气，三十多年同床不一心，到老仍是冤家对头。

芝秀娘本来打定主意，不能再叫女儿走自己的老路，要叫女儿自己找个称心如意的人；芝秀跟邵火把相好，半夜三更出去，也不闻不问。然而，她最后却屈服了政治的压力和世俗的偏见，竟比自己的老爹当年还残忍，插圈弄套，诓骗女儿抛弃了心爱的火把。

于芝秀和邵火把的爱情，原是从青梅竹马，两小无猜开始。于家住在村西口，跟邵家并不是邻居，但是芝秀和火把从上小学到初中，都坐同桌，就像天作之合。杨吉利自幼就是个捣蛋家伙，上小学三四年级的时候，就对男女之事大感兴趣，一见芝秀和火把的面，便挤眉弄眼儿，尖着嗓子叫：“哥俩好，天仙配，双推磨呀！”满嘴都是他看过的电影片名。邵火把气得涨紫了面皮，瞪圆了眼睛，挥着拳头追打杨吉利。于芝秀却双手叉腰，甩动两条扎着花蝴蝶的小辫儿，花骨朵小嘴敲梆子：“就是哥俩好，就是天仙配！就是配得好，好得双推磨！”一边还雨点似的呸呸乱啐。

鱼菱村那时候还没有小学，他们要到八里外的村庄念书；天蒙蒙亮动身，还要带一顿饭，中午不回家。芝秀娇气，她娘又分外疼爱她，就手提一盒什锦糕点，两瓶二锅头酒，找到邵家门上；求邵正大答应，火把每天上学下学，陪伴芝秀来去。

至今，回首往事，邵火把的心还不能平静，于芝秀更是泪水盈盈，两个人都觉得恍如隔日。

黎明，田野静悄悄，水雾像一匹遮天盖地的轻纱，笼罩着小小的鱼菱村；鸡啼声声，邵火把肩挎一只装着纸笔墨砚的布袋子，双手捧着一块冷饽饽，到于家去找芝秀。

“于芝秀，上学啦！”火把站在于家门外，啃着冷饽饽喊叫。

“火把，你进屋来吧！”芝秀娘走出来，拉开门闩。

于家每月有五十几块活钱进门，在鱼菱村虽不是首富，却也算得上是个上等户；五间大房，四围青砖花墙，不垒柴灶，长年烧煤球炉子，生活习惯带有三分北京风味。

邵火把走进屋去，于芝秀还裹着水红洒花的被子粘在炕上，她娘唤她快起，她还大发脾气：“催命呀！我再睡一会儿。”

“火把，你给我把她扯起来！”于芝秀的娘笑着说。

邵火把便把两手伸进被窝里，抓挠芝秀的膈肢窝；芝秀带着一串笑声，骨碌爬起来，却又睡眼惺忪，懒得穿衣裳。

火把起了急，喊道："我走了！"

"你别走，别扔下我呀！"芝秀慌了神儿，"把衣裳递给我。"

火把递给她裤子，再递给她褂子，还得递给她袜子，服侍她穿鞋下炕。

于芝秀从小就知道自己长得好看，喜欢打扮，她坐在靠山镜前，她娘给她端来一碗稀粥和两个馒头，她一边对镜梳妆，一边吃饭；火把跺着脚催她快走，她回头一笑，把一个馒头捅进火把的嘴里。

好不容易才起驾，两人走出村口，走在田间的小路上，又沿着河边的柳巷，披着玫瑰色的霞光向远村走去。

河边柳巷留下了他们童年的足迹，也留下了他们想起来心酸的回忆。

这条窄窄的柳巷，两边都是缠绕爬满野花藤萝的河柳，小鸟儿站在枝头，一边吸饮喇叭花里的露水，一边振翅引颈啼鸣；早晨的花香，清凉清凉的沁人心脾，早晨的鸟语，甜脆婉转，悦耳动听。

火把和芝秀，也像两只鸟儿；火把像一只翅膀还没有长硬的鹞子，芝秀像一只羽毛华丽的花翎子。

人生的道路如果就是这一条长长的柳巷，这两个孩子也就永远不会分离；然而，人生的道路九曲十八弯，走出柳巷，度过童年，他们便遇见了意想不到的崎岖坎坷。

考中学是一道难关，杨吉利小聪明过人，念书却是一盆糨糊，连小学毕业证书都没有混到手，只得以同等学力混入考场。眼观六路，打小抄榜上题名。邵火把虽然眉眼憨气，却十分内秀，不但在本校年年考第一，就是全公社会考，也是年年第一名；于芝秀有他给临阵磨枪，考取了旁听生。

中学离鱼菱村十五里，于芝秀的爹给她买了一辆自行车，她每天骑车上学。运河滩上的姑娘少女，于芝秀头一个敢穿短袖汗衫，头一个敢穿花裙子，自行车奔驰起来，她像一只翻飞的花蝴蝶。邵火把的娘死得早，身上的裤褂脚下的鞋，都是他爹邵正大那粗针大线的手艺，上了中学还是一身打补丁的衣裳；每天穿青纱帐抄近路，跑步上学。芝秀本想叫火把也学会骑车，上学的时候，她坐在后架上，火把骑在前边带着她；可是，火把大了，自尊心很强，他不愿被同学们戳脊梁骨，死活也不肯依她。于是，两人分道扬镳；柳巷走完了，童年已经过去。

可是，有一回傍晚放学，大雨滂沱，雨脚就像藤杆子抽人，道路泥泞，自行车转不动；芝秀站在校门口掉眼泪，火把就把自行车扛在肩上，陪她回村。风雨中，火把头戴一顶破草帽，扒光了脚丫子，扛着自行车顶风冒雨，芝秀身穿桃红色的塑料雨衣，脚穿草绿色的高鞫雨靴，像一朵雨中的莲花，牵着火把的后衣襟儿，路上只有他们两个人。天大黑才回到家，火把已经累得精疲力竭，黑暗中芝秀在他脸上嘬了一下。这雨中相伴，门前吻别，他们都不敢回忆；回忆起来，令人伤情。

芝秀早熟，越长越俏丽，她的心就更不放在书本上。她的手巧，学会自己裁剪缝衣裳，花样翻新打毛衣，还学会了煎、炒、烹、炸，五花八门做吃食；可是上课就走神儿，大考三门主课不及格，降班又爱面子，干脆退了学，下地劳动当社员。她人虽娇气，却有一双快手，一出马就挣上头等工分；不过，一年四季头上蒙罩着面纱，怕晒黑了脸。

那一年，邵正大和邵火把从牛棚里把吴钩抢救出来，隐藏在青纱帐里；天黑收工，芝秀想到地里割一抱菟丝豆子，回家喂羊，不提防从豆棵下站起来火把，直眉瞪眼的吓了她一大跳。

“呀！你……”她倒退了两步，“你快远走高飞吧！杨吉利他们正四处抓你。”

“你想告密吗？”火把冷笑一声，“我得把你扣留，等我们转移，再放了你。”

她受了委屈，一头撞在火把怀里，哭道：“你长个子不长心，我能害你吗？”

“那么，你听着！”火把硬邦邦地下令，“赶快回家做点吃的送来，我在河边的那棵老龙腰河柳下等你。”

芝秀的心突突乱跳回到家，她娘已经做得晚饭，她却又和面烙饼，支起炒勺摊鸡蛋。

“你这是给谁做饭？”她娘提心吊胆地问道。

“给我的野汉子！”她心焦如焚，脱口而出。

她娘变了脸色，追问道：“那个人……是不是……火把？”

她忍不住扑哧一笑，说：“您等着瞧吧！谁拐跑了我，就是谁。”

她提着一只饭篮，奓着胆子，趁着伸手不见五指的夜色，来到河边，火把已经在老龙腰河柳下等候很久。

“吴钩同志都饿昏了！”火把抢过饭篮，转身就走。

“也不道一声谢呀？”她噘起了嘴。

“哪里顾得上这么多讲究！”火把头也不回，“明天还是这个时候送饭来。”

“你呀你！……”她怨声怨气。

吴钩脱险，邵家父子被挂上黑牌，戴着尖帽子游街；杨吉利一边敲着铜锣，一边大呼小叫：“各家各户，出来瞧呀出来看！谁不看游街就是同情反革命。”芝秀一脚门里，一脚门外，抱着门框，看见邵火把被打得满脸鞭痕，禁不住失声哭叫，跑回屋去，趴在炕上，蒙住被子，哭肿了眼睛。

过了几天，她在河边跟火把相遇。

“你真软弱！”火把笑道，“我掩护了一位老革命，游街示众，脸上增光，你该给我喝彩。”

“我也掩护了你呀！”芝秀撩他一眼，“我的脸上也借了光。”

河边正有一朵血红的野花，火把采下来，插在了芝秀的鬓角上。

芝秀也算出身好，杨吉利的造反团招兵买马，没有多少人愿意投到帐下，就发出一道道通令和勒令，强拉壮丁，芝秀被迫加入了造反团。她偷偷去看火把，哭了。

“跟我划清界限吧！”火把叹了口气，“我不怪你。”

芝秀拉着火把的手，按在她那已经隆起的胸脯上，说：“我脸上跟你冷，这颗心跟你热。”

谁想，又来了个清队运动，芝秀的爹从北京被押解回村，还剃了个阴阳头。原来，芝秀爹虽然是下中农出身，店员成分，但是当年觉悟低，三五反运动里替他的东家隐瞒偷税漏税的罪行；现在一查档案，被打成资本家的狗腿子，遣返原籍，监督劳改。“老子反动儿混蛋”，芝秀被开除出造反团，家门口钉上黑牌子；火把无独有偶，又跟芝秀天作之合了。

芝秀娘哭天抢地，痛不欲生，又打又骂芝秀的爹；家里乱成了一锅粥，芝秀逃到了河边去。

火把正在河边的看水窝棚里，一个人加班看畦口。

这两个清白无辜的社会孤儿，像被驱赶得无枝可依的鸟雀，在这座孤悬村外的河边稻田看水窝棚里，相依为命了。芝秀枕着火把的胳臂，搂住他的身子，秋雨连绵的泪水，都流进了火把的心井里。

天亮之前，芝秀才不得不回家去。

她爹像一根烧焦的树桩子，孤苦伶仃地坐在房檐下，她娘不许老伴进屋。

“芝秀……”她爹胆怯地叫了一声。可怜巴巴地看了她一眼，又赶忙低下头去。

“芝秀，不理这个资本家的狗腿子！”屋里，她娘怨恨地喊道，“老东西害了我一辈子，又连累你一朵鲜花还没开就遭了灾，咱们娘儿俩跟他铁面无情。”

芝秀走进屋去，她娘像大病一场，目光失神地坐在炕沿上，一夜之间老多了。

“娘！”芝秀挨坐在她娘的身边。

“你……到哪儿去了？”她娘木呆呆地问道。

芝秀扯了个谎，说：“我想跳河寻死，火把救了我……”

“火把也是生来命苦。”她娘叹了口气，“等他时来运转，我成全你们。”

芝秀含着眼泪笑了，说：“他是一颗明珠土里埋，早晚得出头。”

从此，在青纱帐的坟圈子里，在河滩坍倒的窑地柳丛中，芝秀和火把明来暗去；她娘睁一只眼，闭一只眼。

然而，邵火把时来运转遥遥无期，前途一片渺茫；芝秀爹却被落实了政策，接到通知，重回北京大栅栏百货商店，还补发了工资，不但不再是人下人，而且一口吃成个胖子，一家人欢天喜地。

“娘，我跟火把……结婚吧！”芝秀羞答答地说出口，忙把脸埋在娘的怀里。

“芝秀，听爹一句……良言相劝……”她爹怯怯生生，嗫嗫嚅嚅，“爹虽说给解放了，可是还……留着尾巴，千万不能跟……永世不得翻身的黑牌户沾边。”

“丝瓜瓤子的舌头，少插嘴！”芝秀直通通把她爹噎了回去。

“芝秀，你得掂轻簸重，前思后想呀！”她娘三十年头一回跟老伴一个腔调，“你爹再吃了邵家的挂累，不光每月断了几十元的活钱，就连这笔补发的工资也得整个儿吐出来。”

芝秀只觉得一阵冷风寒气，这太可怕了。

一得解放，双喜临门，政治队长杨吉利马上吸收芝秀入团，还封她当妇女队的政工员。

这可招恼了火把。

“染缸里拉不出白布！”河边相会时，火把大发雷霆，“不许你跟杨吉利蹚浑水。”

“火把，听从我的忠告吧！”芝秀也真是近朱者赤，近墨者黑，立竿见影，不知不觉传染上杨吉利的行腔吐字，“你不要再逆潮流而动，可教育好的子女也给出路。”

“哪个是可教育好的子女？”火把怒气冲冲。

“人贵有自知之明呀！”芝秀半开玩笑地说。

火把竟暴跳如雷，打了芝秀一拳。

这时候，春风得意的杨吉利，却接二连三失恋；三个眼看到手的对象，一个被选拔上了大学，一个被提拔当上公社的干部，一个被工厂招收当了徒工，都像煮熟的鸭子，又从桌子上飞了。吃一堑，长一智，杨吉利不想再好高骛远，收回了放风筝的目光，落在了如花似玉的于芝秀身上。他很会玩几套花活儿，又有他娘锦囊大婶当军师，先在芝秀娘身上下功夫；然后再里应外合，两下夹攻于芝秀。

自从芝秀的爹被遣返原籍，到头来虽是一场虚惊，芝秀娘却吓破了胆；这个小肉头户的女儿，眼光本来就不远大，如此一吓，越发只见眼前三寸了。杨吉利甜言蜜语，锦囊大婶天花乱坠，芝秀娘便被俘虏，甘当内应了。

一天夜晚，芝秀娘跟女儿枕一条长枕，头并头说体己话。

“咱们鱼菱村，数来数去，杨家的日子比谁家都富足。”芝秀娘在女儿耳边吹风，“杨家拔一根汗毛，也比邵家的腰粗。”

芝秀暗暗对比了一下，邵家只有三间泥棚土屋，室内空空，房顶上冒穷气；杨家当时虽不是十间大瓦房，却也是砖房五大间，屋里满满当当，连猪圈鸡窝都好像油汪汪地放光。可是，她咬定牙关，说：“我不嫌贫爱富。”

她娘又说：“人中吕布，马中赤兔，人家吉利生得一表人才，又脾气绵柔；看那火把，呆头呆脑，只比石人石马多一口气。”

芝秀的眼前，闪过杨吉利和邵火把的面影。杨吉利风吹不着，日晒不着，细皮嫩肉，有一张女人一般的粉白脸子；她跟杨吉利到公社开会，上县里看样板戏，杨吉利像贴身使唤丫头似的服侍她。而邵火把，铁青着脸，粗声大气，一点也不知道温存，这么多年没听见他一句柔言软语。

可是，芝秀还要犟嘴，说：“人不可貌相。”

“人往高处走，鸟奔高枝飞。”她娘絮叨不止，“人家吉利官星照命，脚踩祥云走红运；火把的光景，命中注定，一辈子脸朝黄土背朝天。”

芝秀心中一动，默不作声。

是的，她早已风闻，杨吉利将来是公社书记的接班人；火把只知道收工之后，埋头读书，可是书读得越多越蠢，更得不到看重，却一条道走到黑，死心眼子钻牛角尖，不会活学活用，顺风使船。

“儿呀！”她娘伸出胳臂，想把女儿搂在怀里，“你难道就没有个眼尺心秤？”

“哎哟！”芝秀一声痛叫。

“你……怎么啦？”她娘吓得缩回了手。

“火把，他……”芝秀揉着伤处，“打了我。”

“这个小丧种，挨千刀的！”她娘心疼得一连声咒骂，“你刚跟他相好，就这么心黑手狠，嫁过门去，还不一天揭下你一层皮。”

芝秀幽幽咽咽哭起来。

她和火把之间，仍然千丝万缕，藕断丝连；直到七六年清明节，火把夜奔北京天安门广场献花，一去不回头，才棒打鸳鸯两分飞。

芝秀在炕上打着滚儿哭，不吃不喝，寻死觅活。

“芝秀！”杨吉利站在炕沿下，轻声柔气，“公安局来人调查，你是不是邵火把的同谋犯？我替你担保，你跟他是两股道上跑车，走的不是一条路。”

“把我也抓走吧！”她发狂地喊道。

“你放心！”杨吉利满脸骄色，“他们会给我留面子。”说罢，飘然而去。

芝秀娘把女儿的哭闹平息下来，一边抹着眼泪一边劝道：“儿呀！你也二十大几了，花无百日红，眼看就挑水的回头过了景（井），难道你当真要给火把守一辈子望门寡？”

“娘呀！”芝秀啼哭，悲悲切切，“我的身子……早是他的了。”

“快别说出口！”她娘慌忙捂住她的嘴，急赤白脸，“趁吉利香迷了心窍花迷了眼，你抓个利市嫁他吧！”

杨吉利一天到晚溜溜达达，游游逛逛，每日三出三进于家的门；他一张笑脸儿，耐着性子赔小心，在芝秀身上巧妙用功。他娘锦囊大婶更是精打细算，紧锣密鼓，跟儿子一唱一和，能把石人磨得也点头。芝秀只觉得山穷水尽，看不见柳暗花明，便答应了这门亲事。

杨家大摆喜宴，四下撒请帖，全村随份子，一连三日喝光了两缸酒；喜事办完一结账，净赚几百元。

芝秀过门二年，几个回合就把杨吉利擒下了马，接着又斗败了锦囊大婶，杀下了花轱辘老头的威风，只跟小姑子杨天香分不出高低上下。

杨吉利是个银样镴枪头，又贪恋芝秀的姿色，就像被芝秀捏成的糖人儿，百依百顺；新盖的茅房三天香，两人也热火了一阵子。日久天长，芝秀看够了杨吉利那细皮嫩肉的小白脸子，厌烦了杨吉利的甜腻腻和软绵绵；这个绣花枕头满肚子草料的杨吉利，怎比得上火把那一身硬骨头，满腹的学问？她感到空虚、寂寞、烦躁、懊悔，日夜思念火把。

岂止时来运转，更是改天换地，邵火把胸前佩戴着光荣花归来，杨吉利却被公安局的吉普车押走，芝秀哭回了娘家。

三年的铁窗生活，邵火把磨炼得越发深沉；他在家里没有歇息一天，又到河边稻田看水窝棚去，并不大吹大擂。

夕阳西下，他独自一人收工回家，路过河滩那座坍塌的破窑，柳丛中走出了于芝秀，一见他的面，便晕倒地上。

……他们躺在柳棵子地里，芝秀泪洗火把的衣衫。

“火把，你出来！”突然，邵正大那低沉嘶哑的声音，在不远处唤道。

火把挣脱开芝秀紧箍住他的胳臂，走了出去，说：“爹，我马上回家。”

“下流坯子！”邵正大跳起脚，左右开弓打儿子的嘴巴，“咱们跟杨家冤有头，债有主，欺侮他家的女人，天理不容！”

“爹，是芝秀来找我……”

“住口！”邵正大又踢了火把两脚，“她是个有丈夫的女人，你这是犯法！”

芝秀顾不得脸面，走出柳棵子地，跪在邵正大面前哭道：“大叔，我对不起火把……”

“芝秀呀，芝秀！”邵正大把芝秀拉扯起来，“人的名儿，树的影儿，脚步要直正，心得放正中呀！你撇下火把，我不怪你；那时候谁知他是死是活，连我也不敢想他还能回来。可是，眼下吉利刚被拘留传讯，你又变了心，就是不守妇道，水性杨花了。”

“大叔，我要跟杨吉利离婚……”

“傻话！”邵正大喝道，“吉利千差万错，到底人还年轻；我看如今党的政策，不会再有冤案，一夜夫妻百日恩，你还得牵着他的手，改邪归正。”

邵正大亲自把芝秀送回家去。

但是，芝秀并不死心，仍然追前赶后，草丛柳棵子里跟踪邵火把；直到她发现小姑子杨天香正一步步跟火把接近，她才心灰意冷。

杨吉利被拘留，是因为他过去结交的一个小哥儿们犯了案，他被贼咬一口，入骨三分；拘留半个月，真相大白，被训教一顿，也就把他放了。

他到岳母家，跪走爬行，以头抢地，芝秀的心被他沤软了，只得又跟他回去过日子。几个月后，芝秀生下一个女儿，整个神思都扑在女儿身上；暗下决心，再不能叫女儿重演自己的悲剧，也就不想旧梦重温了。

芝秀下地也像走亲戚，花的确良汗衫，隐条涤纶的裤子，丁香紫的面纱蒙头遮脸，抱着孩子走路也像春风摆柳。

锦囊大婶满脸谄笑迎上前去，低声下气地说：“芝秀，你到西院走一趟，请你正大大叔跟火把兄弟，到咱家来，陪你吴钩大伯喝酒。”

“我不去！”芝秀脸上一阵红，一阵白，“我一不欠情，二不亏理，才不替你们低三下四。”

锦囊大婶一脸哭相儿，说：“他家那把锁，只有你这把钥匙打得开呀！”

“找你们的女儿去吧！她可愿意当钥匙。”芝秀说罢，一阵风回到自己屋里，又摔帘子又打门。

“倒打一耙的小娼妇儿！”锦囊大婶咬牙切齿地低声咒骂了一句，

又提高了嗓子，拉长了声，“芝秀，你做饭炒菜，我去找天香。”

6

杨天香在杨家，头上长角，身上长刺儿；软不吃，硬不吃，爹不怕，娘不怕，从小就跟花轱辘老头和锦囊大婶唱反调，长大更是犯上作乱，在家中造反有理。

锦囊大婶生下天香没有奶水，那时正跟邵家好得像一家人，火把娘恰巧刚死了个不到百日的女儿，就把天香抱过来顶缺。火把娘心肠滚热，疼爱天香胜似自个儿身上掉下来的肉；邵正大粗手大脚，却喜欢天香的燕子呢喃，两口子反倒把亲生儿子火把冷落了。

天香一直到三岁还住在邵家，干爹干娘偏疼她，有点横行霸道，不把干哥放在眼里；火把气不忿儿，免不了跟她招猫逗狗儿，她就又抓又咬，常被她抓咬得处处伤痕。火把忍不住一还手，还要挨爹的大巴掌，娘的笤帚疙瘩；火把恨不得揪住她的黄毛小辫儿，隔着篱笆扔回杨家去。

就在这一年，火把娘死了；天香被锦囊大婶接回家去，火把又舍不得她了。

杨吉利吃惯了独份儿，不愿多一个天香跟他平分秋色，就找碴儿打骂天香；天香在邵家也已经娇惯成性，跟杨吉利正是针尖对麦芒儿，于是又抓又咬。然而，此一地，彼一地，花轱辘老头的大巴掌和锦囊大婶的笤帚疙瘩，却落在了她的身上。火把一见干妹子受杨吉利的欺压，挺身而出，抱打不平；火把虽然比杨吉利小一岁，力气却大，三拳两脚，杨吉利便屈膝乞和，向天香低头认罪。所以，亲兄妹像水火，干兄妹心连心。

五七年两家失和，天香才四岁，失去了干爹的疼爱，干哥的护卫。

天香在爹娘的白眼和哥哥的欺压中长大，一脑门子反骨。六六年她正念完小学，中学被砸成一片废墟，两年不招生，她就下地干活；只凭一条横心，一股野性，手巧而又肯卖力气，三年就挣上了妇女的头等工分。

这一来，她更加目无长上。有一回，跟她爹娘吵翻了脸，跺脚就走，自立门户。

村东口有一座凶宅，这家人的男子，切菜刀抹脖子没有死，又在门楣上拴绳上了吊；女人带着儿女，改嫁到本村另一家。留下三间荒屋寒舍，满院蓬蒿，没人敢住，也没人敢买，都怕砖瓦柁檩，沾有鬼气；杨天香胆大包天，搬了进去，打扫尘土铺炕席，点起柴灶就做饭，夜晚睡觉，身边一把鱼叉。有个坏小子，还是杨吉利造反兵团的二把手，半夜三更想占杨天香的便宜，被她的鱼叉刺穿了左腮帮子，落下一张鬼脸儿，一直娶不上媳妇。

花轱辘老头和锦囊大婶害怕发生意外，双双来到凶宅劝驾，杨天香却八抬大轿也抬不动；老两口子只得请出本村的几位头面人物，口干舌焦，嘴皮子磨出了白泡，才劝动了杨天香，得胜还朝。

杨天香折服了爹娘，又造她哥哥的反。杨吉利身不动膀不摇，只靠嘴力劳动挣分，每天打扮得像个花花公子，人前显贵；杨天香便雨打芭蕉，滚木擂石，夹枪带棒地挖苦杨吉利，当众刮破杨吉利的面皮，威风扫地。杨吉利气得真想将她一顿暴打，又怕天香手黑，鱼叉穿腮帮子，只得躲她远远的不照面，井水不犯河水。

一年年大了，杨天香并不知道自己长得好看，也不喜欢梳妆打扮；十八岁的大姑娘，还穿一件十五岁时的粗白布旧汗衫，后背上打个四方大补丁，汗衫里也不穿个围胸。有一回，河边插秧，她只觉得一阵阵芒刺在背，肉皮子发紧；东张西望，远瞧近看，这才发觉，原来是汗水湿透了窄小的粗白布汗衫，裹在了身上，就像裸露出上半身，小伙子们都从四面八方斜着眼睛，偷看她那两只白玉兰香瓜似的乳房。她臊得一蹦三尺，大叫一声，跑回家去，翻箱子倒柜，抓一大把钱票布票，蹬上自行车就走。

“你风风火火的到哪儿去呀？”锦囊大婶追赶着问道。

她凶眉恶眼回过头，说：“少管闲事！”

杨天香一阵风来到县城，一连气挑选了一件素花的确良汗衫，一件半透明的白特利灵短袖汗衫，一件马甲，一件胸褡；返回家来，关在屋里叮叮当当洗身子，脱下旧衣换红妆，对着镜子一照，自个儿都目瞪口呆，镜子里这个花姑娘，一点也不比于芝秀逊色。

她穿上素花的确良汗衫一亮相，可不得了，百鸟朝凤的媒人挤破了杨家的门框，连城里吃商品粮的也有人来求婚；花轱辘老头和锦囊大婶应接不暇，眼花缭乱，老两口子看中了整整一打。一问女儿的意见，天香只有一句：“我都看不上眼。”

“塔尖上开天窗，好高的眼眶子！”锦囊大婶从鼻孔里哼了几声，“你这个彩球，要抛到谁身上？”

天香咯咯一笑，说：“我要学那王三姐儿。”

锦囊大婶马上说：“我可不答应。”

“那咱们就唱一出《三击掌》！”天香心里早有一个朦朦胧胧的念头，要嫁也嫁给干哥邵火把。

两家失和积怨，隔墙鸡犬相闻，多年不相往来，她跟邵火把面上生分，心却相连。要嫁邵火把的念头像春草萌发，她这才抬头睁开眼，发觉干哥跟于芝秀早就打得火热；于是，生出一股怨气，恨邵火把，更生出一股妒火，要把于芝秀比下去。

于芝秀买一件新衣裳，她就买一身，于芝秀穿红，她就挂绿，只是不用面纱包裹头脸；她那晒得黑翠翠的秀色，别有一番风韵。但是，这一切，邵火把却都没看见，他的眼里只有于芝秀一个人；杨天香在他眼里，仍然是那个抓人咬人的小黄毛丫头。

邵火把被捕，下落不明，于芝秀嫁到她家，她又恨又喜；恨的是于芝秀无情无义，喜的是火把到她手了。要是火把丧命身亡，她耳闻北京的寺院为了外事工作需要，打算招收一批和尚尼姑，她就剃了光头去投考。

万一考不上，她就跟自家一刀两断，搬到邵家服侍干爹到老，替火把尽孝。这虽然好似异想天开，杨天香却是说一不二，只要她把心一横，什么都做得出，火坑敢跳，油锅敢下，可不像于芝秀满口空话。

她正要采取行动，邵火把光荣归来。

兵贵神速，快刀斩乱麻，有一天火把到河边稻田上夜班，她已经在看水窝棚里恭候多时。

正是月上柳梢头时分。

“干哥！”她从窝棚里一跃而出。

“啊！”火把跟她多年不说话，事出意外，不免大吃一惊，

“你……要干什么？”

“还债！”天香目光大胆放肆，直盯火把的眼睛。

“你并不欠我一分一文呀？”火把迷惑不解。

“杨吉利抢走了于芝秀，我来嫁给你！”天香粗野而又娇媚，“丢了一个残花败柳，得到一个清白女儿身，你吃小亏占了大便宜。”

邵火把勃然大怒，大喝道：“你头脑发昏！”

杨天香的嗓门更高：“我神智清醒！”

“天香，你可真有鬼点子！”火把发出苦笑，“全国都要讲安定团结，我不报夺妻之恨的个人私仇！”

“你的眼睛长在脚掌子上！”天香气恨得真想又抓又咬，“我不是替杨家赎罪，自打十八岁就想嫁给你啦！”

火把摇摇头，神情沮丧地说：“我的心……死了。”

“难道我不比于芝秀漂亮吗？”天香看过法国电影《巴黎圣母院》，学那位吉卜赛舞女埃斯米拉达的神态，双手叉腰，挺起丰满高耸的胸脯，歪着头，乜斜着眼睛。

火把匆匆看了她一眼，红涨着脸倒退一步，说：“你比她纯洁无瑕。”

“那你为什么不娶我？”天香逼上前去，“我一不跟你要房子，二不要你的彩礼，结婚证都不用你掏钱，你还不赶快把我娶走？”

天香步步进逼，火把连连后退：“我……我……”扑通一声，仰面朝天，跌下河去，水下逃走。

躲在柳棵子地里跟踪火把的于芝秀，目睹又耳闻，哑巴吃黄连，有苦说不出。

锦囊大婶聪明一世，糊涂一时，还被蒙在鼓里。

锦囊大婶一路小跑，到河边稻田来找天香；天香也已经收工，不过又剜了一柳筐猪菜，娘儿俩在半路上遇见了。

“天香，火把还在河边吗？”锦囊大婶劈头就问。

“咱家火上了房，找他救火；还是芝秀跳井，找他捞人？”天香一出口就戗她娘的嗓子。

锦囊大婶溜瞅一下四外，咬着女儿的耳朵，如此如此，这般这般，问道：“你愿当这把钥匙吗？”

“您这是拿自己的女儿钓大鱼！”天香冷笑道，“我打开他家的锁，就进了他家的门，一转脸儿给您抱出个外孙子。”

“死丫头，你好不要脸！”锦囊大婶啐道。

“不要脸，没良心，是咱们杨家的门风！”天香的舌头不但带刺，而且挂钩儿。

锦囊大婶搜索枯肠，再也无计可施，只得忍痛孤注一掷，说：“娶媳妇就得拜丈人，你快把他擒到杨家来！”

天香把装满猪菜的柳筐交给她娘，抻了抻身上那件半透明的特利灵短袖白汗衫，拢了拢散乱额前的头发，阳光下照了照影子，走着比于芝秀那风摆杨柳还优美的脚步，到看水窝棚去。

7

邵火把已经二十九岁了。

他的爹娘，泥土本色，一对土命人；他是土命人的儿子，本色也像泥土。

他在泥棚茅舍的小炕上呱呱坠地，当时吴钧正从县委副书记调任市委农村工作部政策研究室主任，来到鱼菱村跟老朋友告别，赶上他落生，就给他起了火把这个名字。

火把六岁死了娘，邵正大为人粗犷，哪里有慈母心肠？他每天吃的是烧糊的夹生饭，常年穿的是打补丁的破衣裳，一开春就光脚丫子，不上大冻不穿鞋。文盲世家，邵正大并不看重识文断字；只因吴钧被发配到运河滩农场劳改，火把得到吴钧的关心和指教，邵家才破天荒，出了他这个文化人。

吴钧把他的藏书，从北京运到鱼菱村邵家，邵家的西屋，便是他的个人图书馆；只要能从农场抽身一个小时，就到邵家来看书写字，火把也跟着沾光。

天下大乱初起，北京焚书的消息传来，吴钧和邵家父子挖了个地窖，把这些书深藏密存。杨吉利带领北京造反小将抄家，砸烂邵家的坛坛罐罐，藏书却没有损失一册一页。后来，吴钧被押送边疆的五七干校，这一窖书就全归火把享用了。

鱼菱村的男女老少，都知道火把有学问，可就不知道火把的学问从何而来；火把怕露了馅，一出家门就呆头呆脑，像一只没嘴儿的闷葫芦。

天香的心目中，火把是一位天生的奇人，上天下界的文曲星。

来到看水窝棚，天香不见火把的人影，却听见河坡下的水柳丛中，火把嘴里叽里咕噜。

她拾起半块砖头，一道流星投下河去，河水飞花，溅湿火把一身。火把逃上河坡，急不得，恼不得，皱起眉头说：“天香，你光知道淘气！”

天香吃吃笑，问道：“你念的是什么咒语呀？”

“英文！”火把亮出一块砖大小的厚书，那是英汉大词典。

“哟！你的肚子里开了个杂货铺。”天香伸了伸舌头，大惊小怪，“还有外国货。”

“坐牢这三年，同号有个科学院的助理研究员，他怕荒废了学问，天天给我上数学、物理和英语课。”火把微笑着，把大词典递给天香，“你随便翻一页，随便点一个汉语词汇，我能说出这个词汇的英语。”

“你跟我回家拜丈人，叫老丈人当面考你！”天香接过大词典，顺手牵羊扯住火把的胳臂，“你那个老丈人杨花轱辘，也会叽里咕噜说洋文。”

“天香，你这个杨排风！”火把挣扎着，“我想上学，不想恋爱。”

天香哼了一声，说：“过年你就三十了，别忘了男大当婚呀！”

“过年我就三十了，大学不要我们超龄学生了。”火把凄然地苦笑了一下，“可是听说明年农学院经济管理专业招收研究生，报名的人不会多，我想拼命准备一年，明年碰一碰。”

“牛不喝水，我也不强按头。”天香故作冷淡神气，“只因是吴钩大伯作媒，把我许配给你，两家言归于好；我不敢扫他的面子，才好像跟你死皮赖脸。”

“吴钩大伯！”火把跳了起来，“他还活着？他当真来到咱们鱼菱村？”

“耳听为虚，眼见为实。”天香更把脸一沉，“人家又当上大官，大老远从北京下来，为的是解决咱们两家的老大难问题；你房顶开门，六亲不认，那就出面把他噎回去。”

这时，跟火把换班的小伙子，酒足饭饱来接班，大喇叭嗓子高唱电影《小花》的插曲：

妹妹找哥泪花流……

“咱们快去见吴钩大伯。”火把压低声音，“你走南路，我走北路，别叫这个家伙看见。”

“我偏要公开表演！”天香愤然作色，“你搂住我的腰，我枕着你的肩膀，胳臂腿儿粘在一块走，为什么咱们就要比电影明星的脸皮儿薄？”

火把急得打转，半天憋出一句话：“这是鱼菱村，你得因地制宜呀！”

“那你亲我一下！”天香仰起黑翠翠的秀脸儿，又娇媚，又无赖。

火把看她那野性十足的神态，怕招恼了她，又抓又咬，只得弯腰亲了一下她的脸蛋儿，便马上搡了她一把，说：“快走！”

天香抚摸着发烧的脸颊，忽然变得含情脉脉，羞答答地说了声：“你在我脸上盖了章！”一只山雀儿似的飞走了。

火把交了班，大步流星回村；村口，天香正等他，火把只得跟她并肩而行。但是，走出不远，火把又站住不走，难为情地说：“我见了你爹娘，可怎么张口？”

“你拜我为师，学唱我的样板戏！”天香嘻笑道，“咱们先到你家去，看我怎样拜公公。”

他们蹑手蹑脚，绕道走进邵家；邵家满院绿树葱茏，他们站在一棵海棠树下，先听听动静。

邵正大关门闭户，死守三间泥棚土屋，不许吴钧入内；吴钧手夹着一支香烟，在窗下走来走去，就像来回拉锯，要锯开邵正大这个榆木疙瘩。

“正大呀，正大！党中央号召咱们向前看，你怎么长了个申公豹的脑壳，脸朝后方？”

“吴钧，你不必跟我白费唾沫了！”邵正大闷声闷气，“我一回被蛇咬，十年怕井绳。”

火把怕老哥俩吵崩了，连忙喊了一声：“吴大伯！”跑了过去。

“啊，火把！”吴钧跟火把猝然相见，打了个愣怔，鼻子一酸，热泪夺眶而出。

天香也喊道：“吴大伯！”一步抢先，赶在火把的前面。

“你……是谁家的姑娘？”天香在吴钧的记忆里，并没有留下印象，十分眼生。

“吴大伯，您刚才并没有见过她呀？”火把又瞪住天香，“你说吴大伯保媒，原来是骗我！”

“这叫先斩后奏！”天香站在吴钧面前，大大方方，面不更色，“吴大伯，我是杨家的女儿，跟火把情投意合，求您当个媒人，您赏光不赏光？”

吴钧大笑道：“你们这是抬举我。”

“我不同意！”邵正大在屋里咆哮。

“婚姻自主，您老人家还是顺水推船，锦上添花吧！”天香走到窗前，拍打窗户，“我的干爹，火把都给我盖章了。”

“那我就不认他这个儿子！”邵正大气得颤抖，“天香，想不到你小小的人儿，也学会了你爹那一套花活儿鬼点子。可恨我前世造孽，生下个儿子软骨头；小子无能真无能，情愿更名改姓，你就把他带回家去倒插门吧！”

天香一串脆笑，说：“喜儿唱得好，‘鸟成对，喜成双，半间草屋做新房’，我跟火把到看水窝棚拜花堂。”

“滚，快滚！”邵正大大叫。

吴钧哈哈大笑道：“正大，杨六郎惹不起穆桂英，你还是收起那‘辕门斩子’，开门认儿媳妇吧！”

“我放火烧房！”邵正大在炕上大跳，跳塌了炕面。

吴钧知道邵正大牛脖子难拐弯，不如先把他挂起来，放一放，冷处理；便说：“火把，天香，你们的爹牵着不走，打着倒退，我只有当你们的代理家长，包办一切，咱们喝喜酒去！”

东院，于芝秀掌灶，锦囊大婶帮厨，荤、素、冷、热，八盘四碗，摆满一桌。

天香到灶上，挑选了几样菜，装进柳篮，又拎起一瓶酒，送到西院去。

听得见，邵正大有如吴牛喘月，呼呼生气，火气吹得窗纸哗哗响。

“爹！”天香敲敲屋门，“您肝火旺盛，伤神气虚，大碗喝酒，大块吃肉，补一补身子。”

“拿回去！”邵正大冷冰冰地说，“我不吃你们杨家的饭。”

“您开门，我做邵家的饭，咱们爷儿俩吃。”

“你还是回家吃酒席去吧！”

“好马不吃回头草！”天香喊道，“我饿死在邵家屋门口，您得给我偿命。”

邵正大只得开门放天香进屋，天香扑到他怀里放声大哭。

“儿呀，你哭什么，哭什么？”邵正大慌了手脚。

“狠心的爹呀！”天香哭道，“我小时候，您跟干娘多么疼我，如今却铁石心肠……”

邵正大被感动得肺腑一阵疼痛，老泪横流地连连说：“儿呀，爹人老眼发昏，棍扫一片，误伤了你。”

爷儿俩吃了一顿粗茶淡饭。

东院的酒宴，一直吃到太阳落山；火把到河边看水窝棚换班，吴钩挣脱了花轱辘老头和锦囊大婶的挽留，又回到西院去。

“我睡了！”邵正大跟吴钩余怒未息，“小庙里装不下大神仙，你还是到东院睡那高房大炕，才不辱没了你的官体。”

吴钩在房檐下一坐，说：“打鬼子，闹土改，办合作社，此处都是我的堡垒户，看谁敢把我扫地出门？”

邵正大不吭声了，过了半晌，忽然从窗里飞出一件棉袄，落在吴钩身上，怒而又怨地说：“灌满了一肚子猫儿溺，别再着了凉，快披上搪一搪寒气吧！”

吴钩却拿起扫帚，在窗下打扫一片净地，铺上一块席头，仰面朝天躺下，邵正大又扔出一床被子。

“月是故乡明，人是故人亲啊！”吴钩慨叹一声，“想当年，咱俩常常头并头睡在院里；院里风大没有蚊子咬，整宿半夜地掏心窝子呀！”

“唉！当年，当年……”邵正大悲怆地呜咽，“吴钩，你能把当年找回来吗？”

“你开门走出来，在我身边躺下……”吴钩咽下辛酸的泪水，“……我们温故而知新。”

屋里，呱嗒一声响，门闩落下来。

8

杨家包产到户，家里又有分工；于芝秀和杨吉利，承包几片养鱼栽藕的池塘。

杨吉利结交北京那些身份不明的狐朋狗友，这几个家伙打着冠冕堂皇的旗号，暗中大搞盗窃、走私、里通外国的勾当，被一网打尽；杨吉利也背上黑锅，拘留半月，在看守所里被剃光了大鬓角，刮掉了小胡髭，改头换面而归，也大减了歪风邪气。

于芝秀的心在火把身上，越看越觉得杨吉利面目可憎，常常十天半月的不搭理他。杨吉利就像丢了魂儿，下跪，啼哭，打嘴巴……都不管用，就主动“劳改”；白天黑夜挖塘泥，卖到队里记分，吃饭也不敢上桌面，而且只吃全家的残羹剩饭，苦累得眼窝塌陷，一天比一天枯瘦。杨吉利既有他爹的转功，又有他娘的巧妙；大热天的睡觉，他给于芝秀打扇扇风，于芝秀在风凉中安睡，他可累出了满身大汗起痱子。念他“认罪”态度良好，于芝秀心软下来，才又跟他同床共枕。

承包鱼池藕塘，于芝秀是一把手，杨吉利是被管制分子。

他出外卖鲜鱼、荷叶、莲蓬、嫩藕，临走过了秤，堆着笑脸请示：“鱼卖多少钱一斤，荷叶卖多少钱一张，莲蓬卖多少钱一只，藕卖多少钱一条？”

于芝秀说出数目儿，又叮嘱道：“上下涨落别超过三五分，给你一元二角的饭钱，不许喝酒。”

杨吉利谨遵“圣旨”，一丝一毫也不敢走样儿，他做生意是个行家，到自由市场，卖出的价钱都超过于芝秀规定的最高价格，而且白赚一顿饭；他一分钱也不敢私入腰包，回家全数交给于芝秀，只想讨芝秀一个笑脸儿。

“你可不许哄抬物价呀！”芝秀沉着脸，“你再叫公安局抓去，我还有什么脸活在这个人世？”说着，眼泪像两串滚珠似的淌下来。

杨吉利悔恨交加，哭丧着脸说，“芝秀，你是一朵鲜花插在了我这摊牛粪上，委屈你一辈子；我只有痛下决心，重新做人，虽不能使你脸上光彩，也不能再给你脸上抹黑。”

于芝秀叹了口气，跟火把破镜重圆，今生难以如愿了，只有收心拢性，认命跟杨吉利搭伙吧！她看到，天香粗中有细，将火把捏在了手心里；她十分纳闷，这个头上长角、身上长刺的野丫头，从哪儿学会如此美妙动人的狐媚子手段？

每天晚上收工，天香就跑到西院做饭，然后像赶马上路，催逼火把打开电视机上课；她在火把身边相伴，手里也不闲着，不是给邵家爷儿俩拆被褥，洗衣裳，就是编筐织篓。筐篓卖钱，只算邵家的家庭副业收入，分文也不拿回杨家。上课的时候，邵正大不愿打扰儿子，就到他带着几个老头包下的十亩果园去，房中只剩下这一对热恋的情人；火把越看天香越爱，忍不住想动手动脚，天香早有提防，抽出编筐织篓的柳条子，挥舞自卫，打得火把不敢再生邪念。可是，等到课间休息，电视屏幕播送文艺节目，天香就跳到火把的腿上去，搂着他的脖子看演出，就像青藤缠绿树。

于芝秀承包这几片池塘，联产计酬，超额得奖，所以十分精心；她打发杨吉利到县城的新华书店，买了几本养鱼栽藕的书籍，还订阅了一份杂志。这一天，正交中伏，天热得像头上吊着个火盆子，杨吉利起早到北京朝阳门菜市场卖鱼，于芝秀中午看守池塘。她坐在一棵翠柳下，只穿一件肉桂色紧身背心，手捧一本新买的书，正看得入神；忽然一阵铃声吵人，她抬头一看，原来是小邮递员跟她调皮捣蛋。

小邮递员十八九岁，非常喜欢跟于芝秀打牙逗嘴儿，服务态度热情周到。

“芝秀嫂子，杂志！”小邮递员叫了一声，又抽出一个大红信封，嬉笑着在于芝秀眼前摇晃，“邵火把考上了农学院的研究生，请你转交他，我这是偏向你，你得敲他一笔竹杠，勒令他给你买二斤喜糖。”

于芝秀一声惊呼，脸色煞白，接过大红通知书紧贴胸口，痴呆呆僵立。

“号外，号外！”小邮递员跨上自行车，飞驰呼叫，“邵火把进京赶考中进士啦！”

于芝秀在翠柳下翻过来掉过去看那封大红通知书，触景伤情，百感交集，泪水潸潸，眼前就像烟雨迷蒙。

“芝秀……”火把在于芝秀的泪眼朦胧中走来。

于芝秀抹下一大把泪水，有气无力地笑了一下，说：“恭喜你。”

火把不敢看她那凄惶的神色，躲避她的目光，说："这一年你也有不少新气象。"

"多么想再从头活一回呀！"于芝秀悲凉地一声长叹，"……晚了。"

他们沉默无语；池塘里鱼儿在荷叶下戏水，红翅膀的蜻蜓成双成对地落在荷尖上，一只青蛙扑通跳入水中，把他们惊醒。

"芝秀，给我通知吧！"火把小声说。

于芝秀把洒满泪痕的大红通知书递到他手里，问道："你一步登天，还看得上天香那个野丫头吗？"

"难道你愿意我做个忘恩负义的小人？"火把冷峻地反问道。

"不……要……学我。"于芝秀掏出手帕蒙住脸，挥了挥手，"快去向天香报喜吧！"

杨家的自留地，六口人一亩八分，水柳篱笆夹成一块菜园，大蒜已经收成，又种上秋菜，鲜姜也已经刨出，新栽晚黄瓜，大葱翠绿挺拔，红辣椒在菜畦的密叶中像朵朵火花。园中打了一口井，土井上搭一架葡萄，井旁野花丛生；天香一边摇着辘轳把浇园，一边吸溜着鼻子啼哭。

"天香！"火把从水柳篱笆上跳进园去。

天香松了手，绞到半路上的柳罐斗又砰地坠落井中。火把三步两步来到她身边，扳住她那抽搐的肩膀，两人脸对脸儿，含泪相望。

"你……熬出了头……"天香闭上一双泪眼，"我……不累赘你。"

火把一把撕开身上的汗衫，露出他那宽厚的紫糖色胸脯，说："天香，你的眼睛是镜子，照得见我的心。"

天香哭笑着投入火把的怀抱。

这时，村北口的杨、邵二家，正发生一场吵闹。

邵正大在十亩果园，也听到小邮递员广播火把考中农学院研究生的喜讯，几位老兄弟起哄叫他请客；他跑回家开柜取钱，打算到小卖部买一瓶好酒，几样下酒菜，老哥们在果园里庆贺一番。锦囊大婶哭哭啼啼走进来。

“正大兄弟，你给我们作主呀！”锦囊大婶迎门当户跌坐在一棵雪花梨树下。

这两家虽然已经结亲，老人之间却还没有完全解开疙瘩，并未正式复交。

“嫂子，你是来滚车道沟子吗？”邵正大以为锦囊大婶前来无理取闹，虎起脸，瓮声瓮气地问道。

“你家火把金榜题名，嫌弃我家天香啦！”锦囊大婶鼻涕一把，眼泪一把，“天香是个血性子，万一有个三长两短，只求你把她葬在邵家坟地，也不枉她一片痴情。”

“你听说火把变了心？”邵正大的眼睛瞪得铜铃大。

“全村都轰动了。”花轱辘老头也蔫头耷拉脑地走进来，“正大，哥哥在你身上亏了心，认打认罚；我把天香嫁给火把，四间新房当陪嫁，也是为了立功赎罪。”

“大哥，大嫂，你们放心！”邵正大面皮紫涨，乱蓬蓬的胡髭挓挲开来，“我去找那个小畜生！他胆敢跟天香变了心，我打折他的双腿，叫他走不进大学堂的高门槛。”说着，就像一头牛，横冲直撞而去。

这本是花轱辘老头和锦囊大婶作弄的活局子，直肠子的邵正大中了计。

“正大，正大，你可不能下毒手呀！”花轱辘老头和锦囊大婶紧追慢赶，“门婿半个儿，你打坏了火把，就是要了我们的半条老命。”

邵正大一马当先，花轱辘老头和锦囊大婶流星赶月，村道上尘烟四起。

路过杨家自留地菜园，只听葡萄架下，天香和火把笑声盈耳，相依相偎在绿荫中。

邵正大还要闯园问罪，花轱辘老头和锦囊大婶赶上前来，一人扯住他的一条胳臂，架着他向后转，老少两辈皆大欢喜。

当天夜晚，月白风清，两家扒墙，也不再夹起水柳篱笆，合二而一了。

明眼人一看便知，杨家并不吃亏，邵家也没有占便宜。

一九八一年五月至六月

原载一九八一年《北疆》创刊号

小荷才露尖尖角

1

天上下小刀子，俞文芊头顶铁锅也得回家。七月天的鞭杆子雨，只不过是鞭打快牛，他那辆永久牌装甲自行车，风雨中更像一道闪电。从坐落在朝阳门外通惠河畔的大学分院，到北运河东岸的花街，走京津公路七十二里，这个土头土脑的大学生，天天跑一个来回。

念了三年大学，他还是三年前花街上那个憨气十足的小伙子。红男绿女丛中，他那头顶着高粱花的一身土气，就像羊群里跳出个骆驼，比大鬓角、蛤蟆镜、紧身衫和喇叭裤更引人多看几眼。

仲夏时节，黎明时分，俞文芊就紧蹬自行车，在通州到北京的公路上疾驰。小伙子头戴一顶尖头斗笠，破制服褂子上沾满露水和草叶，打补丁的裤子挽到膝头，光着一双泥脚；后车架上，驮着一个二百斤重的大青草捆。

他一路飞奔，一路口中念念有词。三十六里英文，三十六里日语，俞文芊选修了两门外语课。

一本英汉字典和一本日汉字典，俞文芊都吃进了肚子里。可就是乡下人口羞，不敢挂在嘴边上，发音过不了关。下笔答卷，能拿一百分。但是只要一开口，英文便带着北运河的水音儿，日语便充满花街的旱甜瓜味儿，惹得哄堂大笑，他急忙咬住舌头。

俞文芊的自行车飞下八里桥，直奔奶牛场，交上青草过了秤，然后，跑到人家的男浴室，刷牙、洗脸、拧开自来水管子的莲蓬头冲身子。从车把上摘下一只百宝的大书包，掏出他的礼服：深灰的确良汗衫，铁青中长纤维裤子，泡沫塑料厚底黑凉鞋。早霞晨光中穿戴齐整，配上小伙子那浓眉大眼，圆头方脸，扇子面胸脯，一条脊檩似的个头儿，乡下人眼光看来，也算得俊扮小生。

他每天到校打扫了教室以后，家住市内的同学才姗姗而来。

这个大学分院，只有孤楼一座，矗立在花树葱茏中。没有宿舍，夏天无处午睡，男女同学都趴在教室书桌上，迷迷糊糊打个盹儿。俞文芊却走出校门，到通惠河畔高坡上，找一棵绿荫如伞的河柳下，铺上塑料布，放倒大睡。

这块塑料布披在后背，又是他的雨衣，尖顶斗笠的拴带儿勒紧了脖子，在鞭杆子雨的抽打中弯着腰，像被狂风吹得倒伏的芦苇，两只胳臂趴在车把上，便可风雨无阻了。

每天下午放学，俞文芊片刻也不停留，蹬上自行车，驿马流星似的飞回家。

当年花街上那蒲柳人家的风光，已成过去，只有俞文芊家还依稀可见旧日的残迹。仍然是他爷爷和老爹留下的鸽子笼泥棚小屋，巴掌大的柳篱小院，就连三年一换柴门，也不改古风旧例。

一进家门，俞文芊把书包从窗口扔到炕上，便肩背柳筐，手提镰刀，到村外的河边沟畔打草去。

俞文芊自己手编的红皮水柳大筐，人称花街一号。有一年插秧下起小雨，两个快手姑娘花碧莲和杜秋葵插到地头，没有一棵树遮身子，就把俞文芊的大筐倒扣在头上。她俩盘膝大坐在筐下，还能脸对脸儿玩拍花巴掌。俞文芊磨出的镰刀，虽不能削铁如泥，鸡蛋粗细的柳棵子却能迎刃而倒；三年工夫，就把一条五寸厚的青石磨得像一只马鞍子。

河边沟畔，草色青青，甜而又嫩，奶牛爱吃；俞文芊割多少，奶牛场买多少。他一口气割到月亮挂上柳梢，一团一团的长脚大花蚊子叮得他伸不出手，才算罢休。一筐一筐背回家，散放在柳篱内外。鸡叫起床，打捆装车，上学路上，顺便卖草。

二百斤青草三块钱，从六月到八月，三个月汗珠子一大缸，能换来二百七八十元。再加上每月拿二十元的助学金，俞文芊的这两项收入，超过他上大学之前的全年分红。

孤儿寡母，他家里只有一个老娘。俞大娘一双小脚，又是一条风中烛瓦上霜的病身子，三日阴五日晴，一年挣不了多少工分。所以，俞文芊上大学的同时，还得奔出娘儿俩的嚼谷。

白茫茫的大雨，天连地，地连天，公路上早已路断行人车马稀，俞文芊的自行车也就像天马行空，正得一意孤行。鞭杆子雨又劈头盖脸抽打起来，俞文芊抬不起头，睁不开眼，喘不过气。过桥到运河东岸，从桥头奔花街，三里黄泥道上一锅粥，自行车寸步难行。

前六十九里人骑自行车，这后三里只得自行车骑人。俞文芊把他的永久牌装甲自行车扛在肩上，一步一陷行走。

黄泥道上的两条车辙，像两道小溪，路边柳棵子挂满野花藤萝，雨打落花流水。忽然，几步开外，密密麻麻的雨帘中，恍惚一簇荷花开放。俞文芊停住脚步，从脸上抹下一大把雨水，看了又看，才看出是一件藕荷色的雨衣横躺在路上。雨衣下鼓鼓囊囊，难道是鞭杆子雨打昏了过路人？他扔下自行车，踉踉跄跄扑奔过去，揭开雨衣一角，原来是一辆嘉陵牌摩托车抛了锚。

“喂！”他向四下呼喊，“谁的……车呀？”

雨声哗哗，他的喊声只有自己听得见，却被一大瓢雨水泼进嘴里，呛得直咳嗽。

俞文芊东瞧西看，东边是一片青纱帐，西边是一片瓜田。瓜田柳下，有一座风雨飘摇的瓜棚。

不见摩托车的主人，丢下摩托车不管，于心不忍。送佛送到西天，俞文芊搬起这几十公斤重的摩托车，打算收藏到瓜棚里去。

他拔腿刚要走，突然从青纱帐的豆棵下钻出一个姑娘，跑过来喊叫着：“放下我的车！”两手扯住他的塑料布雨衣不放。

俞文芊回头一看，吓了一跳，花碧莲像是刚从水中捞上来。

2

花街东八里，一条乡村公路和一条小河汊子之间，十几亩柳棵子地上，公社和北京的服装公司合营了一个京花联合衬衫厂。公社出地皮，出劳力，建厂房，掌管人事和保卫；公社书记被选为联合衬衫厂的董事长。服装公司出资金，出机器，出技术和管理人员，掌管供、产、销；服装公司的一个副经理当厂长，盈利双方各得一半。

公社从三十六个大队招考青年女工四百名，男工一百人。这个联合厂出产的男女衬衫，不但畅销全国各地，而且三分之一向国外出口。两年来，公社净赚二百五十万元。

花碧莲眼下就是京花联合衬衫厂裁剪车间的女工。

她爹花四季，是个掌作的瓦匠头儿，一把瓦刀吃八方。她娘小名叫巧儿，更是神通广大，从十六岁就爱保个媒，一张巧嘴能把死人哨得翻个身，三十年喝过的喜酒，足够开一个烧锅。

爹的手巧、娘的嘴巧，花碧莲占全了这两巧；爹的心眼子多，娘的脸子俊俏，花碧莲又各占爹娘一面。

花碧莲虽然身姿娇小，可是一巧破千斤。拔苗、插秧、割麦……人高马大的女人紧追慢赶，跌打滚爬，也只能拾她的脚印。她不慌不忙，有板有眼，遥遥领先，身后留下一缕淡淡的紫丁香气息。她长得好看，阳春三月从桃李树下路过，彩蝶纷飞，一拥而上，追她一程又一程；拐了弯，出了村，过了河，折下柳枝子扑打，打也打不散。

如花似玉的一个姑娘，亲娘又是个说媒拉纤的老手，花碧莲却一直没有找到对象。

这也并不奇怪。

花碧莲心高，她娘多疑，花四季老谋深算，三口人三杆秤，三把尺；过了筛子又过箩，哪个小伙子能过这三关？

人品出众，文化又高，精明强干，又有口才，而且还得出身好。五项原则，缺一不可，花碧莲才看得上眼。

但是，她娘还不放心。

她娘巧儿，四十六岁了，早已被年轻人尊称花婶子。花婶子保了大半辈子的媒，弄虚作假，无中生有，天花乱坠，插圈拴套，全靠人嘴两扇皮，红口白牙跑舌头。所以，不管哪一位媒人登门，她都只当是夜猫子进宅。保媒的哪怕是她的一奶同胞，她也只当是黄鼠狼给鸡拜年。即便女儿中了意，不揭开皮看瓤儿，她也不点头。

花四季久走江湖，见过世面，花活鬼点子，瞒不过他的眼睛，三思而后行，不见兔子不撒鹰。他辛苦大半生，只有这个女儿，不想一盆水泼出去。他不声不响，却是一家之主；女儿中意，老伴点头，也还得听他一锤定音。他想招个倒插门的女婿，可又不想收个情愿更名改姓的无能小子。

三口人，三双眼睛，就像六盏探照灯，瞄来扫去，照远不照近；手擎着灯台灯下黑，他们谁也没想到俞文芊身上。

俞家是花街的孤姓，落户又晚，比大姓老户低一头，矮两辈儿。漏船偏遇顶头风，俞文芊的爹又死得早，撇下孤儿寡母吃不上，穿不上，更不被人看重。俞文芊小名叫榆钱儿，五六年出生。三岁到五岁那几年，正赶上吃食堂，一天喝三顿红薯叶子稀粥，饿得面黄肌瘦。枯藤似的细脖儿，葫芦斗的脑壳，小肚子像一面鼓，敲起来砰砰响，一根根肋条皮包骨，像洗衣裳的搓板子，他娘都不敢指望他熬过来。那时候，花婶子在食堂当炊事员，自个儿吃得饱，花四季和花碧莲也饿不着，比起俞家母子，花家三口真是人上人。七岁那年花碧莲上小学，泥头巴脑的榆钱儿，光着皴皮脚丫子，也跟在她后边。她回头啐了几口，榆钱儿站住了脚，等她一迈步，榆钱儿又像影子跟着她。气得她转身追打，榆钱儿才一溜烟跑了。可是，等她来到学校，榆钱儿已经坐在教室里，还跟她是同桌。有个好心眼儿的老师，给榆钱儿买了一双鞋和一身新衣裳。榆钱儿也真给这位好心眼儿的老师争气，年年考第一。他们念了三年小学，榆钱儿那身衣裳已经窄小而又破旧。天下大乱起来，老师被剃了阴阳头，关在牛棚里，小学生们就像霸王的兵，暗散了。只有榆钱儿，天天上学去。他从校墙外的老虎眼枣树爬进荒凉阴森的校园，扒着牛棚后窗，看望被折磨得蓬头垢面、满身伤痕的老师，一串一串掉眼泪儿。乱了三年，花碧莲和榆钱儿都接到通知，叫他们上中学。散了架的课桌，瘸了腿的椅子，又没有教科书，却还要改革学制，初中只念二年，直升高中。高中开学，并不上课，只叫学生头上长角，身上长刺；砸玻璃有人叫好，交白卷上光荣榜。这一来，冬天的教室冷如冰窖，除了榆钱儿一人，谁也不来受这个罪。昏天黑地混过了两年时光，天天迟到，月月早退，年年旷课，也照领一张毕业证书。黄瓜茄子一锅煮，都回村土里刨食。村里正收回自留地，杀光鸡、鸭、猪、羊，砍光花草树木，四面八方堵死了路。年轻人晚上收工，闲得手痒，闷得心慌，男男女女便一团一伙打扑克。一打就是一个通宵，白天下地就像拉了秧的黄瓜上了架的烟，蔫头耷脑。钻进青纱帐满天星，躲在豆棵下睡大觉，跟队长转影壁，捉迷藏。花四季和花婶子眼看着女儿一天天艳如桃李，好一副花容月貌，只怕眨眼之间没盯紧，一失足成千古恨。于是，天一黑就插门。队里不许花四季耍手艺，瓦刀生了锈，可是队长想娶媳妇却得找花婶子。花婶子说媒拉纤的鞋底钱，有如雪片般飞来。鞋底钱买来一台缝纫机，花碧莲被拴在了缝纫机上。花街的男女青年中，还有一个人夜晚大门不出，二门不迈，此人就是榆钱儿。榆钱儿中了书迷，家里揭不开锅，看书看得能忘了饿。但是，有时饭桌子上看书入了神，一边看一边吃，八个大菜团子入肚也不知道饱。他家冒穷气，他又犯呆气，花婶子打赌，双失目的姑娘缺心眼儿，也相不中这个又穷又呆的憨小子。然而，人不可貌相，海水不可斗量。天时一变，不知哪块云彩有雨。七七年大学招生，花街上的姑娘小伙子人人怯阵，偏是榆钱儿单枪匹马报了名。可惜，出师不利，通知下来，没考上。距离录取线虽不是相差十万八千里，可也像隔着一座山，横拦一道水。俞家的坟地光长蒿子，哪能生出灵芝草？花婶子被女儿捂住了嘴，才没笑掉了大牙。舌头尖子能压死人，榆钱儿的耳朵从小就磨出了茧子。他虽然没能一拳头砸出一眼井，却偏要铁杵磨成针。果然，天下无难事，有志者事竟成。七八年榆钱儿又报考大学，头榜没录取，二榜却中了，考上了朝阳门外通惠河畔的那座大学分院。从此，没人再叫他的小名，都称呼他的大号文芊了。一花引来万花春，花街上又有几个姑娘小伙子扔下扑克牌，拿起书本子，七九年和八〇年各有两个人考上了中专。花碧莲也受到了震动，缝纫机上摆放了当年的课本。她到京花联合衬衫厂当女工，不是走的后门，而是堂堂正正考上的。三年来，俞文芊作为一名走读生上大学，天天早出晚归；两年来花碧莲在衬衫厂，倒换着上早、中、晚班。各有各的钟点，各走各的路，他俩很难相遇，多日不见。

有缘千里来相会，无缘对面不相逢；想不到鞭杆子雨把他们聚会一起。白娘子要不是游湖遇雨，怎能碰见许仙？看来，天作之合，雨是红线。

俞文芊放下嘉陵牌摩托车，玩笑着问道：“碧莲，你哪一天买了这匹电驴子？”

“刚买三天。”花碧莲面带骄色，“花了我六个月的工资，半年的奖金。”

“这匹电驴子奴欺主，半路撂挑子。”俞文芊挤了挤眼睛，“看来，你还得买一条懒驴愁皮鞭子。”

花碧莲扑哧一笑，说：“今天下中班，天上刚飘雨花，本想骑上摩托车，八里地一眨眼到家，谁想前不着村后不挨店抛了锚。我蹲在豆棵下躲雨，只盼有个过路人救驾，想不到你这位文曲星下界，也算我洪福齐天。”

“你早该把车搬到那边瓜棚去。”

“那是杜秋葵承包的瓜田，我怕杜小铁子替他姐姐看瓜，把他的狼狗拴在瓜棚里。”

“只好我当搬运工了。”

“多谢了，榆钱儿！”

雨中一串笑声，花碧莲奔向瓜棚。

3

北京人在伏天爱吃西瓜，市面上年年闹瓜荒。花街的西瓜自古就有名，早年间在朝阳门外东大桥、东便门通惠河码头、前门箭楼子下面，三大瓜市摆状元摊。斗大的西瓜还带着一节青藤，两片绿叶，青藤上拴着三寸红头绳儿；有个名目，叫状元红，吃完西瓜还取个吉利。买到就吃，黑籽红瓤儿，脆甜爽口；搬回家去，七天之内，色、味、香不变，走了成色包换。

可是，这些年只许单打一，不管高矮、胖瘦、大小、宽窄，全都一刀切。花街的西瓜刨了祖坟，十几岁的孩子，只在画上见过瓜模样儿。

直到七九年才松了绑，放了足；北京的水果店查档案，一窝蜂齐奔花街，家家走访，户户作揖，恨不能将花街这个弹丸小村的八百亩地，吊在半空中，上下、左右、前后，六面都种西瓜。然而，当年的瓜把式，死的死，老的老，活着的手艺也撂生了。矮子里拔将军，旧日默默无闻的杜大胆儿，竟成了今天的高手。

杜大胆儿本人并不出奇，全靠祖传秘方，一块地早瓜，一块地晚瓜，两头卖大价钱。

他这个大胆儿的外号，却是因胆小而得来。杜大胆儿自幼生得瘦小枯干，灾枝病叶不离身，许愿出家，到庙里当过三年小和尚，被木雕泥塑的牛头马面吓破了胆。还俗以后，天一黑就心惊肉跳，跟他老爹种瓜，却不敢在瓜棚里守夜。老爹死了，他和媳妇二朵过日子，一家人全靠三亩瓜田吃饭，他不得不看瓜，就拉着媳妇作伴。半夜三更，偷瓜的人，捣乱的人，在瓜棚四外，鬼哭夜猫子叫，吓得他扔下媳妇逃回家去，再也不肯夜宿瓜棚。媳妇二朵膀阔腰圆，比他力气大，也比他有胆量，恨他胆小如鼠，就赌气一个人镇守瓜田。二朵身上绊住绳子，系三条腰带，手持一把磨得雪亮的鱼叉，坐在瓜棚里，夜夜睁眼到天明。有一回，黑夜下大雨，两个坏小子闯进瓜棚要占她的便宜。她寡不敌众，大喊救命。跟杜家一墙之隔的花四季被吵醒了，喊叫杜大胆儿："兄弟，你家瓜田有歹人，快去搭救弟妹！"他却关窗闭户，不敢出门，上牙打下牙，哆哆嗦嗦地哭道："大哥，你……替兄弟辛苦一趟吧！"花四季只得抄起一条桑木扁担，赶奔瓜田而去。两个坏小子已经把二朵反剪了双手，扒光了衣裤。幸亏花四季赶到，打跑了两个歹徒，自己也挨了一刀，倒卧在血泊中，直到天光大亮，杜大胆儿才赶来。花四季受伤很重，一个多月下不了炕，当时又是光棍一人，二朵感念救命之恩，每日端汤送饭，一来二去就有了情。后来，二朵仍然黑夜看瓜，花四季便去陪她。五五年土地入了社，杜家不种瓜了，二朵也不看瓜了，花四季才娶了巧儿。

这两年，杜大胆儿又承包了十亩瓜田，但是已经不用二朵大婶坐镇；他们的儿子杜小铁子，带着一条狼狗，看瓜万无一失。

杜大胆儿和二朵大婶的女儿秋葵，三年前嫁出去几个月，男人是个造反团头子，打、砸、抢分子，又查出他在武斗中杀过人，被判处十年徒刑，秋葵就搬回了娘家，自立门户。她也承包了二亩瓜田，看瓜也是杜小铁子代劳。

杜秋葵的这座瓜棚，狭窄而又低小，连个鸽子笼也算不上，倒像一只站鸡笼子。乡下人一进腊月，就将不下蛋的母鸡，用处不大的公鸡，装进一只特制的鸡笼里喂肥，过年杀了吃。站鸡笼子也像旧时代衙门口折磨犯人的站笼，鸡入了笼卧不下，吃饱了只能一动不动地站立，最能长肉。杜秋葵承包这二亩瓜田，联产计酬，超额得奖，她想多栽几棵秧，不愿瓜棚占地过多，搭起个站鸡笼子遮风蔽雨，只为立足，不为栖身。

花碧莲跑到距离站鸡笼子还有两三步，猛然想起杜小铁子的狼狗，失声尖叫，掉头又往回跑，藏到俞文芊身后，牵着俞文芊的衣襟儿，蹑手蹑脚。

风雨飘摇的小小瓜棚，没有狗，也没有人，一场虚惊。

花碧莲放了心，一步跳进这个站鸡笼子。俞文芊把摩托车搬进去，又返回黄泥道上扛他的自行车。

杜秋葵真会精打细算，小瓜棚不足一席之地，有坐的地方，没站的地方，要想躺一躺，只能虾米大弯腰。花碧莲坐在下面铺着厚厚稻草的破席头上，摩托车挤在她的身旁，就连立锥之地也不剩了。

俞文芊扛着自行车来到，探头一看，在门口收住了脚。

"碧莲，你在这儿避雨，我先回家了。"

"别走！"花碧莲叫起来，"我害怕。"

"这个站鸡笼子装不下两个人。"

"咱俩并排儿站着。"

俞文芊一脚踏进门里，忽然倒吸了一口凉气。大雨滂沱，他刚才顾不上瞟一下花碧莲的打扮，无意之中进门这一眼，却看得真切。花碧莲烫了头，长发披肩，短袖紧身高领的特利灵浅花汗衫，被雨水打得粘在了身上，显露出窄窄的一围乳罩。糯米色的筒裤，也被雨水裹在腿上。一双白高跟凉鞋，沾满了泥水。这哪里是三年前的花碧莲，分明是某一部爱情影片的女主角，大雨天走下银幕来。

俞文芊还真猜着了。花碧莲正是看过那一部爱情影片以后，按着葫芦画瓢，模仿那位女电影明星打扮的。京花联合衬衫厂的姐妹们打赌，花碧莲的眉眼儿，脸蛋儿，身条儿，都比那位女电影明星水灵、俏丽、秀气。那位女电影明星的双眼皮儿，看得出动过手术的痕迹，而花碧莲却是天生丽质。

"站着累得慌，你还是坐下吧！我在门外给你站岗。"俞文芊背靠瓜棚的前脸，半个身子在雨里。

"风吹雨打，小心感冒。"

"伏雨不伤人，只当是淋浴。"

“那你穿上我的雨衣吧！”

藕荷色雨衣小巧玲珑，俞文芊个子高大，只能顶在头上。

大雨越下越紧，没完没了，喧嚣的雨声令人感到寂寞而又心乱。

“文芊……”花碧莲轻声叫唤，“听说你……在大学……交上女朋友啦？”

“没有的事儿。”

“哼，还瞒着我！女方的爸爸，是个高干。”

“你一定是看爱情影片看多了，也学会了瞎编故事。”

“难道没有人看上你？”

“我看没有。”

“你难道也没有看上谁？”

“没想过。”

“男大当婚，你不小了，还要等到驴年马月呀？”

“功课很多，我还要打草卖钱，抽不出身子谈情说爱。”

“还有多少日子毕业？”

“一年。”

“毕了业打算干什么？”

“我想赶快工作，可是我们系主任想叫我报考硕士学位研究生。”

“那真是芝麻开花节节高呀！”花碧莲的声音有点酸溜溜的，“你步步高升，就更看不起我们这些土命人了。”

“我到死都不会‘水性杨花’。”俞文芊把雨衣挂在瓜棚的椽子上，向不远处的一片柳棵子地走去。

雨渐渐小了，花碧莲走到门口望去，只见俞文芊怀抱一团野花藤萝回来。

“文芊，你这是干什么呀？”花碧莲奇怪地问道。

“给这座站鸡笼子披红挂绿。”俞文芊笑吟吟地说，“美化一下环境。”

花碧莲的脸上掠过一抹阴影，问道：“你还忘不了秋葵？”

“……”俞文芊垂下眼睛，“咱们这些从小一块长大的伙伴里，她……最苦了。”

“我给你打下手！”花碧莲穿上雨衣，走出来帮忙。

她整理出一条条野花藤萝，递给俞文芊；俞文芊在瓜棚的两山和后墙下，两手扒坑，把野花藤萝的根茎埋下去，然后将藤藤蔓蔓扯上棚顶。

转眼之间，这座囚笼似的瓜棚，像一乘花轿了。

4

杜秋葵是杜大胆儿和二朵大婶的亲生女儿，只因她是属羊的，生辰八字也犯忌，又是个丫头片子，爹娘都不喜爱她。

运河滩老辈子有个陋俗，长得花枝似的姑娘，只要属羊和属虎，不但是赔钱货，而且是处理品，很难嫁出去，更难嫁好主儿。属羊的穷命，属虎的主凶，谁愿意将穷羊恶虎娶进门？属羊的命相又分三等：出生在春三月，羊有草芽吃，算是穷中有盼，是中等；出生在夏秋两季，草盛羊肥，叫穷中有福，是上等；出生在隆冬时节，天寒地冻，百草枯败，这可是穷到了底儿，当然算下等。如此胡说八道，至今竟还有人迷信。

属羊的杜秋葵，偏巧生在立冬那一天，那一年的那一天又是黑煞日。而且，她呱呱坠地，正逢未时；子鼠、丑牛、寅虎、卯兔、辰龙、巳蛇、午马、未羊……羊又占个未字，杜秋葵就更“羊”了。这已经够晦气，恰巧那一天又是未时交节；未时之前，还算秋日，未时之后，便立了冬。不早不晚，偏赶上此时此刻，杜大胆儿和二朵大婶恶心死了。自欺欺人，二朵大婶给她取名秋葵，不认未时立冬这个账。然而，心中有鬼，想起来便六神不安，头上罩住了丧气。

假如二朵大婶从此不再生育，杜秋葵也就是一棵苗，独根草，到底是自个儿身上掉下来的肉，二朵大婶多少也得疼爱女儿一点儿。谁想只不过一年，二朵大婶又看瓜得子，贵子得自情人，真是无价之宝。恶运都交在了杜秋葵的身上，她的命相跟这位宝贝儿弟弟相克，二朵大婶便给儿子取名铁锁，也就越发恼恨女儿。

铁锁像一颗金蛋，顶在爹娘的头上；秋葵不但遭受爹娘的白眼，更要受弟弟的欺凌。姐弟俩从小吃穿分贵贱，全家的香油、白面、鸡蛋、瓜果，只供铁锁一张嘴，秋葵半口也吃不上。真像京郊农村那首古老的民歌《小白菜地里黄》所唱：“……弟弟吃面，我喝汤呀，端起碗来，泪汪汪呀……”但是，民歌唱的是后娘虐待前妻的女儿，而秋葵和铁锁却是一奶同胞。吃食堂的那两三年，打回稀粥，铁锁拿一把笊篱，捞稠的吃，秋葵只能喝红薯叶子。饿得她跟榆钱儿搭伴，树棵里打鸟儿，河边上捞鱼虾，草丛里找地梨，沙岗上摘酸枣儿，填满肚子。她是弟弟的使唤丫头，三四岁就得哄铁锁玩，铁锁一不顺心，又踢又咬，她也不敢还手。二朵大婶听见铁锁哭一声，她就得挨一顿扫帚疙瘩。铁锁背着小书包上学去了，她却穿着铁锁剩下的破衣褴衫，挎着柳篮背着筐，河边野地挖猪菜，打羊草。她没有上过学，是个文盲。花街的姑娘，多多少少都有一点文化，只有她扁担躺在地上，也不认得是个一字，更觉得低人一头。十一岁，她就被二朵大婶打发到队里挣工分，收工回来还要拾一捆柴火。早上一缸水，晚上浇小园。她肩挑两只大木筲，一担水歇三站，起早贪黑十几趟。

风吹日晒，吃苦耐劳，杜秋葵却长得更茁壮，十五六岁就赶上她娘的个子，力气很大，挣上了整劳力的工分。她泥里滚草里爬，从不挑肥拣瘦，也不嘴尖舌巧，婶子大娘都喜爱她。家里像冰窖，野外像火盆，她喜欢起五更爬半夜打加班，免得回家看爹娘和弟弟的脸色。打加班多挣分，二朵大婶只顾贪爱工分能换米和柴，也就乐得放鸟出笼，却忘了大姑娘就怕高粱地和月黑天。

有个小伙子叫安天宝，贫农出身。他爹年轻时被国民党抓过兵，没有三个月就被解放军俘虏，到十八兵团当战士。十八兵团打太原时，他登云梯，爬城墙，炸断一条胳臂，立了一等功。复员回家，算是二等残废军人，每月能从县民政科领取生活费。此人侠肝义胆，为朋友甘愿两肋插刀；又是二踢脚的爆竹脾气，路见不平，挥拳相助，打起架来就像打太原。一九六六年天下大乱，他从北京来的红卫兵小将嘴里，听说一位当年十八兵团的老首长被打成黑帮，天天挨打示众，心疼得开口大骂这些折磨他的老首长的天之骄子，是马下出来的骡儿。小将们听说后，解下腰间的铜环皮带，呼哨而上。他竟赤手空拳搏斗起来。但是，单臂武松，寡不敌众，被打得血肉模糊，气绝身亡。他死了，却给家人留下了无穷的祸患。儿子安天宝成了狗崽子，脖子上挂黑牌，清队以后改叫

“可教育好的子女”。这一来，虽然小伙子有一副五官端正的相貌，两膀子九牛二虎的力气，可是脸上刺着字，身上背黑锅，连地富子女也不肯嫁给他了。

然而，人非草木，谁能无情？安天宝悄悄爱上了杜秋葵。

杜秋葵从小在屈辱中长大，不懂得看不起人，更不会欺侮人。安天宝比她大八岁，农活是能手，脾气又十分和顺，她只当安天宝是个老大哥，并无杂念，更不存戒心。

挖河，打堤，拔麦子，脱坯，是四大累，又是四大巧。杜秋葵的力气顶得住，只是手忙脚乱不出快，安天宝手把手教会了她这四门手艺。她却没有留心，当她蹲下身子，弯下腰时，安天宝常从她那解开钮扣的脖领子里，偷偷瞟一眼她那丰满的胸脯。她穿的是一件洗得褪色，打着补丁的男军装，这也是她弟弟穿剩下的。破旧的军装里也没再穿一件背心。

一个月黑夜，河边浇稻田，只有几个男青年打夜班，姑娘中就来了杜秋葵一个人。安天宝是被教育对象，有夜班就得阵阵出马，场场必到。

那几个小伙子，不是来混分的，就是来泡分的，没有一个是来挣分的。他们只管看毛渠，开畦口。兵分两路，一路留守阵地，一路溜到村边菜园，摘黄瓜，偷西红柿，满载而归。低低打一声口哨，大家钻进一片茂密的柳棵子地，饱餐一顿，扔胳臂蹬腿，横七竖八大睡。安天宝又要看水泵，又要蹓干渠，忙得脚丫子朝天，杜秋葵便给他打下手。

难熬的三更天，人困马乏，一个跟头绊倒，能睡死过去。远处，那一片茂密的柳棵子地里，鼾声如雷。杜秋葵也支撑不住，连连打哈欠。

安天宝心疼她，就叫她找个地方打个盹儿。杜秋葵笑了一声："天宝哥，你真是菩萨心肠儿，唐僧的心眼儿！"她把铁锹插到渠边，夹着一块随身带的塑料布，沿着河边的鸡肠子小路，在河湾的柳丛中，找到一条子白沙地。

一天湿三遍，干三遍，全身上下发了馊，她又没有替换衣裳。月黑天伸手不见五指，她下河洗了洗身子，顺便涮了涮衣裤。上岸来，她把衣裤搭在红皮水柳枝上吹风。正是盛夏，半夜三更也并不寒气袭人。虽是月黑天，不像要下雨，河风里不带湿气，不到天亮就能把衣裤吹干了。她又到高粱地里，擗来一大抱叶子，铺在柳丛白沙上，塑料布掩住大半个身腰，躺下来就静静地睡着了。

安天宝坐在河边，看守水泵，心里十五个吊桶打水，七上八下。往日打夜班，姑娘媳妇儿一台戏，他不敢亲近杜秋葵。今天只有杜秋葵单身一人，正得倾诉衷肠。但是，他又怕捅了马蜂窝，起来坐下好几回，还是拿不定主意。

一阵风来，扫得沿河柳弯草低。过了一会儿，一个黑糊糊的东西顺水漂来，到他脚下，他探出胳臂抓到手里，原来是杜秋葵的破军装褂子。他的心猛跳起来，这可找到了话茬儿。过这个村，没这个店，他挺身而起，拎着破军装褂子寻找杜秋葵。

找来找去，他找到了河湾柳丛中那一条白沙子地。走进去一看，眼前白花花的一个身影，杜秋葵身上的那一块塑料布，是剪开的进口化肥袋子，像一片流云水雾，洁白而又透明。安天宝的心跳到了嗓子眼儿，只觉得口干舌燥，呆呆站立，看了半晌，才颤着声叫："秋葵，你的褂子掉到河里了……"

秋葵没有动静。

他又呆呆站了一小会儿，准备把褂子的水拧干，晾起来再走，就在他拧干水，将衣服“哗”地一声抖开时，杜秋葵惊醒了，她昏头胀脑，模模糊糊看见一个巨大的黑影。她个子大，像她娘，胆子小，像她爹，迷迷怔怔大叫起来：“有坏人啦！救命呀！……”

安天宝放下衣服撒腿就跑，一个跟头三个滚儿，无影无踪了。

杜秋葵的喊叫，并没有引起回响，远处柳棵子地里那几个小伙子，睡得死沉，抬起来下汤锅也醒不了，谁能前来搭救杜秋葵？

吓得三魂出窍的杜秋葵，慢慢镇定下来，揉揉眼睛，只当刚才做了个噩梦。她穿上湿衣干裤，原路而回。心里直纳闷：裤子干了，怎么衣服还是湿的！

“天宝哥，我梦见一只老虎要吃我……”杜秋葵说着，向水泵走来。

但是，安天宝失踪了。

小伙子害怕杜秋葵告状，他要挨打、游斗、戴上坏分子帽子，也就没脸活在世上了。他想起老辈子的人，饥寒交迫，惹下大祸，都下关东。于是，他逃回家，拿了几斤粮票几块钱，又带上他爹的荣誉军人证和户口本上的他那一页，连夜逃奔关东而去。

过了几天，杜秋葵才醒过梦来，她梦见的只怕不是一只老虎，而是菩萨心肠儿的安天宝吧？她后悔自己冒冒失失那一叫，害得安天宝不知流落何方，生死不明，暗暗难过了好些日子。

榆钱儿高中毕业，回村劳动，接了安天宝的班。

他虽不是“可教育好的子女”，可是为人憨直，占不着便宜，只有吃亏的份儿。他的力气不小，但是初出茅庐，也是手忙脚乱不出快。杜秋葵早已出师，轮着她手把手教榆钱儿了。她比榆钱儿大两岁，只当榆钱儿是个小弟弟，也并无杂念，不存戒心。榆钱儿是个书迷，不想媳妇儿，也不偷看杜秋葵的脖领子。

娇滴滴的花碧莲，生性好抓尖儿，姐妹中闹得很孤立。杜秋葵从不争风抢上，跟哪一位姐妹都亲亲热热，孤家寡人的花碧莲，便跟她接近起来，送她两套穿旧的花布汗衫和制服裤子，还搭上一条半新的丁香紫头巾。杜秋葵比花碧莲粗壮，穿上花碧莲的衣裳，窄小得绷紧在身上。她从穿衣镜上照见自己的影子，羞得双手蒙脸，怯生生地说："唉呀！就像光着身子，我怎么敢出去见人！"

"秋葵，想不到你像'一枝红杏出墙来'！"花碧莲在杜秋葵面前，卖弄学问，"也不知哪个小伙子有口福，把你这颗红杏摘到手。"

"谁肯要我这个睁眼瞎呀？"杜秋葵脸上一阵阴暗，"我娘还想叫我多挣几年工分……"

花碧莲磁着眼珠儿，想了又想，忽然咯咯一笑，说："榆钱儿跟你正是天生的一对，地造的一双。"

杜秋葵的心颤动了一下，脸一红，发了怔。半晌，却又摇摇头，嘴角一丝苦笑，说："榆钱儿娶不起我，光是奶水钱，我娘至少要八百块。"

花碧莲只不过是一句戏言，风一吹就忘了。然而，一缕情丝，却缠绕在杜秋葵心上。从这天起，杜秋葵处处心疼榆钱儿，月黑天河边浇稻田，她强忍着困乏，却打发榆钱儿到河湾柳丛中的白沙地上睡觉。一转眼就到了一九七七年，榆钱儿还像一只浸了水的木鱼，敲不响。

这时，花婶子登门给杜秋葵说媒。

花婶子嫁给花四季不久，就耳闻二朵大婶跟花四季相好过，两人做了二十多年的冤家对头。二朵大婶心中有愧，不敢不退避三舍。因此，花婶子进她家的门，是赏她的脸，她怎能不笑脸相迎，满口答应？

说媒拉纤，讨价还价。二朵大婶的娇儿铁锁已经长大，眼下人称杜小铁子，正走桃花运。二朵大婶卖了闺女娶儿媳，开口就要奶水钱一千元，还得奉送一万八千块青砖，三千五百块红瓦。这真是漫天要价，不料花婶子嘎嘣响脆，满应满许，三言两语拍板成交了。

杜秋葵慌了神儿，打夜班溜出稻田，半夜三更跑到榆钱儿家，敲打榆钱儿那间小屋的后窗。

榆钱儿正悬梁刺股，复习功课准备考大学，半天才抬起头，隔窗问道："谁？"

"我……"杜秋葵低低啜泣，"我妈要拿我换一千块钱，一万八千块砖，三千五百块瓦……你救救我吧！"

榆钱儿走出去，响当当地说："我带你到公社去请求保护。"

"我怕我妈活剥我的皮……"

"那我就无计可施了。"

"你……你是我的心上人呀！"杜秋葵投到榆钱儿的怀里，"难道你忍心看我跳火坑？"

"我翻箱倒柜也拿不出十块钱，扒了房也没有几块砖、一片瓦……"榆钱儿发了狠，咬破嘴唇，"你拖延一些日子，等我考上大学，你妈就不跟我要钱了。"

"天保佑你！"杜秋葵哭湿了他的胸襟。

但是，榆钱儿没考上，那个小子却把奶水钱和青砖红瓦送上门来，他眼睁睁看着杜秋葵像一只绵羊，被人家买走了。

杜秋葵嫁出去几个月，那个小子就犯了案。法院不但判处他十年徒刑，而且判决破产退赔。杜秋葵怀着三个月的身孕，重回花街，跟那个小子离了婚，到公社医院做了人工流产手术。

娘家，一万八千块青砖和三千五百块红瓦，盖起五间大北房，那一千块奶水钱却被杜小铁子花了个精光。杜小铁子像个散财童子，把卖姐姐换来的一张张十元大钞，抛洒在走马灯似的一个个对象身上，可也没有捞着一个媳妇。

榆钱儿考上大学分院，手拿着录取通知书，去找杜秋葵。半路上，意想不到，却遇见了哭丧着脸的安天宝，从杜家碰壁而归。

安天宝逃到东北，在一家国营农场当了几年临时工，跟一位老农艺师学会了不少手艺，积攒下一千几百块钱，也算衣锦荣归。他回村刚放下行李，听说杜秋葵的不幸遭遇，当下就到杜家求婚。二朵大婶将杜秋葵减价一半，只跟安天宝要五百块的孝心钱，但是杜秋葵吃下秤砣铁了心，死活也不肯再嫁人，二朵大婶一怒之下将她扫地出门。

花四季正想跑马占圈盖一座新宅院，就把杜秋葵收留下来，替他看管老房子。

这二年，秋葵承包瓜田，就像栽种了一棵摇钱树，年年得利，日子富足。但是，她仍然胆子不大，不敢黑夜看瓜，又脸皮儿薄，不敢抛头露面，上市卖瓜。于是，杜小铁子趁虚而入，大包大揽，看瓜交给一条狗，卖瓜沾手三分肥。

雨刚见小，杜秋葵便在家中坐不住，迎着微风细雨跑出村来。她怕西瓜泡了水，太阳一晒放了炮。

这两年腰里硬，自己当家做主，杜秋葵要把失去的春色找回来。她穿的是一件柳绿雨衣，斜大襟花红衫子，半高鞡雨靴；满面春风，挺着胸脯走路。她远远地看见瓜田上，一男一女给她的站鸡笼子扯满了野花藤萝。手搭凉棚望去，看出是俞文芊和花碧莲。她慌忙闪进青纱帐，情不自禁，心里一酸，眼泪扑簌簌淌下来。

俞文芊搬着摩托车，花碧莲扛着自行车，说说笑笑从青纱帐外走过去。他们没有发现青纱帐里的杜秋葵，青纱帐里杜秋葵的泪光中，却久久映照着他们的影子。

5

还有一箭之地，就到花街村口了。

花街是个小村，几十户人家却分布在三道沙岗上；这三道沙岗过去叫龙头、熊腰、凤尾，各自相隔一条窄窄的河汊子，一幅小桥流水人家的风景。这两年新房如雨后春笋，龙头、熊腰、凤尾连成一片，改叫前街、中街、后街。河汊子两岸砍光了水柳、蓬蒿、酸枣棵子，栽种下桃、李、杏、梨、海棠、苹果。村庄四外，杨、柳、桑、枣、榆、槐，绿树浓荫，白天不见人影，夜晚不见灯光。

俞文芊家住龙头前街，花碧莲家住凤尾后街。两家虽是一村人，多年不来往。

“文芊，你把摩托车搬回家去……”花碧莲存住脚步，转了个念头，“咱俩交换了。”

俞文芊不知花碧莲是何用意，笑了笑说：“有钱才能支使摩托车的轮子转，我换不起。”

“你搭救了这辆车，我不要你找价。”

“那不成了路劫明火吗？”

“我真心实意换给你。”花碧莲的目光，含情脉脉，“你每天上学，来回一百四十四里，骑着摩托车，节省两小时，一寸光阴一寸金；我上下班，往返不过十六里，坐上老牛破车，也比你早去早回。”

“我还不够这个级别。”俞文芊扮了个苦脸儿，“再说，我也没处偷油。”

“这个你放心！”花碧莲笑吟吟地打保票，“杜小铁子跟南来北往的十几个司机，都有八拜之交，他能开个加油站。”

“汽油混合贼腥味儿，环境污染更要命了。”俞文芊半玩笑半正经，“碧莲，我劝你也别再骑摩托车，车轮子带着不正之风。”

“牵着不走，打着倒退！”花碧莲变了脸，眼角眉梢都是骄娇二气，“你换也得换，不换也得换！我开的是一言堂，做的是霸王生意。”

说罢，她跨上自行车，直奔村口，扔下俞文芊给她当苦力。

穿龙头，过小桥，绕熊腰，又过二道河汊子，回到凤尾，她家门口下了车。

花家是花街的首富，三口人三条生财之道。花碧莲在京花衬衫厂，每月工资三十七元，副食补贴五元，车贴二元，洗理费四元二角，夜班费三元，全勤奖五元，超额奖二十元上下，总计七十七元挂零儿。花四季是公社基建队的大掌作，拿七级工的工资，再加上各项补助和奖金，每月收入百元以上。花婶子在家饲养鸡、鱼、貂，一年收入已经不少，另外又身兼私立婚姻介绍所所长，每月都有两笔外快。这两年农民富起来，彩礼水涨船高，媒人的鞋底钱也就大调价，花婶子的这项收入十分可观。财大气粗，盖起这座青堂瓦舍的大宅院，四面砖墙，十间游龙起脊大瓦房，爬满了崭青碧绿的爬山虎藤萝，铜钱花眼的高门楼，两扇红门铜扣环，仿的是老北京大宅门儿的格局。城里人住惯了人均二点八平方米，一见这座宅院吓一跳，只当是一幅海市蜃楼的幻景。

且慢少见多怪，走进门去，更要目瞪口呆。迎面一座大影壁，重金礼聘县文化馆的画手，画了一幅大地回春百花齐放图，大红大绿的杨柳青年画风格，也掺和了不少西洋油画的佐料儿；这幅画花费了一百块钱的润笔，三天四盘八碗的酒饭。影壁后面，还有一座石翠苔青的假山；假山上的雨搭下，十八间小巧玲珑的貂房。养够了尺寸，公貂一只一百二十元，母貂一只九十六元，好大一捆十元钞票。顶叫人惊叹不已，忍不住扯开喉咙喝彩的风景，是满院一池碧水，荷叶盘盘，弥漫清香。这口一亩大的鱼塘，清一色的鲫鱼，大的二三斤，小的五六两，逢年过节大篓上市。东西两面墙下，各有一溜鸡埘，母鸡二百只，日产鲜蛋百多个，好似繁星落地；十只红冠子大芦花公鸡，拍打翅膀啼鸣起来，就像一支合唱团。

要问这座宅院造价多少，主人微微一笑，无可奉告。花四季是一位大掌作瓦匠，门下弟子上百人，一声令下，都来帮工，分文不取。砖场、石窑、木匠作，花四季路路通，处处大开方便之门。这座十间大房的宅院，眨眼之间，平地而起。

早有人吹风，别看花四季眼前过五关，早晚有一天走麦城。花四季却脸不变色心不跳，沉住了气。他已经五十大几，年近花甲，晚年交上好运，摆几天排场，享几天福，也不算罪过。即便再来个大折腾，也死而无怨了。

花四季这几天正在家里休假，大雨封门，他盘膝坐在炕上，面前一副扑克牌，跟老伴花婶子玩钓鱼解闷儿。看看窗外雨住了，他把手中的牌一扔，下炕穿鞋，走出屋门外舒展一下筋骨。

他是个长胳膊，鹭鸶腿，五尺五的大高个子，剃着锃亮的光头，一张鹞眼鹰鼻的长脸，上唇一抹黑胡髭。身为花街首富，穿着打扮就得不失身份。上身是杭纺的对襟褂子，不喜欢钻头套脑的背心，贴身还是白洋布汗褟儿，下身黑绸肥裤，扎着裤腿，脚下双梁靸鞋，一副艺高架子大的老手艺人神气。

花婶子比丈夫小十岁，年轻时候一朵花，如今四十多岁了，仍然是弯弯的眉，水汪汪的眼，红润润的薄嘴片儿，没有一茎白发的青丝梳着香蕉头，风韵犹存不见老。花婶子心目中，老伴是一棵擎天的树，她是一条绕树的藤。花四季走出屋，她也跟出来，老两口子站在鱼塘岸边，观看荷叶下鱼儿戏水。

“爸，妈！”花碧莲拐过影壁，娇声嫩气地喊叫。

“哎哟，你怎么顶着大雨回家来！”花婶子一见女儿头上脚下湿漉漉，心疼得叫起来，“不怕淋坏了身子，淋坏了‘嘉陵’？”

“我想您们二位老人家呀！”花碧莲嬉笑着把自行车推进来。

“‘嘉陵’呢？”花婶子不见摩托车，忙问道。

“我跟人家换了。”花碧莲又将自行车搬进仓房，门上加锁。

“跟谁换的，他倒找多少钱？”花婶子追问道。

花碧莲抛给母亲一个诡秘的微笑，说：“一对一，换给了俞文芊。”

“什么，什么？……”花婶子两眼眨个不停，“跟那个……榆钱儿？”

“人家上了三年大学，您尊称人家一声文芊吧！”花碧莲一扭身子，走进自己的闺房。

这间闺房里，整整齐齐地摆着大立柜，梳妆台，双人床，落地灯，土造沙发。花碧莲脱下身上的湿衣裳，打开立柜的一扇门，摘下一条墨绿百褶裙，一件白绸衫，都是京花联合衬衫厂的降价处理品。又扒下沾满泥水的高跟凉鞋，换上一双天蓝色的塑料拖鞋。

“你为什么便宜榆钱儿？”花婶子站在闺房门外，喊嚷着。

“人家叫文芊！”花碧莲吃吃笑，“我们俩……在杜秋葵的瓜棚里避雨……”

“他……他跟你动了手脚！”花婶子大惊失色，破门而入。

“我愿意……跟他……”花碧莲坐在床沿上，羞羞答答。

“你怎么迷了心窍，看上他？”花婶子急赤白脸，“三间鸽子笼，巴掌大小院，憋闷死你。”

“您们老两口子不会分给我们五大间吗？”花碧莲瞟了母亲一眼。

“啧，啧！”花婶子打着响舌儿，“他黑不溜秋，一天到晚直眉瞪眼，哪一点儿可人疼？”

“人家直眉瞪眼是一心扑在了学问上。”花碧莲甜甜一笑，“上了三年大学，我看他眉眼口齿，山明水秀，跟过去大不同了。”

“上了大学，一年土，二年洋，三年不认爹和娘，早晚是个陈世美！”

“盐卤点豆腐，我可不是秦香莲。”

“大学毕业，一个月挣多少钱？”

“头一年四十六块，转过年来五十六块，加上补贴，六十块出头。”

“唉哟哟，比你还少十几块呀！”

“我一不缺吃，二不缺穿，三不缺钱，缺少的是……”花碧莲抬起头，“一个给我脸上增光的人。”

花婶子从鼻孔里哼了一声，说：“我当不了家，你也做不了主，咱家的灶王爷是你爹，他说了算。”说罢，花婶子沉着脸走出女儿的闺房。

外屋，花四季正坐在土造沙发上，打开了电风扇，拧开了十二吋电视机，听播音员李娟报告节目。花婶子伸手把声音调低，在老伴耳边嘁嘁喳喳，愁眉苦脸儿。

“正合我的心意！”花四季一拍大腿，“我订购了电冰箱跟洗衣机，可是还觉得有个大欠缺，原来是少一位大学生门婿。”

老伴点了头，花婶子就像接了圣旨，马上眉开眼笑，说：“等吃完饭，我就到俞家去。”

“妈！”花碧莲跑出屋来，“您不能亲自出马，得另外找个媒人。”

花婶子冷笑道：“花街子你挨门挨户数一数，哪一个说媒比得上你妈？”

“一把钥匙开一把锁。”花碧莲想了想，“安天宝跟文芊是好朋友，您去找他。”

正在这时，门外有人叫：“花婶子！”

鬼使神差，正是安天宝，搬着摩托车走进门。

花婶子迎出去，笑问道：“天宝，我们家的摩托车，怎么到了你手里？”

“我正到您家来，路上遇见文芊，他叫我把摩托车转交碧莲，再把他的自行车推回去。”安天宝伶牙俐齿，忽然吭吭哧哧，“婶子，我有一桩心腹事，想求您……”

“快进屋里坐！”花婶子喜眉笑眼，“一道篱笆两根桩，远亲不如近邻，谁都求得着谁。”

6

安天宝至今还是独身一人。

他从东北带回来一千多块钱，盖起三间砖房；他爹平了反，县里追补八百元抚恤金，他又接上两间，打上围墙。老娘在他逃走三年后，哭丈夫屈死，想儿子断肠，伤痛而亡。空落落的大院子，缺少女主人。

众星捧月，安天宝当上稻麦专业队队长。他带领另外十几个劳力，承包三百亩大田，稻麦两茬，亩产一千八百斤；还承包了两道河汊子，每年出上万斤鱼。农闲时节，打稻草绳，织稻草帘儿，编草帽子，卖给土产杂品商店。他们这个队的每个人，分红得奖，一点也不比骑摩托车的花碧莲收入少。

不是没有人给他说媒，花婶子就进出他家十来趟，然而他只是一声不吭，连连摇头，谁也猜不透他这个谜。

安天宝心如明镜，明镜上却有一块黑斑。想起八年前的那个月黑天，河湾柳丛中，惊吓杜秋葵的往事，他就感觉自己欠理。而且，好像杜秋葵婚姻上的不幸，也是他的罪过。因而，一定要娶杜秋葵，叫这个苦人儿抱上蜜罐子。

但是，杜秋葵冷若冰霜，拒人于千里之外。于是，安天宝只有等下去，等来春到杜秋葵心头那一天。

专业队里别的小伙子，包产有了钱，抢的是手表、自行车、电视机、电风扇；安天宝却买的是七百多块钱的电冰箱，二百多块钱的洗衣机。有了电冰箱，做一回饭吃十天；有了洗衣机，洗洗涮涮很方便。然而，电冰箱和洗衣机到底代替不了女主人；布谷鸟还是落在他家院外的杜梨树上，日夜向他叫："光棍儿好苦，光棍儿好苦！"

弹丸小村，方圆左右八百亩，土里刨食，磕头撞脑，杜秋葵和安天宝天天见面。

她只见种瓜利大，便承包了一块瓜田，却没有想到种瓜要有好手艺。平畦、施肥、撒种、浇水，她都是偷眼看人家，依样儿画葫芦。但是，芽棵儿一破土，下一步该当如何，就看不出门道，更一窍不通了。她去问老爹，老爹指点一番，却无暇替她摆弄。

一天，杜秋葵坐在瓜田地头发愁，安天宝问明了情由，一笑说：

"你算是河边巧遇姜子牙，不必三顾茅庐请诸葛了。"安天宝笑眯眯挽起袖口，"摆弄西瓜，我是个半开眼儿的行家。"

"咱村西瓜绝种那一年，你也不过八九岁呀！"杜秋葵不相信。

"我在东北国营农场，跟农艺师学过这门手艺。"安天宝笑呵呵地说，“那个老头儿是神农转世，可惜我只学到了刚入门的小几招儿。”

“你会种瓜，为什么不承包瓜田？”女人心细，杜秋葵仍然表示怀疑。

“水饱养不活人！”安天宝哈哈大笑，“我更喜爱稻麦两茬，出产大米白面。”

有病乱投医，杜秋葵只得请安天宝动手。安天宝把杜秋葵带进瓜垄，一边拾掇，一边解说，两人头并头，身挨身。杜秋葵已经是一颗熟透的果子，胸脯比八年前更丰满，安天宝却目不斜视，不再偷看。

一年下来，杜秋葵的西瓜，比她爹的西瓜个大、皮薄、蜜甜、结得多。杜秋葵买了两瓶红粮大曲，一盒什锦糕点，等安天宝来到瓜田，双手捧给他，说：“天宝哥，理当跟你对半提成，我知道你是个红脸汉子，不肯舀走我的半锅粥。瓜子不饱是人心，你收下这点谢礼吧！”

安天宝只当是瓜熟蒂落，不接谢礼，却满头冒汗，吞吞吐吐地说：“秋葵，咱俩……”

“你走开！”杜秋葵那温和的脸上又下了霜，一声断喝。

安天宝讨了个没趣儿，垂头丧气而去。

今年，杜秋葵又承包瓜田，自以为七诀八窍学到了手，不再招引安天宝前来相助。哪料到麦收过后，比往年雨水勤，瓜秧子疯长，生瓜就放炮。杜秋葵只得硬着头皮厚着脸儿，又向安天宝求救，安天宝不计前嫌，招之即来。

这天大雨一住，安天宝遛完了他们专业队的稻田，牵挂杜秋葵的西瓜泡水，又来到这块瓜田看一看。却只见杜秋葵坐在一乘花轿似的站鸡笼子瓜棚里，哭得两眼像五月鲜的红桃，边哭边诉道：

“人家一个是从小虽受苦，金榜题名熬出了头……一个是自幼爹疼娘爱，步步莲花走红运。只有我……属羊的穷命，又掉进冰窟窿，死后也是……黄连树下的孤魂野鬼，坟头上长苦菜。”杜秋葵双手蒙着脸，哭得悲悲切切。

安天宝这才看见，黄泥道上俞文芊和花碧莲的双双身影，恍然大悟。他鼓起勇气，壮起胆子，一脚踏进门里说：“秋葵，你别哭了，咱俩齐心合力，就能苦尽甜来。你往前走一步，快进我的门吧！”

杜秋葵闻声抬起头来，先是一愣，然后沉重地摇摇头，说：“你在花街上，也是个顶天立地的男子汉大丈夫，看上我这个丢人背兴的剩货，只怕是鬼迷了心窍。”

“我早就看中了你……”安天宝结结巴巴，满头挂露水珠子，“八年前，月黑天，河湾子的柳丛里，我……就想把这句话……告诉你。”

杜秋葵哇地一声，哭得更伤情。安天宝看出她并无反感，便有了信心，连忙回村找媒人。走到龙头街口，遇上俞文芊，这才搬着摩托车，来到花家。

花婶子把他迎进屋，他刚开口，花婶子就给他道喜：“这真是一桩美满良缘，包在你婶子我身上了！”

“您还是别找钉子碰吧！”花碧莲瞪了她妈一眼，“当初您打鸭子上架，秋葵才嫁给那个打、砸、抢的杀人犯，害人不浅，人家心中能不恼恨您？”

“花婶子不出马，谁配当大媒？”安天宝急得搓手。

花碧莲轻轻点了一下自己的鼻子，笑道：“打着我爹的旗号，我来跑腿儿。”

“多谢了！”安天宝笑逐颜开。

“好，好，好！”花婶子脸上一阵红，一阵白，“我也算有了接班人。”

花碧莲心里也架着一团火，匆匆扒了几口饭，便急急忙忙到她家的老宅院，去找杜秋葵。

杜秋葵天一黑就插门睡觉，不与外人走动。花碧莲赶到门口，杜秋葵刚从瓜田回来，正叫鸡上窝，点过数目儿，就要插门了。

花碧莲帮她赶鸡进院，又替她关门。院里打扫得像镜子面，原来的一架葡萄和几棵果树，也都枝叶繁茂，果实累累。正房上锁，西厢房关窗闭户，点燃了艾蒿绳熏蚊子。冷灶上没有烧火做饭，杜秋葵吃块凉饽饽，就算一餐。

墙那边就是杜家，只听杜大胆儿和二朵大婶又哭又闹，又喊又叫，砸锅摔碗，乱成了一团。

“这老两口子闹黄狼吧？”花碧莲低声问杜秋葵道。

“小铁子还赌账，我妈把家里的存折交给他了。”杜秋葵坐在冷灶锅台上，叹了口气，“棒打出孝子，娇惯养逆儿；我妈偏心眼儿，真是现世报。”

花碧莲一只胳膊拢住杜秋葵的肩膀，悄悄耳语：“我爹打发我来问价儿，他想给你说个媒。”

“四季大伯晚了一步。”杜秋葵冷起脸子，“我自己找主儿了。”

“谁？”花碧莲大吃一惊。

“你猜。”杜秋葵的眼里，闪烁着捉弄人的光芒。

“猜不着……”花碧莲心慌意乱。

“咱村数一数二……”杜秋葵话到嘴边留半句。

“谁？……谁！”花碧莲脸色苍白如纸。

杜秋葵轻轻揭开谜底：“安天宝。”

“啊！”花碧莲的心扑通一声，一块石头落了地，“我爸正是想给你俩撮合。”

“你们爷儿俩也称心如意吧？”杜秋葵嘴角挂着冷诮的微笑。

“恭喜你！”花碧莲高兴地说。

杜秋葵却又一板脸，说：“到头来还是竹篮打水一场空。”

“怎么？”花碧莲又神色紧张起来。

杜秋葵凄然地苦笑道：“小铁子把家里的存款输个精光，我妈一定跟安天宝要双份孝心钱，我可不想再被卖一回。”

“你反抗呀，斗争呀！”花碧莲慷慨激昂，“我妈也想包办我的婚姻，都被我挫败了。”

“我可不敢……”杜秋葵又窝囊起来。

“不怕！”花碧莲脱口而出，“我爸能降伏你妈……”忽然发觉溜了嘴，慌忙弯回了舌尖。

她和杜秋葵，耳朵里都听到过不少风言风语，有点知道花四季和二朵大婶早年的瓜葛。

杜秋葵却没有恼她，咬着嘴唇，沉吟半晌，才点了点头，说：“碧莲，你替我给四季大伯捎句话，求他老人家给我妈一个下马威，成全了我吧！”

7

花四季大摇大摆走进杜家门楼，响亮地咳嗽一声，就像正月初一大清早，开门扔响一个二踢脚爆竹。

杜家院落的风光，跟花家那座十间青堂瓦舍的新宅院一比，可就不值一瞧了。半大不小的院子，一劈两半，夹缝里一条窄窄的通道，两边都是夹着秫秸篱笆的小园；黄瓜、茄子、青椒、扁豆……杜大胆儿和二朵大婶只会小打小闹，大路儿菜上赚个汗水钱。

老两口子刚打完架，满院一团漆黑，一片死寂。

花四季的咳嗽声刚一落音，一个人高马大的身影，从天井的葡萄架下奔过来。那是二朵大婶，慌手忙脚迎贵客。

二朵大婶五十出头了，脸上起了皱纹，身板儿却仍然十分饱满强壮，扛得动二百斤的麻袋。她年轻黑夜看瓜，趴露天地成了习惯，大热天不愿闷在屋里，喜欢院子里睡。大雨打湿了葡萄架下门板搭成的凉床，垫上一块塑料布，塑料布上铺着蒲席。刚打过架，五脏六腑燥热，浓密的头发挽了个松松垮垮的盘髻，光着膀子，身上只穿一条肥大短裤，摇着大芭蕉叶扇子。

“哟！雨刚住，你就出来了？”二朵大婶一见花四季，又喜又怨，俏骂了一句。

乡俗，弟妹和大伯子之间，十分拘礼。能在小叔子腿上坐，不从大伯子眼前过。开口说话，互相称您，不能你呀我的。二朵大婶是弟妹身份，不但在大伯子花四季的面前光膀子，而且出口放肆，打牙逗嘴儿。

大雨过后，树林子里出蘑菇，也出狗尿苔。

“无事不登三宝殿。”花四季的声音不高不低，“贪了点闲事儿，不得不到你这座娘娘庙进香。”

“说吧！”二朵大婶双手叉腰，“可我的心，我没个不点头；扎我的耳朵，一个窝心脚踢出去。”

“大胆儿呢？”花四季问道。

“炕上挺尸，死睡。”二朵大婶怨声恶气，“上辈子我扒绝户坟，踹寡妇门，缺了大德，这辈子天报应，才嫁给这个棉花胎子。”

“铁锁妈，我是来给安天宝和秋葵做媒的。”花四季十分庄重地说，“你得赏我的脸。”

“三年前我就点了头呀！”二朵大婶笑道，“只怪秋葵那丫头是个死轴子，不按我画的道儿走，才叫人家安天宝睡了三年凉炕。”

“亏你说得出口！”花四季火了，威严起来，“头一回出阁，你要奶水钱，二一回改嫁，你又要孝心钱；你是个人贩子，不是秋葵的亲娘。”

“她吃我的奶长大，就得交奶水钱！”

“难道你是一头奶牛，喝牛奶得月月交钱？”

“我不能白送一个大劳力！一手交钱，一手交人。”

“你的身价多少？我想买你。”

“买到你家供在佛龛上，叫你那巧儿天天给我晨昏三叩首，早晚一炉香！”二朵大婶笑骂道，“我等着瞧，碧莲那丫头出门子，你跟男方要多少？”

花四季一拍胸脯，说：“不光一个钱不要，还想搭上千八百的。”

“那是你攀上了高枝儿。”

“我只想门当户对。”

“谁叫我生下个孽障儿子呢，你反正不操这个心……”二朵大婶那悲凉的声调里，带着酸枣刺儿，“应名儿是三口人承包十亩公田，小铁子可没掉过一粒汗珠子，看瓜全靠他那条狗，卖瓜全装进他的腰包。讲穿戴、吃、喝、抽，我都不心疼，偏又迷上了推牌九，押大宝，一输就是二三百。花街十几家买上电视机、电风扇、洗衣机，安天宝还买上了电冰箱，难道我瞧着不眼馋？可是他欠下一屁股两肋账，拿走两千块钱的存折也还不清，眼下我腰里不剩一个钱呀！”

花四季哼道：“都怪你宠坏了这个小畜生！”

“难道是我一个人的儿子吗？”二朵大婶哭了，“我恨他那个吃凉不管酸的爹，缩起了脖子不出头，只会站在树梢上说风凉话儿。”

二朵大婶明骂杜大胆儿，暗骂花四季。

“低声！”花四季喝道，“你把小畜生交给我，三年零一节，我把他调理出个人模狗样儿。”

“你……你……当真？”

花四季一声长叹：“碧莲是个丫头，又进了衬衫厂，葱白似的十指不沾一个泥点儿。我这一身手艺，不传授铁锁，难道便宜了外人？”

“多谢大哥恩典！”上房灯亮了，杜大胆儿搭了腔。他并没有睡觉，耳朵一直紧贴着窗户。

“兄弟，你见外了！这个儿子算咱俩的。”花四季又叮咛二朵大婶道，“只是不许再要孝心钱，惹恼了我就把手艺带进棺材去。”

二朵大婶乐昏了头，不顾隔窗有耳，隔墙有眼，推搡着花四季说：

"亲不过父子，你赶快到油炸鬼家，管教那个孽种去吧！"

二朵大婶的贵子娇哥儿，大鬓角，菊花顶，小胡子，男不男，女不女，介于人妖之间，哪里还有一点农家子弟的成色？他身穿的大花格衬衫和肥腿喇叭裤儿，都是从自由市场上买来的贼赃，油渍渍，皱巴巴，还自以为打扮得像个美男子。

"畜生！"花四季来到油炸鬼家，一把抓住他那狮子狗似的头发，照他脸上狠狠地啐了一口。

"老梆子，你……管得着我吗？"杜小铁子死命挣扎，挥拳想打。

"有你妈的话！"花四季吼叫着，老虎钳子似的大手抓住他一条胳臂，"你胆敢不服我的管教，拍脑瓜儿送你进法院，办你个忤逆之罪。"

说着，将杜小铁子的胳臂轻轻捋了一下，杜小铁子哎哟一声痛叫，这条胳臂软绵绵地耷拉下来。大掌作花四季，还是半个接骨匠，杜小铁子的胳臂被他摘了环儿。

牵回家，热水快刀子，花四季先给杜小铁子改头换面。明天带他到基建队，三年零一节坐科，脱胎换骨。

8

安天宝奔走于龙头凤尾之间。

花碧莲陪他跟杜秋葵见了面，又到隔壁杜家，见过了杜大胆儿和二朵大婶，大功告成，返回花家。

花四季和花婶子正坐在鱼塘岸边乘凉，身边还有剃了个光头净脸的杜小铁子。面前的饭桌上，摆放着一个斗大的西瓜，一把雪亮的瓜刀，只等他们得胜还朝，吃个瓜宴。

“四季大叔，花婶子！”安天宝进门拐过影壁，一步一鞠躬，“您们二位老人家的大恩大德，侄儿一辈子不敢忘。”

“咱两家是父一辈子一辈的交情，谢字儿挂在嘴边上，那就生分了。”花婶子这几句话，四喜丸子味儿，“你碧莲妹子的终身大事，还得有劳你鞍前马后跑几趟。”

杜小铁子比花碧莲大一岁，摇头晃脑，油嘴滑舌地嬉笑道：“碧莲妹子是个喝过墨汁的高中生，又在出口厂子见世面，俞家也没有蹲门狗，何不自个儿找上门去？当面锣，对面鼓，跟文芊自由谈恋爱，那够多么有滋味儿。”

“呸！”花碧莲红着脸儿啐道，“谁像你，脸皮上三寸茧子，一锥子扎不出血，两刀砍不出一道白印。”

花婶子拉长了脸，说：“咱们是乡下人，不能自由得出了圈儿，过河得从桥上走，上房先得搬梯子。”

安天宝抓挠脑瓜皮说：“说媒拉纤儿，我可是大姑娘坐轿子头一回，到俞家该怎么开口，您这位老把式得传授我几招儿。”

花婶子一边切西瓜，一边顺口溜：“也跟自由市场上做生意差不多，先讨个价，再还个价儿，多少得有个赚头。”

“妈！”花碧莲连连跺脚，“爱情不能买卖，只要情投意合，讲条件就是低级趣味儿。”

“不！”花四季沉着脸，“万事一个理儿，丑话说在头里，免得日后闹一脖子狗蝇，翻脸无情不香甜。”

安天宝连忙说："您先开金口吧！"

花四季抹了抹胡髭，呵呵笑道："我伸出一根小指头儿，比俞家的腰还粗。中了我意的是文芊那孩子有出息，不是他家那不值两壶醋钱的家业。"

"您老人家呢？"安天宝又问花婶子。

"我……我……"花婶子忙看老伴的眼色，"老头子夸下海口，我也不是小肚鸡肠。只要文芊跟碧莲有情有义，懂得孝顺我们老两口子，我就心满意足了。"

安天宝转过脸儿，笑问花碧莲道："大妹子，你也得有个来言去语呀！"

花碧莲低下头，捻弄着衣角儿，半晌才说："学问不嫌大，我要他听系主任的吩咐，报考硕士学位研究生，将来在北京城里工作，也有个人的名儿，树的影儿。"

"还有没有？"

"……还要他多少也得讲究一点穿戴。城里的学生穿什么，他也别差样儿，人人平等嘛！凭什么我们乡下人就得甘拜下风。"

"再想想。"

"……我跟他说过了，从明天起，骑我的摩托车上学。……也别再打草卖钱，耽搁学业，又伤身子。"

安天宝抓起一块西瓜，说："我这个人急性子，说媒也像争秋夺麦，回见！"他一边吃着一边向外走。

出了花家门儿，有一条抄近的小路到龙头，他却偏又绕个远，从花家老宅院的墙外转个圈儿，停住脚，听了又听，也没有听见杜秋葵的声息。院里静悄悄，只有风吹桃叶沙沙响，他才恋恋不舍地离去。

过两道小桥，来到龙头。俞家坐落龙口，门前就是小河汊子。柳篱泥棚小院，破旧、窄巴、寒酸，怎能跟花家的宅院相比？但是，穷破之中，却有一大风水，那就是门前一棵百年大柳树，浓荫如伞遮住半个院子。大柳树枯死过几回，又返青过几回，这两年叶茂枝荣，郁郁蓊蓊。好像上应天数，颇有点神奇，花街人人敬畏。俞文芊三岁丧父，算命先生断定他五年之后，还要克死亲娘，只有认个干娘替死，才能保住母子平安。这真是强人所难，哪里去找一位视死如归的干娘？算命先生却难不住，他抬手一指百年大柳树，干娘就站在大门口。于是，三支高香一盅酒，二尺红布挂枝头，俞文芊三跪九叩，拜了大柳树做干娘。这位干娘慈悲心肠，夏日遮荫，寒冬供柴，知冷知热。俞家母子多少回揭不开锅，情愿挨饿也不忍卖这棵树。

安天宝来到大柳树下，只见西屋亮着灯，那是俞文芊在做功课。窗下，俞大娘借光打袼褙，大热天就打算着给儿子做棉鞋。

一人一口的安天宝，日子冷清寂寞。他在东北国营农场跟那位老农艺师相处几年，喜欢和有文化的人交往，所以常到俞家串门。他也并不打扰俞文芊，只跟俞大娘家长里短，说说笑笑。

“大娘，文芊！”安天宝走进院去，大嚷大叫，“我给你们娘儿俩恭喜，你们娘儿俩给我道喜。”

“惊惊乍乍，哪儿来的喜呀？”俞大娘给他搬过一个蒲团，问道。

“我跟秋葵订了亲！”安天宝喜气洋洋，满面得意神色，“又来给文芊当红媒。”

他坐不住，扒着窗户，看屋里的俞文芊。

小屋，一条窄炕，一只春凳，一张方桌，四壁空空。俞文芊热汗淋漓，正在灯光下演算习题。迎面墙上，粘贴着一幅彩印的油画，那是青年油画家罗中立的作品《父亲》。俞文芊丧父时只有三岁，父亲又没有留下照片，在俞文芊的记忆中，一点也没有保存下父亲的影子。今年清明时节，他从一本杂志上，看到罗中立的这幅佳作，望着那位含辛茹苦而又饱经忧患的老贫农的肖像，他的热泪夺眶而出。这正是他梦见千百回，醒来又消逝的父亲！于是，他剪下画页，贴在墙上，面对自己。有时想要偷懒，抬头瞥见父亲那刻着深深皱纹的面貌，便深感羞愧，不敢懈怠，不敢忘本。

“谁家的姑娘呀？”俞大娘急着打破闷葫芦。

安天宝却还要卖关子：“抬头不见低头见，本乡本土的一位千金小姐。”

“大娘直肠子，不会拐弯儿。”俞大娘被安天宝逗得六神无主，“快说出姑娘的名和姓，别跟大娘打哑谜。”

安天宝冲窗里努了努嘴：“您儿子心中有数儿。”

“文芊，是谁？”俞大娘拍打窗户。

“花碧莲！”俞文芊把手中的圆珠笔一扔，“我不想沾他们花家。”

“哎哟！上了大学，眼眶子挪了位，长到眉毛上啦！”安天宝感恩必报，忠心保主，“像花碧莲的模样儿、巧手儿、心计、嫁妆……你打着灯笼到哪儿去找？”

“她那个爹，贪得无厌；她那个娘，贩卖人口！”俞文芊瓮声瓮气，一脑门子官司。

安天宝的唇舌磨下三层皮，俞大娘敲边鼓帮腔，俞文芊还是一口咬定，花家沾不得。安天宝要完了程咬金的三斧子半，看来难以取胜，只得哭丧着脸，回花家交差。

但是，一见花碧莲在门外打转，眼巴巴盼望佳音，他怎忍心兜头泼她一瓢凉水？便赶忙强作欢颜，换上一副笑脸儿。

“文芊，他……”花碧莲心神不安地问道。

“馒头上了屉，眼看八成熟。”安天宝闪烁其词，匆匆进门去。

花四季和花婶子站在亮如白昼的院灯下，观看杜小铁子修理摩托车。这个家伙跟汽车司机拜把子，替摩托车偷油，也学会了鼓捣摩托车的半瓶醋手艺，今晚上要在花四季和花婶子面前露一手儿。

“天宝回来啦！”花婶子迫不及待地问道，“俞家娘儿俩乐得闭不上嘴吧？”

“文芊一片孝心，叫我向您们二位老人家表一表……”安天宝谎报军情，“人家是大学生，中央政策比咱们知道得多；损公肥私，不正之风，往后可要罪加一等，说媒拉纤冒犯新婚姻法，打个贩卖人口的罪名，可不是闹着玩的，您们二位老人家还是见风转舵，别小河沟子里翻了船。”

“不必他提醒儿，我不比他傻几斗！”花四季哈哈大笑，“盖起了这座宅院，我也就不想再指镖借银。贪得无厌，早晚咬手，落得个灰头扯脸，坏了半世的名声。”

“四季大叔，您圣明！”安天宝喊好，“文芊没意见了。”

花婶子指点着一亩大的鱼塘，西墙下的鸡埘，假山上的貂房，说：“这一摊子家庭副业，千手佛也忙不过来，贩卖人口还不如我贩卖活鱼、鲜蛋、貂皮哩！从今以后，小卧车接我去说媒，我也不起驾。”

“婶子，您比四季大叔还看得透！”安天宝打着哈哈。

“艾芊给我捎来哪些话？”花碧莲追进来问道。

“唉呀，我丢在半路上了！”安天宝掉头就跑。

他去而复返，花碧莲已经迎候在凤尾街外的小桥上。

“文芊是怎么回答的？”花碧莲拦路问道。

“这个人，今晚上专门唱反调，对着干。”安天宝气得呼哧呼哧像拉风箱，“你要他报考研究生，他偏要毕了业就申请到京花联合衬衫厂工作，为发展农村工业出力。”

“鼠目寸光，没有远大理想！”花碧莲恨得咬牙，“农村工业也要现代化，光念几年大学不够用。”

“你要他讲究一点穿戴，他说买不起。”

“我替他买！厂子里有的是降价处理品。”

“他死活不骑摩托车。”

“杜小铁子改邪归正，谁给我去偷油？我也不骑了。”

“助学金不够用，他还得打草卖钱。”

“我再拨给他一份助学金！给他们娘儿俩四十块，我还剩下三十七块挂零儿。”

安天宝一个急转身，原路而回，一边跑一边嘟哝着：“你……你再不答应，我跟你……割袍断义，划地绝交！”

看安天宝颠颠倒倒，花碧莲心上起了疑云，想了想，尾随而去。

她刚到俞文芊的干娘大柳树下，就听见安天宝跟俞文芊吵得像二虎相争。

“……人心都是肉长的！”安天宝的吼声中带着哭音儿。

“我也不是不喜欢她……”俞文芊又急又恼，“她光知道打扮得像一只花蝴蝶儿，就不知道挤出时间学习，报考电视大学！”

“我考得上吗？”花碧莲忍无可忍，一阵风闯进柳篱小院，“你天天放学回来给我补习功课，八年之后我就报考。”

“为什么要八年？”俞文芊满头火星子跑出屋来，又跟花碧莲大吵，“为什么要八年？”

“你明知故问！我就正正经经念过三年书呀……”花碧莲伤心地哭起来。

一九八一年十月

原载一九八二年第二期《人民文学》

绿杨堤

1

鱼菱村的鱼尾菱尖上，河边沙冈绿树浓荫下，一道水柳篱墙，相邻两户人家。

两家是几辈子的老邻居，年年篱墙上爬满豆角秧，结下豆角两家吃。这院的牛脖子大叔，小名叫金牛儿，拐弯抹角管那院柳叫天的爷爷叫大哥；所以，柳叫天虽然只比牛脖子大叔小十二三岁，但是萝卜长在畦埂上，牛脖子大叔人小辈大，柳叫天也得乖乖地管牛脖子大叔叫爷爷。

柳叫天的爹，膀阔腰圆直肠子，四二年当八路走了，他妻子柳大嫂正怀着六个月的身孕。叫天子落生那天，金牛儿的老娘过去接生，金牛儿手扒着柳篱，从豆角秧里探出头去，像看皮影戏。柳大嫂呻吟连声，忽然一声惨叫，吓得金牛儿肉皮子一阵发紧，沉了一会儿，从关门闭户的泥棚屋里，传出婴儿呱呱坠落的啼哭声，金牛儿欢笑着喊道：“像一只叫天子！”好像金口玉言，叫天子就成了这个小小子儿的奶名。

柳大哥一去没回头，叫天子没有见过爹的面；柳大嫂立志守节，拉扯孤儿，不肯改嫁。

叫天子四岁那年，三伏天歇晌，趁他娘睡得香甜，蹑手蹑脚溜出屋来。柴门上了锁，锁上还挂一只铃铛，他只得爬到篱笆根下，扒个窟窿钻出去；左手托一只瓦罐，右手提一只鸟笼，直奔村南池塘岸上的柳棵子地。

天上下火，鸟儿怕烤焦了翅膀，躲进柳棵子深处，热得闭上眼睛，张着嘴儿，伸出舌头喘气。叫天子想趁虚而入，捕捉一只黑头、白脖、红颏儿、花翅膀的山雀，装进鸟笼子里，挂在他家天井的葡萄架立柱上，吃饱了虫子，喝饱了露水，一天哨八遍，给他和娘解闷儿。

可是，鸟儿睡觉有打更的；叫天子刚钻进柳棵子地，打更的一声叫唤，惊醒了睡觉的鸟儿扑棱棱惊飞上天，掠过池塘，又落到对岸的柳棵子地里。叫天子紧追慢赶，跌打滚爬，累出了通身大汗，赤条条一丝不挂的身子沾满了泥土和草叶；有几回扑倒在开放小黄花的蒺藜狗子秧上，扎得他龇牙咧嘴皱眉头，两眼含泪还不敢哭出声。

捉不着山雀，叫天子只得退一步，下到水边捉小鱼儿。一池碧水，片片青萍，一缕缕绿藻缠绕在狗尾巴花的半腰上；鼓眼珠子的凤尾小鱼，在青萍绿藻间穿来穿去，钻上钻下。然而，鱼儿比鸟儿更难捉摸；叫天子瞪圆了眼睛，盯住一只，刚要伸手抓去，小鱼一甩尾巴跑了，沉入水中，又定住不动。小东西惹得叫天子恼火，也更逗起他的兴致；于是，不知不觉，叫天子步步深入。

那时候，叫天子还不会浮水，只能腰上拴两只空心大葫芦，下水狗刨瞎扑腾。鼓眼珠子的凤尾小鱼跟他一样淘气，忽前忽后，忽左忽右，摇头摆尾戏耍叫天子；叫天子气昏了头，急红了眼，追逐不放；忽然一脚踏空，镜子面似的碧水把他一口吞下去。他吓得大喊大叫，喊一声喝一口水，后来就失去了知觉。

叫天子醒来，却躺在柳荫下的一片白沙上，金牛儿守在他的身旁，满头蚕豆粒大汗珠子，呼噜气喘。

那年，金牛儿十几岁，给邻村一家财主放牛；晌午赶牛下池塘，看见水中翻花，急忙跳下去，一个猛子把叫天子捞上岸。叫天子已经喝成个大肚子蝈蝈儿，他把叫天子抱到柳荫下，提起双腿倒栽葱，空净了肚子里的黄汤绿水。死里逃生，叫天子哇哇大哭；金牛儿又到不远处的一片瓜田，给叫天子偷来几个一篓蜜的面瓜吃。

叫天子吃瓜，金牛儿捉鸟儿，一只黑头、白脖、红颏儿、花翅膀的山雀被他抓到手，装进叫天子的鸟笼里；金牛儿又下到池塘，不费吹灰之力，捉住一条鼓眼珠子的凤尾小鱼，放入叫天子的瓦罐里。叫天子欢欢喜喜玩耍了一个晌午，又骑在金牛儿的牛背上，像插花披红游街夸官的状元郎，高高兴兴回家转。

鱼菱村小，办不起学堂；叫天子到邻村上小学，那是一座破庙。破庙东墙外，有一户人家姓黄；黄家有个比叫天子大两岁的男孩，小名叫毛丫头，跟叫天子是同班同学。黄毛丫头有个大九岁的等郎媳，名叫二妞子；粗眉大眼，粗手大脚，粗声大气，是个五大三粗的姑娘。二妞子常背着黄毛丫头的弟弟，在庙门外的伞柳下玩耍；叫天子每天上学下学，进出庙门，便蹲下来逗得那个小家伙笑个不住声，直到上课铃响，才慌忙离开他。有一天，铃响了，小家伙却缠住叫天子不放；叫天子只得将他搡到二妞子怀里，跑进庙门去。可是，小家伙哭得猫抓似的；叫天子心里不忍，便一脚门里一脚门外，站住了。那时叫天子刚八九岁，对于男女之间的学问一窍不通，只见过小孩一哭，当娘的便解开布衫，把奶头塞进小嘴里，小孩便破涕而笑，止住哭声。于是，叫天子便回过头喊道："二妞子，你给他吃口奶，堵住他的嘴！"谁想二妞子就像点着了捻子的二踢脚爆竹，一蹦多高，尖声刺耳地骂道："叫天子，我撕烂你的嘴！"叫天子被骂得摸不着头脑，正巧黄毛丫头走过来，便气呼呼地向他大叫大嚷："黄毛丫头，你的媳妇儿是一只二踢脚！"雁叫一齐叫，同学们拍着花巴掌唱起来："黄毛丫头的媳妇是二踢脚，踢得黄毛丫头没处跑，一天三顿管个饱！"老师把大家赶进教室，二妞子还堵住庙门大骂。

日落黄昏放学，叫天子刚走出庙门口，二妞子便饿虎扑食，不但要撕叫天子的嘴，而且还要揭叫天子的皮，吓得叫天子撒腿就跑。二妞子追到村外青纱帐，已经二十出头的金牛儿，耪地刚出垄，叫天子大喊："牛爷，救命！"金牛儿扔下锄头，上前横拦竖挡；二妞子不依不饶，两人摔起跤来。到底还是金牛儿力气大，把二妞子压倒在身下，两人又滚来滚去，滚到青纱帐深处去了。叫天子跳着脚叫好，金牛儿却气喘吁吁地喊了一声："叫天子，快跑！"叫天子一溜烟逃回家去。

小小的一个狗龇牙儿，二妞子却跟叫天子结下死扣子；叫天子一放学她就追，追到村外就遇见金牛儿救驾，于是两人又摔跤，滚进青纱帐深处。……这出戏不到两个月就露了馅儿，二妞子脸儿黄黄的，大把地吃酸枣儿，大口地嚼羊角辣椒；跳大神的油炸鬼出面，金牛儿连本带利赔出二妞子的身价，油炸鬼沾手三分肥，二妞子走出黄毛丫头家的柴门，走进金牛儿家的水柳篱墙院落。

一眨眼十二年过去，金牛儿已经三十大几，鱼菱村的晚辈人都管他叫牛脖子大叔，二妞子也官称二踢脚大婶。他们那个青纱帐深处坐胎的头生女儿叫水芹，喜眉笑眼嘴儿甜，比黑头、白脖、红颏儿、花翅膀的山雀还可爱。正是吃不饱肚子那三年里，一年春天大闹时令病，水芹三天三夜昏迷不醒，牛脖子大叔和二踢脚大婶找来油炸鬼跳大神儿。油炸鬼敲竹杠，勒索了一斗黄豆，两只母鸡，三尺红布，便打呵欠，翻白眼儿，伸懒腰，打喷嚏，灯草胳臂麻秸腿手舞足蹈，捏着公鸭嗓子口中念咒，手持碧桃剑又劈又砍。他一边装神弄鬼，捉妖拿邪，一边偷眼看水芹的动静；只见水芹的脸色一阵比一阵蜡黄，呼吸一会儿比一会儿微弱，便又眼珠子一转，扯了个谎：水芹本是王母娘娘驾前的玉女，蟠桃会上失手打碎了翡翠盘子玛瑙杯，畏罪逃下天界投了胎；人间十二年，天上一眨眼，王母娘娘打发王灵官将她捉拿归案，还是赶快交出这个触犯天条的孽障，免得王母娘娘怪罪下来，吃不了兜着走。牛脖子大叔鬼迷心窍，不等水芹断了气，破席一卷，拦腰拴一根草绳，便夹到村外河边，刨坑掩埋。

柳大嫂得了浮肿病，叫天子正在河边给他娘打鱼捞虾，一听水芹死了，心里非常难过。水芹三四岁的时候，叫天子也给捉过山雀和鼓眼珠子的凤尾小鱼儿，而且连鸟笼和瓦罐都给了她。这时，牛脖子大叔刨坑，叫天子忍不住揭开席捆，看水芹最后一眼；却只见水芹的鼻翅儿一张一合，还有丝丝气息，便喊道：“牛爷，她还活着！”牛脖子大叔哼了一声：“三魂出了窍，早被锁到王母娘娘的龙书案前受审了。”正巧河堤上驶来一辆军用卡车，跳下一队解放军的电话兵，沿河架线；叫天子忙喊救人，抱起席捆跑过去，坐进车楼里，卡车一阵风直奔县医院。

起死回生，水芹活下来。

2

柳大嫂死后，叫天子出外闯江湖；八千里路云和月，他周游了一省二市。叫天子聪明好学，心灵手巧，十八般手艺，一看就会，一学就通，一年赚下七八百块钱；倦鸟投林，人思故土，他也打算返回鱼菱村，花这七八百块钱娶个媳妇，成家立业。

归途，他一边行路，一边要手艺，夜晚住在沿途的鸡毛小店里。一天傍晚，天阴得像倒扣一口锅，他到一家鸡毛小店投宿，遇见一个满面风霜的老头，手牵着一个面带菜色的哑巴姑娘，向过路行人讨饭。下起大雨，父女俩蹲在鸡毛小店的屋檐下；叫天子看着不忍，又向店主人租一个单间，叫两份饭菜，把这父女二人带进店里，吃一顿饱饭，关门安歇。

雨住天明，叫天子正要赶路，那个老头却病倒不起，哑女只会哭哭啼啼。叫天子一不做二不休，买来两根桑木扁担，几条麻绳，绑成一副担架，跟哑女抬起老头到这一方的公社卫生院看病。老头病情沉重住了院，叫天子不能甩手一走，陪伴了半个月，老头到了儿还是一命呜呼；叫天子交齐住院医疗费，又买一口棺材，安葬了老头，身上只剩下二三十块钱，全送给了哑女，指了指天边，打发她回家。哑女却跪倒在他的脚下，抱住他的双腿；他拔腿就走，哑女追赶不放，他飞跑起来，哑女却像一只鸟儿，迎头赶上。叫天子无可奈何，想到自己父死母亡，身无分文，运河滩上的姑娘眼眶子高，谁肯嫁给一个孤身穷小子？为了传宗接代，柳家的香火不绝，收下这个哑女吧！于是，他带着哑女到供销社，买了一件花布汗衫，一条黑布裤子，一双拉带布鞋，二三十元花了个精光。

晓行夜宿，天当帐子地当床；这一天的大晌午，走到运河边，歇晌时分，田野静悄悄，不见一个人影；叫天子指了指河水，又指了指哑女的身子，哑女脸一红，点了点头。等哑女到一片蒲苇中脱衣下河，他背靠岸边的河柳打起瞌睡；忽然鼻孔里一阵奇痒，打了个嚏喷，睁眼一看，只见哑女笑嘻嘻地手捻一根尖尖水草，洗得眉清目秀，换上了花衫、黑裤、新鞋，像一枝荷花上岸来。

叫天子两手空空而归，却捡回一个杨柳青年画上的大美人儿，轰动了小小鱼菱村。

水芹头一个跳过篱墙看新媳妇儿，拉着新媳妇儿的手问寒问暖，新媳妇儿只是羞答答地不抬头，咬住嘴唇不开口；有几个小伙子跟叫天子一年不见，闯进屋来，又搂脖子又抱腰，拉拉扯扯像打架，新媳妇儿忽然哇哇大叫，像一只老虎扑上去，大伙儿这才知道她是哑巴。

“娘，娘！”水芹又从篱墙上跳回自家院落，“咱们鱼菱村的大姑娘小媳妇儿，挨门挨户，有一个算一个，谁也没有人家叫天子媳妇长得俊俏。”

“她是哪个村的人？”二踢脚大婶问道。

“天上掉下来的，石头缝儿里蹦出来的！”水芹咯咯笑着，赞不绝口，“我看她不像柴火妞子，倒像《花为媒》的张五可，只可惜天生的聋哑，报不出花名儿。”

哑女名叫何小桃，鱼菱村的人都管她叫哑桃。

条条框框像紧箍咒，叫天子一身手艺施展不出来，赌气不出工；

每天在家管做三顿饭，自留地上种实验田。哑桃很知道疼他，一点不怨他，自己起早摸黑，一双手挣出两个人的工分；叫天子也十分多情多义，哑桃不收工回家，饿断了肠子也不早吃一口。哑桃更是通情达理，打醋买盐二分钱，她都在手上掂几回；但是只要叫天子买书看，她一件棉袄穿三冬，搜肠刮肚也不能少买一本。马勺偏不碰锅沿儿，小两口儿恩恩爱爱，几年没有红过一回脸。谁想，寒霜单打独根草，漏船偏遇顶头风；都只怪口粮不足，哑桃把精米精面留给叫天子吃，自己吃野菜，不幸中毒身死，留下个不满周岁的男孩叫影儿。

叫天子要送哑桃进医院，她却哭叫着不上救护车，怕给叫天子拉下一身债。临死之前，哑桃指了指叫天子那些书，又指了指影儿，叮嘱叫天子要叫影儿上学。叫天子含着眼泪抬起手，一连高抬了三下，那意思是影儿不但要上小学，而且还要升中学，念大学；哑桃笑了笑，闭上眼睛，咽了气。

心灰意冷的叫天子，更不想下地干活；一天到晚，一年到头，侍弄他那几分五光十色的自留地。后来，一声令下，方圆百里一刀切，村村社社都割自留地尾巴；皮之不存，毛将焉附，他也只得到队上土里刨食，却又三天打鱼，两天晒网。工值很低，一个大劳力顶不上一只老母鸡，他挣的工分又少，完秋称不回他跟影儿的口粮，不得不卖掉他那三间的小院落；牛脖子大叔好心眼儿，二踢脚大婶热心肠儿，水芹感念他的救命之恩，拨出西厢房南间收留了他。

他在西厢房南间的窗前，移栽了一棵核桃树，为的是纪念他的亡妻何小桃。

天一黑，叫天子就足不出户，画地为牢。

夏夜，关上柴门，这座水柳篱墙的院落，铺满皎洁的月光，墙外的树影倒映院子里；晚风从大河上吹来，月光树影中弥漫着轻烟薄雾似的花香水汽，花香水汽中又有一股子一股子的青草和鱼腥味儿，令人心安神定。

吃过晚饭，叫天子撂下碗筷，哄睡了影儿，就到正房串门。

牛脖子大叔五十多岁了，满脸刀刻似的皱纹，像一张蛛网，一双沙眼，昏昏盲盲，累弯了腰的身子，像一棵焦梢的老树。他白天干起活来还像一头牛，可是一到晚上，收工回家就散了架；吃完饭爬上炕，半靠在被垛上，浑身的骨头节节疼痛。他从小就是两片厚嘴唇，舌头上像挂一只秤砣，老来更像没嘴葫芦，而且脾气古怪。

锅里愁米，灶里愁柴，身上愁衣，却人丁兴旺。八个儿女，三个能挣工分的儿子先后当兵走了，剩下水芹和四个白吃饭的小家伙；那时候正狠斗私字一闪念，也不给军属补贴工分，只靠牛脖子大叔、二踢脚大婶和水芹三双手，挣不出八张嘴的吃喝。晚饭只熬稀粥一大锅，四个小家伙喝得肚儿圆，锅底剩下不够三碗；二踢脚大婶便兑上一瓢水，水芹在灶膛里填进一把柴，三口人落个水饱。牛脖子大叔肚里空空，便一锅又一锅地吸烟；辛辣的旱烟撑鼓了肚子，便扯起了呼噜噜的鼾声。

二踢脚大婶也是五十边上的人了，连生八个孩子，未老先衰，花白了头，过去那人高马大的身架，更显得骨瘦如柴。她从鸡叫睁开眼睛，到三更躺在炕上，一天到晚手脚闲不住，顾不上梳头洗脸，整天蓬头垢面，常年破衣褴衫。牛脖子大叔人老不开口，二踢脚大婶人老碎嘴子，手不闲，脚不闲，嘴也不闲；骂猪、骂羊、骂鸡、骂狗，数落牛脖子大叔，吆喝四个小崽，嘴一闭上就打盹儿。

牛脖子大叔打起呼噜，四个小家伙也打闹得尽兴，一个个东倒西歪，四脚八叉睡着了。叫天子便从里屋走到外间屋，坐在锅台上，陪伴二踢脚大婶和水芹母女俩。二踢脚大婶光着膀子，挥汗如雨，抡着一把锯齿破刀，剁着一筐又一筐的猪菜；水芹舀一大盆清水，抱着搓板，洗涮老老小小的衣裳。

叫天子跟二踢脚大婶虽不是生死之交，却算得上是她的半个媒人；而且，她这个二踢脚的外号儿，也是叫天子脱口而出，一言为定的。二踢脚大婶不以乡亲奶奶自居，跟叫天子嘻嘻哈哈，亲热得倒像一位老大姐；她喜欢叫天子耍笑她，只有这个时候她才畅畅快快地笑一阵，笑声十分清脆悦耳。

“叫天子，拿一把扇子来，给我扇扇风！”二踢脚大婶命令道。

“娘，人家叫天子拳打脚踢忙了一天，您叫人家喘一喘吧！”水芹皱起眉头脸一沉，“叫天子，你不当驯服工具。”

“不敢！”叫天子站起身，从屋里拿出一把破芭蕉叶扇子，呼嗒呼嗒扇起来。

“叫天子，扇两下住手吧！”

“我怕二奶奶撕烂我的嘴，揭下我的皮。”

“别听我娘吓唬你！”

“我还怕二奶奶追得我无处藏，踢得我没处跑，一天三顿管个饱。”

“你从篱墙上跳出去，钻青纱帐。”

“我更怕二奶奶追到青纱帐跟我摔跤，我又没有牛爷的力气大。”

二踢脚大婶笑得扔下菜刀，前仰后合揉肚子，上气不接下气。

水芹看看叫天子，又看看她娘，猜不透他们之间的哑谜；便端起大盆，出门倒水，又把洗干净的衣裳搭在晾绳上。

“叫天子，别在孩子们面前翻箱倒柜！”二踢脚大婶忍住笑声，左一把右一把擦抹笑出来的眼泪，压低嗓子，“水芹是个大姑娘了，你嚼这些陈谷子烂芝麻，叫我脸皮子发烧。”

“是呀，她二十挂零儿，不是黄毛丫头了！”叫天子开完这句玩笑，从锅台上弹跳起来，一步蹿出了门槛。

二踢脚大婶一巴掌打空，闪了腕子；没人跟她打牙逗嘴儿，她歪倒在锅台上，疲倦地睡着了。

叫天子回到西厢房南间，水芹半躺在沉睡的影儿身旁，借着灯光看一本书。看见他走进来，脸一红，扔下书慌慌张张地走了。

3

年年挂锄时节，队长点名叫天子当牛倌，只放一头大花母牛；几个逃学的小嘎子，有的放一头黑牤，有的放一头黄犍，有的放两头白鼻梁的牛犊儿。人无头不走，鸟无头不飞，这一支杂牌军，挂帅的是叫天子。

早晨天麻麻亮，大喇叭的噪音吵醒了全村；但是直到日上三竿，男男女女才不得不硬着头皮，伸着懒腰走出家门。三三两两，稀稀落落，就像溜溜达达游山玩水，一步踩不死一只蚂蚁；又像人人是一双三寸金莲，半里路要走一个时辰，才到地头。

这支杂牌军更是不慌不忙，要等叫天子睡醒回笼觉，四平八稳吃完早饭，身背着影儿到来，才能出动。

七头牛牵出棚来，一个小嘎子前边飞跑带队，一个小嘎子捅牛屁股，放爆竹似的抽响鞭子，两个小嘎子夹道而行；一路上尘烟四起，人喊牛叫，奔向河边。

叫天子就像早年从口外赶牛的牲口贩子，不紧不慢地压阵；影儿骑在他的脖子上，头戴一只水芹编织的莲蓬顶柳圈儿，柳圈上插一大朵挂满露珠儿的红秫秸花，就像三月三跑旱船的娃娃生，扮演小喜神儿。

叫天子的打扮，不像乡下人。他从小爱看书，累出了近视眼，戴一副眼镜，不剃光头留分头，不戴斗笠而戴一顶龙须草的凉帽，不穿对襟褂子而穿短袖汗衫，下身又穿的是制服裤子和塑料凉鞋，不知道他的身份，只当他是到鱼菱村插队的下放干部，而且是拿笔杆子的角色。

在鱼菱村独具一格，得到公认，站得住脚，叫天子倒不靠耍泥腿，而是靠他在哪一个行当都有一招鲜，高人一头。每年麦收时节，拿一等工分的强壮劳力，八方聚会一块麦田，雁翅排开上阵割麦子，那真是一场大比武。等别人都上了垄，他才姗姗来迟，身披漂白汗衫，像是串亲家；来到地头，他还要伸伸胳臂踢踢腿，直到人家已经割出八丈远，他才动手割起来。水芹挑着筲送水，只见他哈下腰去，挥起银镰，一道白光，眨眼之间便跟先下手的众人肩并肩。他直直腰，亮个相；弯腰又割，白汗衫像涨满的风帆，早把别人远远甩在后面。挺起身子，吹吹风，看水芹挑着水筲追他，又弯腰向前割去。水芹只见刀光，不见人影，手搭凉棚张望，却只见他已经站在柳荫下，抖落白汗衫上的尘土，登上高高的渠坝看风景。这块麦田二百亩，一条垄一里长，叫天子三口气到头，没有遇到过一个对手。

但是，叫天子是名角脾气，只演出一场，就不再露面了。

水泵、电磨、变压器、脱粒机出故障，叫天子手到病除；鸡瘟、猪疫、牛马杂症，叫天子妙手回春；小麦贪青，水稻生锈，棉花疯秧……叫天子包治五谷百病；所以他放牛拿一等工分，也没有人敢说个不字。

来到河滩上，七头牛早已四散吃草，几个小嘎子爬树的爬树，打鸟的打鸟，浮水的浮水，偷瓜的偷瓜，无影无踪了。叫天子在一棵老龙腰河柳的浓荫下，铺上一块塑料布，头朝东，脚朝西，仰面朝天看起书来；影儿叽叽喳喳欢叫，追赶野花丛中的蝴蝶，扑捉草棵里的蚂蚱，在河岸上野跑。

忽然，远处六十亩河洼地里，一片女人惊叫声："唉呀，影儿掉河里啦！"

叫天子却并不惊慌，微微一笑，一动不动。

这六十亩差不多是一片不毛之地，立夏下种，小满出苗；雨季一到，河水涨满了槽，遍地窝住沥水，太阳一晒，苗儿煮死七八成，活下来的也黄皮寡瘦。到秋后，只剩下几棵红裤子绿袄儿的高粱，又像水蛇戴草帽儿，摇摇晃晃秋风中；十穗九瞎，播下三斗收不回一升。这时，二三十名妇女，光着脚丫子，挽起裤腿，各抱一条垄，薅草定苗；草盛苗稀，大海捞针，薅过的地面，草儿寥若晨星。影儿掉进河里，妇女们尖叫着，一窝蜂跑向河岸。

河上，影儿像一只小鱼鹰子，在碧水中嬉戏；水芹跑下河向他泅去，他却带着一串笑声，向对岸逃走。

"影儿，回来！"水芹急赤白脸地喊道。

影儿又扎了个猛子，沉入水中，水芹却水疾眼快，扯住他的耳朵提出了水。

“小畜生，你贼胆子！”水芹夹住影儿上岸，照他屁股上拍了两巴掌。

“姑奶奶，我不敢啦！”影儿喊叫，却又笑得打嗝儿。

“你爹呢？”水芹厉声问道。

“您看！”影儿笑嘻嘻一指远处的老龙腰河柳下。

叫天子仍然在看他的书，稳坐钓鱼台。

“我倒要问问他，他安的什么心？”水芹身背影儿，气呼呼地找叫天子算账。

叫天子见水芹满面怒气而来，赶忙站起身，笑脸相迎，说：“芹姑，多谢。”

“你……你……”水芹气得指点着叫天子的鼻子，“影儿有个三长两短，你怎么对得起哑桃？”

“影儿下河，如鱼得水！”叫天子哈哈大笑道，“我四岁在村南池塘，差一点淹死，打定主意不能再叫我的儿子吃这个亏；从他摇摇摆摆刚会走几步，我就带他水上漂了。”

“你是个狠心的爹！”水芹叹了口气，“影儿少了个娘，苦啊！”

影儿牵扯着老龙腰河柳的柔条打秋千，嬉笑道：“芹姑奶奶，您当我的娘吧！”

“影儿，我打你的嘴巴！”叫天子怒喝道。

影儿吓得手一软，从飘拂的柳条上坠落下来，水芹急忙赶上去，把他接到怀里。

四散吃草的七头牛，乱成满天星，跑到邻村的地里吃豆秧；几个小嘎子不知去向，叫天子正想脱身，要去赶牛。

“等一等！”水芹喊住他，低着头，“叫天子，我求你一件事儿……”

“吩咐吧！”叫天子又是一副笑眯眯的神气了，“我是土地庙的横批：有求必应。”

“油炸鬼那个老不死的东西，今天晌午……要来给我保媒……”水芹从耳根下红上来，“我爹跟我娘听你的话，你劝他们别把我嫁出去。”

“男大当婚，女大当嫁呀！”叫天子笑道，“你老大不小，别心比天高了。”

“我还想给我爹娘多效几年力……”水芹仰起脸儿，两眼可怜巴巴地望着叫天子，“也舍不得离开鱼菱村……”

叫天子的心一沉，嗯了一声，匆匆而去。

他东奔西跑，南追北赶，把七头牛聚拢起来，带回原处，又把那几个躲在青纱帐里吃西瓜的小嘎子抓回来；影儿跟着水芹返回六十亩河洼地，他也不打个招呼，就下令收工。

叫天子还没有走到柴门外，炖鸡的香味便从水柳篱墙里迎面扑来。正在冷灶上炒菜的二踢脚大婶，听见叫天子的脚步声，抬起了头，笑吟吟地说：“叫天子，你不必做饭了，到上房替我当个陪客，喝两盅酒。”

本来，一到立夏，叫天子就不在西厢房烧火做饭；天井有一座冷灶，等二踢脚大婶做完汤汤水水，端上桌子，他借用冷灶热锅，却又十有八回是水芹代劳，他回屋歇息，饭来张口。

“今天是哪一位贵客临门呀？”叫天子明知故问。

“老油炸鬼来给你芹姑保媒。”二踢脚大婶喜兴兴地说，“我杀了一只不下蛋的大肥母鸡，不能叫他一口独吞。”

这个老不死的油炸鬼，六七十岁了，一辈子游手好闲；虽然不敢跳大神儿，却又改做说媒拉纤生意，坑蒙男女双方，造孽更多。可是，老家伙油嘴滑舌，花言巧语，牛脖子大叔和二踢脚大婶年年上他的当，却不能吃一堑长一智，仍然迷信他的鬼话。

“大热的天，我不想喝酒！”叫天子走进西厢房，哐啷一声关门。

西厢房外间，房梁上一座燕窠，每年暮春三月，花红柳绿时节，一双燕侣飞来定居，跟叫天子亲密无间；晚秋，碧云天，黄叶地，西风紧，这一双燕侣带一窝儿女，又跟叫天子依依惜别。北间不住人，堆放着水芹家的干柴、豆花、坛坛罐罐、零碎东西。叫天子住在南间，窄窄巴巴一间陋室，四壁乌黑，昏昏暗暗；一条长方小炕，铺一张毛边蒲席，只能横躺，不能竖卧，下炕弯腰穿鞋，一头撞到后墙上。

叫天子像放倒一条扁担，顺炕沿躺下，眼瞪着顶棚，胸膛里感到憋闷。

竹帘呱哒一响，二踢脚大婶提着一只浅底柳篮，柳篮里有一碗炖鸡肉，一盘炒鸡蛋，一盘炒豆角，两张白面烙饼，一小壶白薯干酒，给叫天子送饭来了。

“叫天子，吃吧！”二踢脚大婶轻声低语，“我知道你腻歪油炸鬼那个老东西，跟他一个桌子吃饭你恶心。”

叫天子一个鲤鱼打挺坐起来，问道：“油炸鬼给水芹介绍个什么对象？”

“绿杨堤姚家的一个小伙子。”

“铁饭碗还是泥饭碗？”

“在队上开手扶拖拉机。”

“家里都有什么人？”

“只有爹娘老两口子。”

叫天子沉吟半晌才开口，说：“水芹叫我劝你们老两口子别把她嫁出去，她还想给你们老两口子效几年力。”

“这是儿女的一片孝心，当爹娘的怎能忍心在儿女身上荞麦皮里榨油泥？”二踢脚大婶的脸色一阵凄惶，发出一声叹息，“水芹二十四五了，早到了生儿养女的季节；我是过来人，从她的眼神里，看得出她的心上有个人影儿。”

“是谁？”叫天子问道。

“她长长的眼睫毛，像是挂上窗帘子，看不真切。”

“您问问她。”

“她的口紧，又是个拧性子，咬住牙关谁也撬不开。”

“只怕是您多心吧？”叫天子想了想，摇摇头，“我倒看不出她相中了哪个小伙子。”

“你的眼睛长在脑瓜顶上，望天不看地。”二踢脚大婶忧心忡忡，“从今以后，你也替我多加小心，给我当个耳目。”

“婚姻自主，水芹相中了谁，您就顺水推船吧！”叫天子笑着劝道，“油炸鬼的狗嘴里吐不出象牙，您跟牛爷可别伸着脖子钻他的圈套。”

“我不是那见食就吃的秃尾巴鹌鹑。”二踢脚大婶苦笑了一下，“骑驴找马儿，油炸鬼这条引线，也不能一剪子铰断。”

这时，影儿跑进来，进屋就抓柳篮里的鸡大腿，一边啃着一边说：“二老太太，芹姑奶奶……要一块饽饽。”

“你的芹姑奶奶呢？”

“她……”影儿忙咬住舌头，“您把饽饽给我，我给她送去。”

二踢脚大婶跑出柴门外，喊道：“水芹，进屋见见你油炸鬼大伯！”

可是，东张西望，绕着水柳篱墙走一遭，不见水芹的影子。

她回到院里，却只见影儿从篱笆根下扒个窟窿钻了出去；她急忙又跑出柴门，追赶影儿，影儿也不见了。

原来，是叫天子拿一张白面烙饼，裹满炒鸡蛋，打发影儿给躲藏在青纱帐里的水芹送饭。

4

这天晚上，月亮又圆又大，轻柔的夜风像潺潺的流水；然而，这座水柳篱墙院落的空气，却十分沉闷。

牛脖子大叔和四个小家伙，早已倒头大睡。二踢脚大婶仍然在北房外间屋剁猪菜，水芹坐在灯光下给弟弟补裤子，娘儿俩都一声不吭，像两只闷葫芦；二踢脚大婶的上眼皮粘下眼皮，连连磕头儿。

“二奶奶，我出趟门儿！”叫天子从西厢房走出来，“影儿刚睡着，您跟芹姑隔三岔五看两眼。”

二踢脚大婶被惊醒，有人跟她来言去语，脸上漾出笑模样儿，问道：“到哪儿去？”

叫天子挤挤眼睛，说：“我那位老同学，傍晚打发他的儿子给我捎话儿，叫我去一趟。”

叫天子的这位老同学，也就是二踢脚大婶过去的未婚夫黄毛丫头。二踢脚大婶嫁给了牛脖子大叔，黄毛丫头长大，娶了一位本村的姑娘，也已经一儿一女一枝花了。眼下，黄毛丫头在北京一家内部印刷厂当排字工人，一个月回家休息四天。每趟休假，黄毛丫头都要从北京带回两瓶好酒几斤肉，还有一大堆他见到、听到、猜到的新闻；他跟叫天子从小学一年级就是同桌，两人情同手足，便打发家里人把叫天子找去，大吃大喝。叫天子倒不是贪吃他的酒肉，而是爱听他那些千奇百怪又惊心动魄的小道消息。

“那个酒篓子，又要灌你一肚子猫儿溺！”二踢脚大婶哼了一声，笑骂着，“他要是真跟你够朋友，就该借你俩钱儿，娶个填房。”

“您猜中了！”叫天子扮了个鬼脸儿，“他正是从北京给我趸来个大姑娘。”

灯光下的水芹手一颤，针扎了手，怨恨地瞪了叫天子一眼，叫天子早已扬长而去。

“你千万别挑肥拣瘦呀！”二踢脚大婶追出几步叮咛道，“煮熟的鸭子，不能从桌上又飞了。”

半夜三更，叫天子踏着月光从邻村归来，隔着水柳篱墙，只见北房已经黑灯瞎火；西厢房南间窗前的核桃树，宽大的叶子上闪烁着摇曳的灯影。

他轻轻反掩上柴门，踮着脚尖走进屋去，却吓了一跳：原来水芹又半躺在沉睡的影儿身旁，一边扇着芭蕉扇赶蚊子，一边借着灯光看一本书。

“芹姑，还没睡？”叫天子心头一阵发热。

水芹却冷着脸子，说：“恭喜你！”

“喜从何来呀？”

“黄毛丫头不是从北京给你趸来一个大姑娘吗？”

“我不要。”

“难道是秃、瞎、聋、哑？”

“如花似玉。”

“肥猪拱门，你倒一脚踢出去。”

“那个姑娘是高中毕业生……”

“你虽没念过高中，学问也不小呀！”

“不是我自大一点儿，言来语去几个回合，我的文化水平还真比她道高一尺。”

“那你为什么不要她呢？”

“她才二十出头，我三十老几了。”

“只不过大十岁，女人老得快，三五年就像同年同月同日生。”

“人家遭了难，咱不能趁火打劫呀！”叫天子长叹一声，“这个姑娘在北大荒插队。她爹原是黄毛丫头那个工厂的党委书记，六六年被折磨死了，她娘今年又得了重病；姑娘想回北京服侍老娘，又办不成病退和困退手续，只得找个京郊农村青年结婚，把户口转到京门脸子，进城看望老娘方便。人家这是走投无路，磨扇子压手，咱们怎能在这个节骨眼儿上伤天害理，占人家便宜呢？”

“叫天子，你真是好心眼儿！”水芹的眼里噙满泪花。

“也不是那么清如水，明如镜。”叫天子的脸上呈现一副苦相，“我还怕影儿受后娘的虐待，”

“你想得周到。”水芹点了点头，“可是，你不忍心，难保别人不狠心；那个姑娘躲过了初一，也躲不开十五呀！”

“我认那个姑娘当表妹，找队上泡出一封证明信，也就成全了她。”叫天子胸有成竹，花活儿一套一套的。

水芹低下头，捻弄着辫梢儿，低低地说：“叫天子，善有善报，你不会空屋子冷炕，一辈子没有作伴的人。”

“借芹姑的吉言！”叫天子响亮地笑出声来。

忽然停了电，屋里一片昏暗，月光把核桃树影投映在窗纸上。

“哎呀！我得走了。”水芹慌忙站起身，“你也不烧艾蒿绳熏蚊子，叮得影儿满炕上打滚儿，我把他抱到我屋里睡。”

“这怎么叫我过意得去？”叫天子想拦又不敢伸手。

水芹却把影儿轻轻抄在胳臂上，搂在怀里抱走了。

这一年工值跌到一角二分，一个大劳力干一天活，还要倒找队上三角四分；出工多，挣分多，倒找钱越多。水芹家欠款五六百元，称不回全家的口粮，转年青黄不接时节，就揭不开锅了。

叫天子也是吊起铁锅当钟敲，可是吉人自有天相。那个从北大荒转来户口的姑娘，感恩戴德，把影儿带到她的北京家里，吃得饱，穿得暖；叫天子就到黄毛丫头家打秋风，饥一顿，饱一顿，黄毛丫头休假回来还能有肉吃，有酒喝。

又是一个三更半夜，却是风高月黑天，他带着七八分醉意，从黄毛丫头家酒足饭饱而归；北房一团漆黑，西厢房灯明火亮，想是水芹又在他屋里看书。

可是，推开屋门一看，却是两座雷公电母的泥胎。只见牛脖子大叔靠墙打瞌睡，满面怒容；二踢脚大婶坐在迎门的一只瘸腿春凳上，脸上像刚下过一场寒霜。

“牛爷，二奶奶，今晚上怎么肯赏光到我的府上……开座谈会？”叫天子的脑瓜里风车打转，硬邦邦的舌头根子不听使唤。

“叫天子，你……你这个……”二踢脚大婶浑身像筛糠似的哆嗦一团儿，“我瞎了眼，招来……你这个采花淫贼！”

就像挨了当头一棒，叫天子目瞪口呆。

“丧尽天良！”牛脖子大叔两眼冒火，一声咆哮。

叫天子惊吓得酒醒了，满头冷汗珠子，眨眨眼睛问道：“牛爷，二奶奶，这……这……这是从何说起？”

“水芹一朵鲜花还没开，就毁在你手里呀！”二踢脚大婶呜呜咽咽哭起来。

“这是谁给我头上扣屎盆子！”叫天子喊冤。

“你还敢嘴硬！”牛脖子大叔挥起拳就打。

叫天子抓住他的手腕子，七窍生烟地喊道：“打开天窗说亮话，你们不能血口喷人！”

“水芹！”二踢脚大婶嘶哑地叫了一声。

“来啦！”门帘一飘，早已站在窗外核桃树下的水芹，一片阴影似的走进来。

她的脸色惨白，像一张白菜叶子，眼窝乌黑，像塌下两个坑。

“你……跟他……是不是……”二踢脚大婶口舌苦涩，下边的一句话难以出口。

水芹点点头。

“还……打……了……胎？”二踢脚大婶头晕目眩，只觉得天旋地转，差一点昏死过去。

水芹又点点头。

“芹姑！”叫天子一声惨叫。

“婚姻自主，先斩后奏，也不必口羞。”水芹嘴角挂着微笑，怪模怪样儿。

“芹姑，你是疯了吧？”叫天子两手抓挠胸膛，“想一想，咱们两家虽不是一个姓，可几辈子亲得像一家人，你是我的姑……”

“那不算数儿！”水芹打断他的话，“你知道我疼爱影儿，是个打着灯笼难找的后娘；我看中你是一颗珍珠土里埋，心甘情愿像哑桃一样养活你。咱俩情投意合，红花绿叶扶，棒打不散，刀砍不断……”

“我没脸活在人世啦！”叫天子看见墙上挂着一把镰刀，伸手去摘，想抹脖子。

水芹早有提防，抢先把镰刀夺起来，扔到院子里；转回身，走到叫天子面前，狠狠打了他一个嘴巴，啐骂道：“我这才看透了你，原来是一条扶不直的井绳。”说罢，大哭着跑走了。

二踢脚大婶怕女儿寻短见，急忙追出去。

“牛爷，这到底是哪一出戏？”叫天子喊天叫地，“别把我蒙在鼓里！”

牛脖子大叔耷拉着脑袋，连连叹气；叫天子喊叫得一声比一声高，就像问案逼供，才从牛脖子大叔嘴里，掏出个眉目。

原来，今天晌午，油炸鬼带着绿杨堤的那个手扶拖拉机手，驮运一麻包玉米，前来相亲，还答应拿出五六百元，替水芹家还清欠款。水芹被迫跟这个手扶拖拉机手见了面，关在一间屋子里对象。

一袋烟工夫，水芹喊她娘，二踢脚大婶开门放出他们俩。

“芹姑娘，你同意吗？”油炸鬼涎着脸儿问道。

“你问他吧！”水芹一指那个手扶拖拉机手，便扛起一张锄，拿一块饽饽，卖晌耪地去了。

手扶拖拉机手是个窝窝囊囊的小伙子，忽然吸溜鼻子掉眼泪。

“姚元大！”油炸鬼龇牙咧嘴，抓耳挠腮，“大喜的日子，你哭的哪家子呀？”

“她……她……”姚元大抬起手背抹眼睛，“不是姑娘了。”

“放你娘的屁！”二踢脚大婶破口大骂。

“是她……亲口说的。”姚元大哽哽咽咽，“她还打……”

“打什么？”

“打过胎。”

“天哪！”二踢脚大婶昏死过去。

油炸鬼和姚元大仓皇撤退，手扶拖拉机一溜烟逃跑，却忘了带走那一麻包玉米。

水芹晚上收工回来，刚刚苏醒的二踢脚大婶，拿起一把笤帚疙瘩，摇摇晃晃要打女儿。

水芹跑进自己的屋子，插上了门闩。

“小娼妇儿!”二踢脚大婶的笤帚疙瘩像打鼓似的敲门，“你……你跟谁……”

“叫天子。”水芹的口气，平平静静。

“这个千刀万剐的贼子，勾引我的女儿……”

“是我自个儿到他屋里去的。”

“呸！”二踢脚大婶一口唾沫啐在门板上，“你是哪一天打……打胎？”

“二月初四。”水芹掩口一笑，“友谊医院。”

二踢脚大婶又叫了一声天，倒在牛脖子大叔身上。她气昏了头，钻进牛角尖拐不了弯儿，竟没有识破水芹的信口开河：二月初四，鱼菱村的十几名男女社员，其中也有水芹和叫天子，到北京友谊医院献血，往返都是医院的汽车接送，这跟人工流产有什么相干？

“娘！生米做成了熟饭，我就嫁给叫天子吧！”水芹吐露了自己的心思。

“依不了你！”二踢脚大婶在昏迷中哭叫。

如果叫天子能跟水芹假戏真唱，二踢脚大婶嘴硬心软，牛脖子大叔更无计可施，也就弄假成真了。可是，叫天子却是个榆木疙瘩死心眼子，偏要小葱拌豆腐，一清二白，辜负了水芹的一片苦心。

而且，他当夜就从水芹家搬到黄毛丫头家，到邻村当“侨民”去了。

5

水芹还是没有逃出油炸鬼的手心，嫁给了绿杨堤的姚元大。

叫天子搬到黄毛丫头家没有几天，黄毛丫头又从北京回家休假，炒了几个菜，两人推杯换盏，喝到半夜。

“叫天子，你是一只呆鸟儿！”黄毛丫头粗脖子红脸，指鼻子剜眼，“人家一个二十几岁的大姑娘，上赶着嫁给你这个三十老几的半截子光棍儿，你怎么牵着不走，打着倒退？”

“从北大荒转来户口的那位姑娘，我不是也不要吗？”叫天子哭丧着脸。

“那是你不肯趁火打劫，侠肝义胆！”黄毛丫头嘴里嚼着四喜丸子，“水芹是心甘情愿，又当别论了。”

“我们是几辈子的邻居，亲如一家，又辈分不合。”叫天子两眼失神地盯住酒杯，喝不下去。

“你是孔老二的脑瓜儿，儒家思想！”黄毛丫头开起帽子铺，“你们一不同宗，二不同姓，三不是六亲九族，骨血上一点不沾边，不算乱伦。”

叫天子长吁短叹，说：“我万万没想到……”

“跟我掏心窝子！”黄毛丫头把筷子拍在桌面上，滴溜溜圆的小眼睛咄咄逼人，“你喜爱不喜爱这个丫头？”

叫天子吭哧了半天，才说：“她当影儿的后娘，我信得过。”

“包在我身上！”黄毛丫头端起酒盅，一饮而尽，“我来当媒人，探囊取物，不费吹灰之力。”

黄毛丫头风火性儿，天一亮就单枪匹马上了阵，两脚生风直奔鱼菱村。

这几天，二踢脚大婶和水芹都没有上工，水芹躺在屋里不起炕，二踢脚大婶也像大病一场。黄毛丫头在水柳篱墙院落的柴门外收住脚，只见院里有一位手拄着柳木棍子的老太婆，活像戏台上讨饭的祥林嫂。

“请问，二妞姐在家吗？”黄毛丫头堆着笑脸问道。

他跟二踢脚大婶多年不见了，怎能想到眼前这个老太太竟是当年的二妞子。

二踢脚大婶眯起眼睛看了看，只见柴门外站立一位身穿劳动布工装的中年工人师傅，也没有看出此人就是当年那个夜晚常常尿炕的黄毛丫头。

“同志，你找谁？”二踢脚大婶木呆呆问道。

“找我的干姐姐。”黄毛丫头诌了一句瞎话，走进柴门，忽然大惊失色，“你……你是……二妞子！”

二踢脚大婶也眼睛一亮，哆嗦着嘴唇问道：“难道……你是毛丫头？”身子一摇晃，柳木棍子撒了手。

黄毛丫头怕她一头栽倒，连忙弯腰拾起柳木棍子，递到她手里，说：“岁月不饶人，你真见老呀！”

“愁米愁柴又愁衣，多儿多女多冤家，操心老得快啊！”二踢脚大婶似哭非哭，似笑非笑，“你这一张娃娃脸，倒没大变样儿。”

黄毛丫头嬉笑道：“我这个人个子小心宽，不像你大个子小心眼儿。”

“一个骑驴，一个赶脚，我怎么能跟你比？”二踢脚大婶辛酸地苦笑，“你是铁杆庄稼，旱涝保收，按月头儿领工钱；我起五更爬半夜，一年到头，算盘珠子一响，两手空空拉饥荒。”

“你把我当成了印票子的机器，我可不想打肿了脸充胖子！”黄毛丫头嘻嘻哈哈，“我每月挣着几十块钱，也是打得了油买不了盐，裹得住脑袋遮不住屁股。”

“少跟我哭穷叫苦吧！我拉着棍子讨饭，也不从你家门口过。”二踢脚大婶挂下了脸，“夜猫子进宅，你到我家来想干什么？”

当年黄毛丫头的老娘怀孕，盼望得个儿子，一斗高粱买下九岁的二妞子当等郎媳。黄毛丫头从三岁断了奶，二妞子白天哄他玩，夜晚还要搂着他睡一床被子；所以，黄毛丫头是二妞子拉扯大的。虽然多年不见，他跟这位二妞姐，仍然不见外。

“为朋友两肋插刀！”黄毛丫头嬉皮笑脸，“我前来保媒。”

他的话音刚落，柳篱外一个沙哑嗓子漏风嘴喊道：“黄毛丫头，你又不缺吃少穿，怎么来抢我的生意，端我的饭锅？”

原来是老不死的油炸鬼，一瘸一拐而来。

二踢脚大婶撇下黄毛丫头，问油炸鬼道：“你是不是来讨那一麻包玉米？我们一粒儿没动，存放在西厢房北间里。”

“弟妹，那一麻包玉米是留下的见面礼！”油炸鬼来到二踢脚大婶面前，金鸡独立，“我带着送财童子，又来进贡。”

“我不想听你的满嘴鬼话！”二踢脚大婶也不给他好脸儿。

“姚元大是个多情种子，死活看中了芹姑娘。”油炸鬼用胳臂一指村外，“他腰里鼓鼓囊囊地掖着六百块钱，只等把芹姑娘的彩球接到手里，就进村替你们还清欠款，称回扣押在仓库里的口粮。”

“油炸鬼，你这是买卖人口！”黄毛丫头火冒三丈，“芹姑娘的心上人是叫天子，姚元大死皮赖脸，你是教唆犯。”

油炸鬼不急不恼，不争不吵，阴阳怪气地说：“咱俩同行是冤家，谁胜谁负，且听一家之主开口，才见分晓。”

“我不想做主。”二踢脚大婶向北房西屋喊道，“水芹，你出来，给他们一句话。”

黄毛丫头三步两步抢到窗根下，手拍着窗棂说：“水芹，我劝得叫天子回心转意，你快起炕，到公社登记。”

“没有梧桐树，凤凰落地不如鸡！”油炸鬼一旁冷言冷语，“叫天子房无一间，难道三捆茬子码起一间洞房？”

老家伙嘴上无德，三捆茬子码起来的是狗窝。

“王宝钏为争取婚姻自主，不怕住寒窑，水芹更比王宝钏的风格高。”黄毛丫头解决不了这个难题，只能避实就虚。

“风格高的姑娘都不吃五谷杂粮吧？”油炸鬼又插了嘴，“叫天子不光是房无一间，还家无隔夜之粮；三口人趴露天地，三张嘴喝西北风。”

“革命夫妻，白手起家！”黄毛丫头的调门儿越来越高。

“鱼菱村每工一角二分，三头六臂也枉然！”油炸鬼脚踩一个，头顶一个，“人家绿杨堤是全县的样板大队，嫁到绿杨堤，好比一头扑在了羊皮袄上。”

“会哨的鸟儿没有肉。”

“一麻包玉米，六百块钱现款，姚元大就像从大腿上拔下一根汗毛，可见名不虚传。”

“水芹！”黄毛丫头急忙稳定军心，“人活一口气，树活一层皮，你可不能见钱眼开。”

“一文钱憋死英雄好汉呀！”窗里，水芹有气无力地说，“卖了我能叫一家老小吃上饱饭，也算给我爹娘兄弟效了力。”

“那你就坑了叫天子！”黄毛丫头跺着脚。

水芹一声冷笑，说：“他就是拿出两麻包玉米，一千二百块钱，我也不卖给他。”

“终身大事，不能怄气！”黄毛丫头哭声相劝。

“油炸鬼大伯！”水芹喝道，“把姚元大给我带来。”

“得令！”油炸鬼一瘸一拐而去。

“水芹，原来你也是一条扶不直的井绳，我这才看透了你！”黄毛丫头怒气冲冲，拿起水芹的手打水芹的嘴巴。

二踢脚大婶挥起柳木棍子，啐道：“毛丫头，你给我从篱笆窟窿里爬出去！胆敢再登我家的门槛，我打折你的双腿。”

黄毛丫头乘兴而来，败兴而回。

叫天子一连三个月没在鱼菱村露面，全靠黄毛丫头神通广大，给他从北京趸来一大捆尼龙丝，他就躲在黄毛丫头的小东厢房里绕网兜，每月能赚几十元。立夏，队上才打发人把他找回去，叫他看瓜。

过去，运河滩上的村村庄庄都种瓜；各有所长，独具特色，井水不犯河水。鱼菱村的白玉兰香瓜最有名，不但香、甜、脆，而且瓜色洁白如玉，瓜个儿浑圆，一般大小，摆在瓷盘里，就像特艺工厂出品。忽然一股冷风从上边吹来，村村庄庄的瓜田一扫而光，只有鱼菱村残存二亩。

这二亩坐落在河滩的一个背静角落，一不为赚钱，二不为社员享用，只是为了供奉上边的新贵。社员愤愤不平，偷瓜成风，队长也镇唬不住；这才想起刺儿头而又有人缘的叫天子，镇守瓜田，可以一夫当关，万夫莫开。

地头搭的不是窝棚，也不是瓜楼，而是端端正正两间棚屋；香瓜拉了秧，秋风冬雪也能当他栖身的窝儿。他从黄毛丫头家搬来铺盖行李和锅、碗、瓢、盆，还有他那几筐书；生有地、死有处，他想在这座瓜棚里出家了。

这块瓜田远离鱼菱村，叫天子拴在了这块瓜田上。瓜田四外青纱帐，脚站二亩地，头顶二亩天，孤家寡人。夜晚窗口吊盏特大号风雨灯，他躺在队上给买的蚊帐里看书解闷儿。他的书可真不少，小部分是历年积存；大部分是六六年从供销社废品收购站买来的查抄书，六分钱一公斤。看书看得累了，便拿起一支三筒电池的手电，到瓜田里遛个弯儿；年轻的哥们儿捧场，自从他看瓜以后，都不再偷了。不过瞒上不瞒下，他实行供给制。

黄毛丫头休假四天，天天都手提着酒肉篮子，到瓜棚屋跟叫天子聚会。靠山吃山，近水楼台先得月；黄毛丫头回北京，大筐的白玉兰香瓜，满载而归，跟厂子里的哥们儿有福同享，也给那位从北大荒转来户口的姑娘家里，送上满满一提包。

形单影只，叫天子很想把水芹家西厢房南间窗前的那棵核桃树，移栽到瓜棚屋门前，跟他日夜相伴。他打发两名走卒代劳，这两个毛头小伙子扛着铁锹到水芹家，只见水芹抱着从队上搬来的喷雾器，正给核桃树喷洒杀虫剂，他俩又不忍心开口了。

这天夜晚大风雨，叫天子关门闭户；窗外一道道闪电，屋顶一个个响雷，风雨抽打门窗，真像半夜三更鬼叫门。

哗哗大雨声中，电光一闪之间，窗外好像有个人影；平日瓜田太平无事，风雨之夜竟敢有人偷瓜？叫天子眨了眨眼，又一个闪电，照见黑影紧贴在窗户上。

“谁？”叫天子胆大包天，心也怦怦乱跳。

“我……要走了……”是个女人一声一声抽泣，“临走……嘱咐你……一句话。”

“水芹！”叫天子大叫着跑出棚屋，“快进来！”

水芹却一连倒退几步，风雨中一字一泪地说：“有朝一日，你……你可要给……影儿……找个不虐待他的……后娘。”

叫天子心如刀割，只怕她投河一死，叫了声；“水芹，我娶你！……”扑上去想抱住她。

“别碰我！”水芹抬起手拄着的柳木棍子，像横起一道铁栏，“我跟姚元大……领了结婚证，明天……就是绿杨堤姚家的人了。”

说罢，她扭头就跑；电闪中叫天子看见和听见，水芹跟头流星，哭天号地。他想追上前去，僵直的两条腿像两根拴马桩子，迈不开脚步；一张嘴像两片磨扇子，喊也喊不出来。风雨像千百条鞭杆子，鞭打着他那失去感觉的身子。

6

昏迷不醒的水芹，脸红得像火烧云，躺在洞房小炕上，像砍倒一棵阳春三月的桃树，大热的天蒙住两床被子。

炕沿上，坐着一个六十多岁的老头儿，一个五十几岁的老太太；新郎官姚元大，背靠后山墙的大立柜，两眼直勾勾，瞪圆眼珠子睡着了。

老头儿名叫姚大顺，是姚元大的爹，干巴瘦小，双目失明，一副畏畏缩缩的神色；老太太是姚元大的娘，左手端着一只蓝花碗，右手不住扯着袖子擦眼泪。

“水芹，醒一醒儿……”元大娘轻轻唤道，“喝下这碗汤药，发一身汗，就退烧了。”

“你再吹一吹，别烫了她的嘴。”姚大顺十分心细，低声叮嘱，“气要匀，吹要轻，别溅上唾沫星子。”

元大娘嘬起嘴唇，一口一口吹凉气，又亲口尝了尝，才叫道：“元大，你抬起水芹的身子，我拿羹匙喂她。”

姚元大惊醒，愣愣怔怔，直眉瞪眼，懵懵懂懂地问道：“是队长喊我出车吗？”

“你这个比石头人多一口气的夯货！”元大娘又气又怨，“快把你媳妇抱起来，我喂她药。”

姚元大有一张四方大脸，却一副呆相，膀阔腰圆的大个头儿，胆子却小得像芝麻粒儿；他为人憨厚，不会占便宜，但是怯懦成性，便处处吃亏。

一身涤卡，姚元大四肢发僵，更显得笨手笨脚。他怯生生地走到炕沿下，心乱如麻，搓弄着两只手；他娘狠狠地拧了他一下，他才硬着头皮上了炕，两只胳臂抖抖索索插到水芹身下，像从手扶拖拉机上卸麻包一样，把水芹抱起来。

“啊！”水芹一声惊叫，张开双手推搡姚元大，拼命挣扎。

姚元大慌忙把水芹扔在炕上，水芹又昏昏迷迷。

“畜生！”元大娘骂道，“你斯文一点儿。”

于是，姚元大又壮了壮胆子，像从手扶拖拉机上搬下一箱玻璃，轻轻抄起水芹的上身。

“啊！”水芹打了个滚儿，并且从炕上爬起来，火烧云的脸色一下子惨白，东摇西晃像风吹芦苇。

“娘……”姚元大呜呜哭起来，“她……看不上我！”

“那就到我的屋里挺尸！”他娘气恨地喝道。

“睡不着……”姚元大垂头丧气，“我……参加挑灯夜战去！”他一个车转身，跑出家门。

元大娘把药碗交给老伴手里捧着，自己上炕，想把水芹搂在怀里。

“别碰我！”水芹惊慌地向炕角落退去。

“儿呀，这可难死了我！”元大娘哭了，“我知道你还想着你那心上人；可恨他无情无义，铁石心肠，不愿跟你白头到老，害得你露水姻缘一场空。”

“叫天子……冤枉呀！”水芹凄厉地哀叫一声。

“元大见过你一面，就一心扑在你身上。”元大娘眼泪汪汪，“他没有你那心上人的满嘴甜言蜜语，可是恨不得打一座佛龛把你供起来。”

“一麻包玉米，六百块钱……”

“那只不过是我们的一点心意。”元大娘低声下气，“就是你要星星，要月亮，我们也竖起梯子，上天给你摘下来。”

“我要……影儿……”

不知不觉中，水芹倒在了元大娘的怀里，元大娘从老伴手中拿过药碗，一羹匙一羹匙地喂进水芹嘴里。然后，又把水芹放倒，陪伴在儿媳身旁。

“我听见有一两只蚊子，你多抬抬手，别落在媳妇身上。”姚大顺老头叮咛老伴一句，摸摸索索回自己屋里，临走还给关了灯。

黑夜中不知过了多久，昏昏沉沉的水芹，忽然呢呢喃喃问道："快天亮了吧？……怎么听不见鸡叫呢？"

"咱们村里不许户下养鸡……"元大娘叹了口气，"割尾巴要斩草除根，鸡犬不留。"

水芹又无声无息了，元大娘轻轻抽出麻木的胳臂，悄悄走出屋去。

天光闪明，泥头巴脑的姚元大，两眼挂满血丝，夜战归来。

"娘，她还发烧吗？"姚元大小声问道。

"吃过药，睡着了。"元大娘心疼地望着这个傻气十足的儿子，"叫你到我屋里睡觉，你怎么又去给他们卖命？"

姚元大憨笑道："全公社要在咱们绿杨堤开现场会，不连夜突击，怎配当样板？"

"丑丫头爱搽粉，这要糟踏多少电钱呀！"元大娘嘟嘟哝哝。

"娘，你千万别乱说乱动！"姚元大吓得跑出柴门看了看，见四下无人，才放了心。

"你进屋躺一躺，我给你熬两碗粥喝。"元大娘叨唠着，到门外抱柴火。

姚元大进屋去，掀起门帘偷看了沉睡的水芹一眼，抓起一块凉饽饽，又大口啃着走出来，跟他娘说了声："我还得出车！"急匆匆而去。

水芹一觉睡到晌午才醒来，元大娘已经把脸盆、香皂、毛巾端到炕沿上，说："儿呀，你别动，我给你梳头洗脸。"

"我要出去一趟。"水芹的两只手掌撑住炕面，挣扎着坐起来，出溜下炕，大立柜的玻璃镜上映出她的蓬头垢面，像个痨病鬼；她闭上眼睛，淌下两大颗眼泪。

元大娘搀扶她走出柴门，她东瞧西看，奇怪地问道："怎么没有猪圈呀？"

"队上的王法，也不许养猪。"元大娘怨声怨气，"四面八方，大路小道，都堵个死，早晚大伙儿手拉手投河溺井。"

看看篱墙内外，水芹又问道："怎么不见一棵树？"

"都砍啦！"元大娘吞下一大口泪水，"几辈子传留下来的桃、杏、桑、枣树，都遭了劫。"

破房旧屋，院子很大，水芹用眼量了量，说："开个小菜园，全家吃菜不用花钱了。"

"那更犯禁！"元大娘咬牙切齿，"你那瞎公公种几棵烟，就罚了元大三百分。"

水芹回到屋，不想洗脸梳头，元大娘给她做了一碗鸡蛋面条汤，她满嘴苦味，也不想吃；喝下二煎药，她又昏睡起来。

迷迷糊糊睁开眼，水芹听见外间屋嘁嘁喳喳；一高一低，是姚元大和元大娘的声音。

"我拿出车补贴，给她买了几个苹果。"

"今晚上你服侍她吧！"

"公社广播站表扬了我，破私立公，不入洞房，参加夜战，我可不敢半截子革命。"

想到姚元大夜晚要睡在她的身边，水芹一阵心惊肉跳；听到姚元大还要日夜连轴转，才算松了一口气。

三天过去，水芹大病初愈；她关上房门，洗了头又洗身子，见自己只剩下一把骨柴，哪里还有过去的一点影子？她手拄一根柳木棍子，走出柴门站了站，又拐上院后的河堤。

绿杨堤坐落在运河西岸，距离鱼菱村二十里；鱼菱村在东南，绿杨堤在西北。水芹爬上河堤喘口气，却不敢面向东南，怕见伤心地；慌忙下堤坡，在河边坐下来。

只觉得胸膛憋闷，头脑空空，心像一块石头，没有悲伤，谁也不想念；她从身边草棵里摘下几朵车轱辘菊，一朵一朵扔下河，落花流水东南去。

运河滩的姑娘，喜欢撕车轱辘菊算命，逢双大吉，逢单不利；水芹已经没盼头，哪里还有算命的兴致？

坐到太阳落山，水芹又手拄柳木棍子回家，一进门吓一跳：只见几个年轻小伙子，正从洞房里搬出大立柜、缝纫机、收音机，元大娘和双目失明的姚大顺老头，坐在屋檐下抱头痛哭。

"你们这是干什么呀？"水芹急赤白脸地问道。

"我们……对不起你！"姚大顺老头连打自己的嘴巴。

"这些摆设……"元大娘撩起衣襟蒙住脸，"都是跟左邻右舍借来的。"

水芹头嗡耳鸣，身子一阵摇晃，急忙抱住柳木棍子，才没有瘫倒地上。她定了定神儿，说："本是借人家的，就该好借好还，您们老两口子别难过了。"

她走进屋里想做饭，元大娘惊慌追进去，说："你的病刚见轻，还是我来……"

“您老人家一连劳累几天，歇着吧！”水芹翻来找去，掀开缸盖只见几瓢玉米面，“咱们的白面呢？他出车回来，也该吃点顺口的汤汤水水。”

“咱家的口粮，只有这几瓢了。”元大娘又羞愧，又伤情，恨不得一头碰死。

“绿杨堤不是早就过了江，亩产双千斤吗？”水芹惊问道。

“那是敢想敢说，想出来吹出去的！”元大娘恨恨地说，“当头儿的年年得奖旗，男女老少年年饿肚皮。”

水芹手里的葫芦瓢落在了地上，急问道：“您们给我家送去的一麻包玉米，是从哪儿来的？”

“三口人勒紧裤带，硬挤出来的。”

“那六百块钱呢？”

“还有给油炸鬼的二百块鞋底钱，都是串百家门借来的。”

水芹跑进自己屋里，趴到炕上，大放悲声。

一会儿，姚元大出车回来，一身油渍麻花的工作服，满脸胡子邋遢，手捧着牛皮纸袋里的苹果，壮了壮胆子走进屋。

“水芹，吃个苹果败败火……”

“呸！”水芹翻身而起，狠狠啐了他一口，“拉下天圆地方的亏空，你倒有脸天天给我上供！”

姚元大吭吭哧哧地说：“你是个病人……”

“我明天就下地挣分！”水芹喊道，“你的出车补贴也都积存起来，赶快还债，还债！”

运河两岸的风俗习惯，姑娘出嫁，婆家住一月，娘家住一月，住够了对月才下地。水芹还债心切，哪有这份闲心？二踢脚大婶来接她，被她三句话戗了回去。

姚元大出车，每趟八毛钱补助费，一分钱也不敢花，都交给了他娘；三个月出车六十几趟，积存了五十块钱，正有一位债主堵门，一笔清了账。

这天晚上，水芹非常高兴，脸上有了喜色，眼里有了笑意，趁公婆撂下碗筷回屋，她在姚元大的耳边悄悄说："把你的被褥搬过来吧！"

姚元大又惊又喜，张大了嘴，半天闭不上。

这几个月，姚元大一直住在他爹屋里，元大娘陪伴儿媳妇。

洞房里，借人家的家具搬走了，自家买的一张方桌两把椅子，也折价顶了账，空空落落；一对新人本是双铺双盖，水芹做主，各自卖一套，还一笔债，松一分心。所以，水芹先铺上她的被子，把姚元大的被子压脚，两人只能钻一个被筒。

姚元大满脸通红，满头冒汗。

正在这时，队长在门外吆喝："元大开车去，人、机、畜一齐上阵！"

原来，绿杨堤正在冰天雪地的平原上，大造步步高的梯田；大搞挑灯夜战，新年向公社报喜。

"我……我受了风……着了凉……"姚元大生平头一回说谎。

"还是去吧！惹恼了当头儿的要罚分，扣口粮。"水芹在姚元大脸上亲了一下，"咱们白头到老，日子长着哩！"

姚元大敢不遵命，乖乖地参加夜战去了。

他本来已经人困马乏，车斗又装上超重的湿土，爬上八丈高的坡顶，车闸忽然失灵；他刹不住车，跳车已经来不及，连人带车滚下去……

7

守寡三年，水芹没有回过鱼菱村一趟，也就没有见过叫天子一面。她不知道，三年之后的叫天子时来运转，成了鱼菱村带头的冒尖户。

叫天子带领几个年轻人，包下河边的六十亩河洼地，稻麦两茬，也包下那二亩瓜田，联产到劳，自己还养几箱蜂；头一年开门红，两千多块钱到了手。

他还住在瓜田的那两间棚屋里，仍然孤身一人。

那位从北大荒转来户口的姑娘，考上了大学；冤死的老爹平了反，老娘也病好了。这位老娘已经六十出头，办了退休手续，女儿上大学住宿，更舍不得把影儿还给叫天子；影儿在北京借读，考上了重点小学，还是快班，正一步一步地向大学校门走去。

黄毛丫头休假，仍然天天跟他聚会，不过打酒买肉的换了他，黄毛丫头只管煎、炒、烹、炸。

这一天黄毛丫头从北京回来，自行车后架上驮着一台十二英寸的黑白电视机，过家门而不入，直奔瓜田棚屋。

棚屋里，盆朝天，碗朝地，叫天子一边在灶膛烤白薯，一边看一本农业科学杂志。

“叫天，我给你搬来个好东西！”黄毛丫头带着一股风闯进来，把包装电视机的纸箱放到小炕上，“走后门，出厂价儿。”

“买不起！”叫天子眼皮也不抬。

“守财奴！”黄毛丫头大嚷大叫，“我提了两级，加上补贴和奖金，还挣不出你的半数儿。”

“我这笔钱，有几处急用。”叫天子扒出一块白薯吃着，“分了红，我就给影儿的姥姥寄五百块钱去。”

“哑桃的娘家还有人？”黄毛丫头眨巴着眼睛，“你可从来没跟我说过。”

“伤心的事，谁愿意挂在嘴边上？”叫天子眼圈红了，“影儿的姥爷临死之前告诉我，影儿的姥姥带着两个小儿子，改嫁在讨饭路上的一个村子里；前些日子我写信打听他们的着落，老人家还活着，寄上五百块钱，也算替影儿的娘尽一份孝心。”

“扣除五百，你还剩下一千九百块呀！”

“影儿在北京白吃三年，还要住下去念书，我想送上三百元，表一表心意。”

黄毛丫头扳着指头算账，说：“还有一千六，买得起电视机。”

“我打算借给牛爷五百元。”叫天子也扳起指头，“他的大儿子和二儿子都从部队复员了，一要盖房子，二要搞对象，比我等钱用。”

“那两口子走碰头都不跟你说话，只怕要把你的好心当驴肝肺。”黄毛丫头对于这一项，不大同意。

“我忘不了牛爷救过我的命。”叫天子声音喑哑，“怕他们不收，我想倒个手，找个人替我出面。”

“叫天子，你呀你！”黄毛丫头也被感动了。

“顶要紧的八百块钱，麻烦你给水芹送去。”叫天子低下头，“绿杨堤还是左字号人物掌权，对抗中央政策，不搞生产责任制，更不搞联产到劳；水芹跟她婆婆，不光还不上亏空，窟窿反倒一年比一年大，我来给她们一笔勾销吧！”

“叫天，你怎么就不替自个儿想一想呀！”黄毛丫头起急地喊道。

“我想明年拿三千！”叫天子笑道，“《北京日报》郊区版的记者给我照了相，县广播站给我录了音，市农业科学院跟我挂了钩，我想三年之后拿个助理农艺师证书。”

“叫天，你可真要走红运！”黄毛丫头啧啧赞叹。

“你连升两级，难道不算走红运？”叫天子笑声朗朗，“今年牛爷全家也净剩一千六七百块，你那位二妞姐，眉开眼笑可又提心吊胆，只怕吃饱了又运动，政策一会儿一变。”

黄毛丫头嘿嘿笑道：“实不相瞒，我进工厂二十多年了，压根儿不知道储蓄所的门朝哪边开；今年一高兴，也想跟银行结个善缘，立了个户头，存下二百多块了。”

“我再借你一百块，你把这台电视机留下。”

“也好！”黄毛丫头一拍大腿，“我买下来放在你这里，先给你解闷儿。”

第二天清早，黄毛丫头腰缠八百元，出使绿杨堤。

绿杨堤风景依旧，死气沉沉；田野上的麦苗像瘌痢头，人造平原梯田更是光秃秃。黄毛丫头的自行车跑在河堤上，只见迎面一个推着手推车送猪的妇女，下身穿一条老棉裤，上身脱下棉袄，蒙在猪身上，自己只穿一件打满补丁的旧花褂子，汗流满面而来。

黄毛丫头下车问路。

“您是……”这位妇女停住车，眼睛含笑，“黄家大叔！”

“你是……”黄毛丫头瞪圆了眼睛，忽然大叫，“水芹，你怎么变成了这副样子！”

“扎您这位贵人的眼珠子啦！”水芹刚才乍见故乡人，一阵激动，十分亲热；可是看黄毛丫头大惊小怪，热情又冷下来，沉着脸又推起了车。

黄毛丫头横拦竖挡，低声说：“我替叫天子来看望你。”

“谁？”

“叫天子。”

“不认识。”

“他叫我给你捎来八百块钱……”

“我不认识这个人！”水芹夺路而走。

望着水芹的背影，黄毛丫头阵阵心酸。

他打听了几个人，才找到姚家，满目凄凉景象。篱墙四外，稀稀落落树苗子，门外挖了个地窖猪圈，两只猪崽儿吱吱叫；推车进门，一座鸡窝两只鸡笼，院里松了土，看来春天要种小园。

元大娘从屋里迎出来，问道：“同志，您找谁家？”

“我是水芹的干爹。”黄毛丫头演起戏来，“从北京下乡看望我的干闺女。”

“您贵姓？”元大娘上上下下打量他。

黄毛丫头点头哈腰答道：“黄金万两的黄。”

“水芹怎么没提起过您呢？”元大娘直犯嘀咕。

“我过去是个‘右派’。”黄毛丫头越发弄虚作假，“水芹跟我心连心，可是嘴上不得不挂锁。”

元大娘脸上露出笑容，忙说：“亲家，快请屋里坐。”

黄毛丫头走进屋里，双目失明的姚大顺老头儿又请他坐到热炕头上。

“听说我干女儿的日子过得很窄巴，我来给她送俩钱花。”黄毛丫头大模大样，把叫天子那八百块钱从腰里掏出来，递给元大娘。

“我们累赘了水芹呀！”元大娘哭起来，“元大死了，水芹指天发誓，要替元大尽孝。油炸鬼来给她找主儿，她左右开弓打了油炸鬼两个嘴巴；水芹的娘来过一趟，劝女儿改嫁，娘儿俩翻了脸。”

“我也恨不得把油炸鬼打翻在地，再踏上一只脚！”黄毛丫头装得瓮声瓮气，“水芹娘头发长，见识短，今后我要对她加强教育。”

“没有水芹支撑门户，我们这两把老骨头早送火葬场烧成灰了。”元大娘压低声音，“水芹不光手勤脚快，胆子也大，敢跟当头儿的顶撞；养了鸡，养了猪，还栽了树，今年的日子才没有窄上加窄。”

“绿杨堤还没有实行生产责任制吗？”黄毛丫头问道。

元大娘打着寒噤说：“当头儿的放出口风，中央修了，绿杨堤的红旗不倒。”

“混账东西！”黄毛丫头大喝一声，“我给我的干女儿擂鼓助阵，跟这些小土皇上滚车道沟子。”

院里手推车轱辘响，元大娘在屋里喊道：“儿呀，你北京的干爹来看望你，快进屋陪你干爹说话。”

黄毛丫头怕露出马脚，三步两步抢出去，递着眼色，说：“儿呀，快给干爹做饭！干爹还有紧急任务，得赶快回去。”

水芹哭笑不得，说：“只怕我们的粗茶淡饭，您咽不下去。”

“鱼生火，肉生痰，厂子里的甲菜我都吃腻了。”黄毛丫头神气活现，“白菜豆腐保平安，我正想换一换口味。”

水芹早打算留他吃饭，卖了猪赶忙买一瓶酒，割二斤肉。

吃过饭，黄毛丫头坐不住，水芹送他出绿杨堤，回鱼菱村。

“黄家大叔，这八百块钱是叫天子给我的身价吗？”水芹阴沉着脸问道。

“你的贼心眼子真多！”黄毛丫头气恼地说，“叫天子一直觉得对不起你，才送你这笔钱，算是知恩必报。”

“我不想听！”水芹含着眼泪，“我留下这八百块钱，堵上这几年拉下的大窟窿小眼，可是不想欠他的情；绿杨堤的土里刨不出钱来，我一刀一刀从身上割肉卖，也要还给他。”

“水芹，你年纪轻轻，难道想死守一辈子？”

“我走了，二位老人怎么活呢？”

“你还是得盘算个长久之计呀！”

“谁想娶我，我得把二位老人带过去。”

“有人给你说媒吗？”

“都被我这个条件吓跑了。”

“水芹，叫天子富起来，盼望你回去。”

“那他更得答应我这个条件。”

“你可真是你爹的好女儿！”黄毛丫头发了火，“也是个牛脖子。”

“我配不上今天的叫天子了。”水芹凄然一笑，“倒是替他看中了一个人，不知您愿意不愿意替我给他们撮合？”

“谁？”

“我们村有个女技术员，一心想改变绿杨堤的面貌，三十岁了还没有搞过对象；可是，看队上当头儿的不肯执行中央政策，她也寒了心，想出嫁一走，眼不见心净。”

“这位姑娘看得上叫天子吗？”

“叫天子上过报，广播站放过叫天子的录音，这个姑娘早动了心，常跟我打听叫天子。”

“棋逢对手，将遇良才！”黄毛丫头转怒为喜，“你动嘴儿，我跑腿儿，咱们爷儿俩成全这一对儿！”

他飞身上车，疾驰而去。

8

一晃又是半年。

河边的瓜田，今年二十亩了，四四方方一口聚宝盆。热在中伏，清晨就刮起暖烘烘的南风，掀起挂满露珠儿的层层柳叶，闪露出满地繁星似的白玉兰香瓜；阳光像在白玉兰香瓜上下一层金霜，南风扯起流云一般的香雾。

瓜田四外的柳梢上黄鹂啼啭，叫天子带着他的左膀右臂正在下瓜，他们每人手拿一把小剪子，小心剪断青翠的瓜蒂，就像老太太拣鸡蛋，把一颗颗白玉兰香瓜轻轻放进垫上高粱叶子的瓜篮里，不能蹭破了皮，挤伤了成色。

叫天子的左膀右臂是谁？就是那几年前翻脸成仇的牛脖子大叔和二踢脚大婶。

牛脖子大叔和二踢脚大婶趁春节有几天闲工夫，请来本村的三老四少，盖起一座四破五的新砖房，好给大儿子娶媳妇；千层篱笆也得透风，新房上梁大吉那天，老两口子才知道雪里送炭的人是叫天子。

“咱们跟他抓破了脸，又手背朝下借他的钱……”二踢脚大婶臊得想一头钻进灶膛里，“羞死了我！”

“叫天子的肚子能撑船呀！”牛脖子扑簌簌淌下满脸老泪，“悔不该当初不把水芹许配他。”

“你把他给我找……请来！”二踢脚大婶悔恨交加，急得转磨。

正月新春，风和日暖，叫天子在瓜田里哼着歌儿耙地。一心不二用，牛脖子大叔走来，他也没有听见脚步声；直到耙完一畦，抬起胳膊擦汗，才看见牛脖子大叔站在几步外，低着头搓弄两只青筋暴起的大手，呼哧呼哧喘着气。

叫天子吃了一惊，刚要开口，牛脖子大叔吵架似的吼一声：“跟我走！”上前拉拉扯扯，把他带回那一别几年的水柳篱墙院落。

叫天子看见，破旧的西厢房已经扒倒，但是南间窗前的核桃树完整无缺，这明明是牛脖子大叔和二踢脚大婶于心不忍；他的心头一酸一热，眼眶潮湿了。

“叫天子，我冤屈了你……”二踢脚大婶哭道，“也害苦了水芹。”

“害苦了水芹的不是您，不是牛爷，也不是绿杨堤姚家。”叫天子咬得牙齿咯咯响，“是那个锅里愁米，灶里愁柴，身上愁衣的穷！”

饭桌上，叫天子跟这老两口子讲定，他们合伙承包二十亩白玉兰瓜田；牛脖子大叔和二踢脚大婶那两个复员的儿子，也到六十亩河洼地去，参加承包稻麦两茬。

叫天子，牛脖子大叔和二踢脚大婶下瓜，另有两个人帮工。这两个人一大一小，大人是黄毛丫头，小孩是影儿；黄毛丫头提着柳篮子运瓜，影儿坐在地头柳荫下看瓜堆。

影儿放了暑假，给他爹带回一张门门一百分的通知单和一张三好学生奖状；本来还有一块儿童游泳比赛亚军的奖牌，他不敢掏出来，怕他爹骂他给运河边长大的孩子丢了脸。

黄毛丫头的路子多而又广，他给牵线儿，北京城里待业青年开办的一家瓜果店，包下了这二十亩瓜田，一会儿就来车装货。

嘀嘀！车来了。

叫天子直起腰，手搭凉棚，只见不是装运白玉兰香瓜的130卡车，而是一辆出租汽车公司的华沙牌小卧车，想必是匆匆过客。

但是，华沙牌小卧车屁股冒着蓝烟，却来到了瓜田地头。车刚刹住，左车门一开，真是白日见鬼，油炸鬼钻出来了；随后右车门也被推开，钻出来一个戴蛤蟆镜的姑娘，更叫人目瞪口呆。

这两年农村富起来，老不死的油炸鬼买卖兴隆，每日出了东家进西家，一年到头吃香的喝辣的；腰里鼓鼓囊囊，脸巴子胖得嘟噜肉，还留起五绺长髯，手拄一根龙头拐杖，这才是五谷丰登也养肥了豆鼠子。

那个蛤蟆镜遮住半张脸的姑娘烫着头，活像一朵洋绣球；上身穿紧身衫，下身穿喇叭裤，走起路来裤脚子扫地，就像腾云驾雾。

“叫天子，我把我的外孙女儿带来啦！”油炸鬼耍了一下龙头拐杖，“今年二十六……”

“人家二十四嘛！”蛤蟆镜姑娘哼哼唧唧，腰扭得像油炸麻花。

牛脖子大叔、二踢脚大婶和黄毛丫头都坠入十里云雾中，叫天子却恍然大悟，原来是油炸鬼送货上门。

油炸鬼早年吃、喝、嫖、赌、抽，花光祖产败了家，把女儿卖给北京一个打鼓儿收破烂的。这个蛤蟆镜姑娘，是油炸鬼的女儿最溺爱的小女儿，干出有失国格人格的可耻勾当的女流氓，刚刚被解除劳教。几天前，油炸鬼鬼鬼祟祟来到瓜田，死皮赖脸要把他的外孙女儿介绍给叫天子，被叫天子一口回绝。

“油炸鬼，谁叫你把她带来？”叫天子满头冒火，“原路而回，走！”

出租汽车司机走了过来，说：“请你付往返路费，三十四元五角六分。”

“我给！”叫天子要回棚屋取钱。

“慢！”蛤蟆镜姑娘摇头摆尾走上前来，“姑奶奶亮个相，好比大医师出诊，不能白看。”

油炸鬼把一只鸡爪子手伸到叫天子面前，说：“再掏二十块见面礼钱。”

二踢脚大婶一口唾沫啐到他脸上，骂道：“油炸鬼，你卖外孙女儿的脸，还有人味儿吗？”

“老鸹落到猪身上！”油炸鬼脸皮三寸厚，恶毒地奸笑，“你卖亲生女儿身，还有脸跟我说三道四！”

“我掐死你！”牛脖子大叔一声怒吼，挓挲着两手扑过来。

“老帽儿！”蛤蟆镜姑娘放起刁，樱桃小口喷出满嘴炉灰渣子，“我划了你。”

好男不跟女斗，火气冲天的牛脖子大叔只得踉踉跄跄后退。

黄毛丫头不慌不忙，从衬衣上兜里摸出一张塑料卡片，两根手指捏着，在蛤蟆镜姑娘眼前一晃，说：“你想自讨没趣儿吗？”

蛤蟆镜姑娘就像草头蛇吞下烟油子，脸儿煞白，嘴唇发紫，低眉顺眼地说：“师傅，您高抬贵手。”

黄毛丫头从鼻孔里哼了一声，把手一挥，喝道：“我饶你这一回，别再叫我碰见你！”

蛤蟆镜姑娘顾不得讨见面礼和往返车费，拉扯着油炸鬼钻进华沙牌小卧车，落荒而去。

“你手里拿的是什么符箓，能够降妖镇邪？”叫天子奇怪地问黄毛丫头道。

黄毛丫头摇头晃脑地说：“这两年我练气功，报名当了治安联防队员。”

叫天子大笑起来。

“缺心少肺！”二踢脚大婶哽哽咽咽，“你不老不小，一年比一年有钱，难免贪财的狐狸精勾引你，你还是赶快跟绿杨堤那个女技术员结婚吧！”

“我怕见生人！”叫天子闷声闷气。

“我知道你忘不了水芹那丫头。”二踢脚大婶一把鼻涕一把眼泪，“可是那丫头跟爹娘变了心；也跟你变了心，她一心保主，心上只有她的公婆。”

"这半年我心里七上八下，今天拿定了主意！"叫天子跺地咚咚响，"我买下了五大间的砖瓦木料，秋后盖起宅院，把水芹的公婆一同接过来。"

"我马上给水芹报喜！"黄毛丫头欢呼一声，"给我称一篮子瓜。"

叫天子说："算我孝敬那二位老人，你给送去。"

"记在我们的账上！"牛脖子大叔和二踢脚大婶也抢着说。

黄毛丫头掏出五块钱，说："我去看望干女儿，不想借花献佛。"

"我也跟您去看望芹姑奶奶！"影儿喊道。

"好个有良心的孩子！"黄毛丫头抚摸着影儿的头，"见着你芹姑奶奶，你就说：'我接您回去。'懂吗？"

"不懂。"

"她的心冻了冰，只有你能焐热了。"

影儿点点头。

黄毛丫头把影儿抱到自行车大梁上，后架驮着瓜篮，一路顺风，直奔绿杨堤。

天热收工早，死抱着大锅饭的绿杨堤人心散乱，更是早收工，家家升起午饭的炊烟。

黄毛丫头带着影儿来到水芹家，只见篱墙四外的小树长得本固枝荣，门外的猪圈里两口大肥猪哼哧哼哧，几只下蛋的母鸡咯嗒咯嗒叫成一片，进门是一座绿油油的小菜园。

"干女儿！"黄毛丫头大呼小叫，"干爹陪着一位贵客看望你来啦！"

“亲家，您好！”正在天井冷灶上切面条的元大娘，满面笑容迎客，“今天是水芹的生日，您来得巧。”

黄毛丫头连连拱手，笑着说：“亲家，您们的小日子也形势大好呀！”

“都是我那儿媳妇赤手空拳打出的天下。”坐在屋檐下剥蒜的姚大顺老头，笑得合不拢嘴，“去年别的人家不敢养鸡、养猪、种树，我那儿媳妇胆子大，抢先了一步，积攒了二百多块钱；今年归还自留地，别的人家又不敢要，我那儿媳妇却伸手要双份儿。”

“怎么不见水芹？”黄毛丫头问道。

“她在人造梯田自留地上。”元大娘切完面条又打卤，“生日吃喜面，她却叫我蒸菜团子；我九十九件都依她，就是这一桩不听她的吩咐。”

“我去把她喊回来！”黄毛丫头卸下瓜篮，又带着影儿到村外的人造梯田上找水芹。

绿杨堤这座名噪一时的奇迹，早已荒废冷落，长满了野花、青草、蓬蒿、柳棵子。今春市委和县委发出通知，将归公的自留地发还社员，队上迫不得已，把人造平原梯田按人头份儿分了下去，没人敢要，也没人肯要；水芹却不但要够了自家的数目，还开垦了一片荒地，都种的是耐旱的春玉米。

水芹正从梯田下的一口池塘里挑水，爬上高坡浇三类苗。

黄毛丫头收住自行车，把影儿抱下来，低声说：“你喊她。”

“芹姑……奶……奶！”影儿一边喊叫，一边向梯田上奔跑，“我来……接您回去！”

爬到半坡上的水芹，听这一声呼唤，打个前失收住脚，扭回身愣怔了半晌，才叫出一声："影儿！……"一担水溜下肩头，两只水筲滚下坡。

"芹姑奶奶，跟我回去吧！"影儿奔跑喊叫跌跟头。

水芹冲下坡来，把影儿搂在她那丰满温馨的胸怀里，眼泪像断线的珠子，连连说："影儿呀！想死了我……"

"水芹！"黄毛丫头站在坡下大声说，"叫天子秋后盖起五间大房，把你跟二位亲家接过去。"

"我回去……回去……"水芹泪光中闪动着笑影，"服侍我的影儿一辈子。"

黄毛丫头推着自行车，水芹挑着水筲，影儿追前跑后，回到姚家。

元大娘已经摆好饭桌，放好五只蒲团，锅里开水翻花，只等他们回来吃喜面。

"二位亲家，今天喜上加喜！"黄毛丫头咋咋唬唬念喜歌儿，"我跟水芹一言为定，接你们一家三口到鱼菱村享福。"

元大娘一惊，苦笑着摇摇头，说："穷家难舍呀！"

"热土难离啊！"姚大顺老头儿木木呆呆，"我们这两把老骨头还是埋在绿杨堤吧！"

"爹，娘！"水芹慌忙说，"我不离开您们二位老人家。"

"我也不离开您！"影儿紧紧地抓住水芹的衣襟儿。

黄毛丫头像被兜头浇了一瓢凉水，心里却像架起一团火，扔下影儿，推车就走。

水芹追出去，两手抓住车把，含泪问道："干爹，我伤了您的心吗？”

黄毛丫头一声慨叹，说：“你和叫天子都跟我一般远近，我不偏向哪一个。”

“您帮我个忙，劝说叫天子赶快娶我们那位女技术员！”水芹恳求地说，“县委把我们那位女技术员找去谈话，哄传她秋后要当党支部书记，那她就不肯离开绿杨堤了。”

黄毛丫头头顶着火盆子返回鱼菱村的河边瓜田，牛脖子大叔、二踢脚大婶和叫天子摘瓜忙得不歇晌，正坐在地头柳荫下吃饭；二踢脚大婶也想起今天是水芹的生日，他们吃的也是喜面。

“毛丫头！”二踢脚大婶挑起一箸喜面，顾不得送进口，“水芹跟影儿呢？”

黄毛丫头满头撸汗，说：“水芹的公婆生死不离寸地，她也就不肯回来。”

“这个死爹哭娘的拧丧种！”二踢脚大婶大骂女儿，“叫天子，你要再跟她藕断丝连，我都小看你。”

叫天子两道浓眉拧了个疙瘩，霍地站起身，脸色铁青，像要勃然大怒。

“水芹不是薄情的人……”黄毛丫头替干女儿辩护。

“你给我找一辆大卡车来！”叫天子一声断喝。

“干什么？”黄毛丫头莫名其妙。

“把那五间大房的砖瓦木料拉到绿杨堤姚家。”叫天子热泪夺眶而出，“我‘嫁’过去！”

叫天子“嫁”到绿杨堤以后，当上大队技术员，那位女技术员被选为党支部书记。

黄毛丫头奉干女儿之命，在北京城里四处奔走，要给女支部书记找个称心如意的对象；条件是：思想进步，身体健壮，三十岁以上，四十岁以下，在农艺或农技方面有一技之长。

不知北京城里有没有这样一个够尺寸而又眼光远大的人。

一九八一年十二月三十一日

原载一九八二年第三期《北京文学》

柳　伞

第一章

1

黄金印告状，秦吉了撂挑子；一个不下马，一个不接鞍，五黄六月卡脖子旱。村人千口，瞪圆了眼睛，等着瞧柳伞大队这一出二虎相争的好戏，如何收场。

秦吉了躺倒不起炕，黄金印只得二进宫。

夕阳西下，半边天像挂着一盏大红灯笼，仍然热得人心里架着一团火。黄金印从公社回来，一棵铁杜梨树雷殛了顶，五尺六的汉子伛偻着腰，两条鹭鸶长腿像坠上两只青石砘子，走一步蹭不出三寸。走走停停，停停走走，八里路走了两个钟头，回到柳伞村口。

只隔一片蒲苇丛生的池塘，对岸便是他那座青杨翠柳掩映的小院，雪亮的灯光摇曳在树枝上，晚饭的炊烟弥漫在水面上。

但是，他不敢绕过池塘回家去，只怕抬头走进门，看见女人那一双蒙眬泪眼，低头走进门，女人下起淅淅沥沥的牛毛细雨。

黄金印叹了口气，拐了个三环套月的大弯儿，来到柳伞村北二里的运河桥头，一屁股坐在陡峭的河岸上，两眼直瞪瞪，死盯住桥下的满槽流水，活像颐和园那一尊铜牛搬了家；几只大长脚花蚊子，叮在他的脖颈子上，他都一动不动。稀稀落落的过往行人，吓得躲他远远的，只当他要投河寻死，生怕他拉个垫背的。

太阳下了山，倒挂火烧云，映照得河边的苇尖草叶上，跳动火星子。

黄金印心中一阵阵焦躁，坐立不安；他走下桥头，在岸边一行河柳下转开了磨。过往行人更害怕了，只当他想找一棵歪脖儿树，麻绳拴套，钻圈上吊。不过，他的个子高大强壮，没有一条河柳枝杈吊得住他；要是坠断了河柳枝杈落了地，磨盘大夯砸出井口大的坑。

十几年走背字儿，七角八棱的石块子也被流水磨成了鸭蛋圆儿，黄金印却只被坎坷岁月磨得外圆内方。一九五八年，柳伞大队党支部书记秦吉了红极一时。他上过电台，嘴对着大喇叭天花乱坠：头茬小麦亩产十万斤，二茬白薯亩产一百吨，食堂每日四菜一汤，全村走上金桥，正在进天堂。生产队长黄金印是个头撞南墙也不知道拐弯抹角的犟牛脾气，秦吉了在台上云山雾罩，他在台下刮冷风，秦吉了吹得牛皮鼓蓬蓬，他一捅一个窟窿；于是，他被开除出党，密云水库出外工。可是，到了一九六一年，柳伞大队家家烟囱挂纸钱，乱草蓬蒿新坟多；出足了风头的秦吉了却溜了肩膀儿，摘下乌纱帽当球儿踢，红光满面硬说得了浮肿病，撂了挑子趴了炕，塔式老吊车也叼不起来。家有千口，主事一人，柳伞大队一盘散沙，过了谷雨还没有开犁下种，大家抬出了黄金印，公社也锦上添花，恢复了他的党籍。黄金印上任，大改秦吉了的王法，不但包产到户，而且放手让社员开垦十边地，一年光景就吃上了饱饭。谁想，饱饭刚吃上三年，四清工作队开进了柳伞村，当头一棒把黄金印拉下了马，赶上了楼。袖手旁观了三年的秦吉了出了山，掏出一本流水账，黄金印放个屁都记在了账上。大会小会，七斗八斗，黄金印不死也脱了一层皮，掉下半扇子肉。一九六六年天下大乱，四清工作队班师回城，黄金印正想乱中下楼，秦吉了却又当上造反团后台老板，宣布他的十大罪状，戴上“三反分子”的帽子，抄家、游街，关在牛棚里旱鸭浮水……夫妻本是同林鸟，大难临头各自飞；他那个也被造反团打得皮肉开花的媳妇银瓶，跟他离了婚，带着三岁的儿子长生改了嫁。整党建立支部，他又被开除了党籍，孤身一人睡凉炕。到了一九七九年才不得不给他平了反，选为支部委员。他已经是四十五六岁的人，尝够了酸、甜、苦、辣，满腔子血不凉不热温吞吞了。他当一名田长，承包一块大田，农闲时节还开了个手工作坊，自己两年净剩三千元；新娶了一个也是离过婚的女人叫月桂，扒了土炕睡双人床，过上一天三顿大米白面的日子了。吃饱了肚子伸直了腰，挺起了腰板抬起了头，两只眼睛就要管闲事了。秦吉了本来跟新政策顶牛。后来一见顶不住，便顺风下臭雾，搅浑了水摸鱼。他身不动膀不摇，公社每月补助十五元，大队一年补贴三千分，巧立名目拿奖金，这是明面的收入；暗中又给一伙投机倒把的二道贩子撑腰，分赃吃大股。十间大瓦房平地起，彩电、冰箱、电风扇、洗衣机……前门搭进来，后门抬进去。最近发现，他还给一个地下宝局插杆儿，按月分红。秦吉了大刮不正之风，五六级转七八级；路不平有人铲，黄金印眼里不揉沙子，找到分管柳伞村这一片的公社党委副书记郁士通反映情况。

难打的官司好告的状，郁士通虽然接了状纸，却给了他一块难拌的冻豆腐。

直出直入的黄金印这才发现，他就像一头扑在了圪针堆上，脖领子里又塞进一把麦芒子，双手还捧着个刺猬。

2

郁士通这个人，一篙头插不到底，深浅估不透。

他有个外号叫佐料儿，少了他炒不成菜，也成不了席。铁打的营盘，走马灯的一把手，他却是任凭风浪起，稳坐钓鱼台。一把手换了一个又一个，哪一个都把他当拐棍儿；可是，他跟谁也不掏心窝子，谁也抓不住他的辫子。他巧使顺风船，走路不留脚印儿，顺情说好话，胡同捉驴两头堵。这二三十年，一个运动又一个运动，沟沟坎坎，坑坑洼洼，他却鸭子过河不沾水，一路平安，没有伤着半根汗毛。

黄金印被传唤到公社，郁士通早已等候在公社门外的龙爪槐下，笑脸相迎。他已经五十多岁，肥头大耳，大腹便便，十分富态；只是一双淡眉，两只小眼，笑起来只见一张大白脸，像戴上一副假面具。

“郁书记，您找我有什么吩咐？”黄金印一路脚急，满头大汗，摘下斗笠扇风。

“只不过是一桩三言两语的小事儿。”郁士通轻描淡写，口气却非常亲热，“可是，没有你那把钥匙，开不了这把锁。”

他牵着黄金印的手，走进他那间地处背静角落的单身宿舍。桌上沏得了一壶小叶儿茶，打开了一盒大前门香烟，他又搬过一只藤椅，双手一按黄金印的肩膀，黄金印落了座。

“郁书记，您是不是要审问我跟秦吉了的官司？”黄金印眼巴巴问道。

“党委已经备案，交给纪律检查员办理。”郁士通给黄金印倒上一杯茶，点上一支烟，“一定妥善解决，你放心吧！”

“十万火急把我找来，您就闲言少叙，书归正传吧！”黄金印是个急性子，恨不得一锤砸开闷葫芦。

“唉！”郁士通叹了口气，愁眉苦脸，“秦吉了撂挑子，我磨薄了嘴皮子，他还是粘在炕席上挺尸；柳伞大队不能一日没有主事人，你替我劝一劝他。”

“我？”黄金印从藤椅上跳起来，“我们是二十年的对头冤家，您这不是叫我火上浇油吗？”

郁士通又笑眯眯起来，问道：“你反对他的不正之风，难道是为了报私仇？”

“天地良心！”黄金印一把扯开汗衫，袒露出扇子面的胸膛，“我是不忍看他给柳伞大队党支部抹黑。”

“金印，我知道你的肚子里能跑两台拖拉机！”郁士通插科打诨，嘻嘻哈哈，“你就更应该塔尖上亮相，众人面前表现高姿态。”

“秦吉了早就不配当支部书记！”

“那也要等查清他的问题，今冬明春改选。”

“我怎么劝他？”

“人受一句话，佛受一炷香嘛！”

“难道叫我给他三跪九叩，四起八拜？”

“过头了，过头了。”

“那么是要我向他低声下气？”

“和颜悦色，和颜悦色。”

“我是桑木扁担的脊梁骨，弯不下这个腰去！”黄金印粗脖子大红脸大叫，“秦吉了下台，柳伞大队那块地球照样儿转，我们还有二把手。”

郁士通哈哈大笑，陡地收住笑声，把脸一沉，说：“鲍老为革命呕心沥血一辈子，晚年还乡享一享清福，你们怎么能忍心把千斤担子压在他老人家肩上？”

柳伞大队党支部副书记鲍春知，是一位退休回原籍的老干部，已经年近古稀了。

“三把手顶缺！”

“冷青霜？我的天！”郁士通像被猫儿抓过一爪子，“她那个极左的病根儿，只不过刚割一茬韭菜。”

柳伞大队党支部委员共有五人，郁士通给他们排座次，三把手是一个三十挂零儿还没有出嫁的大姑娘，姓冷名青霜，当年是一位舍得一身剐，敢把皇帝拉下马的造反小将。

“那就……四把手担当。”黄金印不大情愿，也只得硬着头皮，打出他的患难兄弟柳景庄这张牌。

四把手柳景庄，是个画匠，眼下四出画影壁，买卖兴隆，每日上交大队一块五毛钱，每月收入仍然上百元。

“他……”郁士通眯起眼睛想了想，忽然满脸笑开花，“柳景庄不上阵，只有你出马。”

“我不当！”黄金印像烫了舌头，连吸了两口冷气。

“那你就从炕上把秦吉了搀起来！”郁士通的脸色阴了天，“柳伞大队党支部的大梁不能塌了架。”

黄金印骑虎难下了。

他并不是一条扶不直的井绳，也并不怕树叶掉下来砸破了头，只是难过月桂这一关。他心乱如麻，等候柳景庄卖画回来，两人拿主意。

第二章

1

金桥大学肄业生柳景庄，是柳伞村的文状元，土圣人，智多星。

翻遍国务院教育部和北京市大学部的档案，也找不到有关金桥大学的一个字儿的记录。但是，这绝不是写小说的人吃柳条拉鸡笼，肚子里编出来的故事。当年，运河滩上，确确凿凿有过一所金桥大学，只不过昙花一现，没有来得及写入史册。

一九五八年，上边号召每个县要办起一所大学，河北省的徐水县闻风而动，一马当先，成立了徐水大学。当时徐水大学的声势，真使北京大学和清华大学都黯然失色。运河滩上有几位敢想、敢说、敢干的人物，十二分不服气，连夜开了个会，天刚亮就宣告社立金桥大学正式成立。那时候，村村队队的大墙上，都书写着十年超过老英国的标语；金桥大学更另有发明，院墙写下一行斗大的字：九年超过老剑桥。剑桥是英国的名牌高等学府，但是小小运河滩的社办大学却要在不久的将来高出它一头；相形之下，徐水大学只敢跟北大和清华比个高低，未免小家子气了。

金桥大学坐落在运河边上的一片柳棵子地里，临时搭起几排泥棚茅舍，便开学大吉。不过，校门口的大影壁上，描画了金桥大学的远景图，要比剑桥大学的校园宏伟而壮观得多。这幅远景图的作者，便是柳景庄。

柳景庄的上三代，都是画匠，他也有一双家传的巧手。当时他只有十七岁，在县城的中学里念高中二年级，打算毕业之后投考中央美术学院。秋收时节，学生停了课，下乡深翻地。深翻一尺，增产万斤，柳伞大队要亩产十万斤小麦，也就要深翻一丈以上。劳力不足，柳景庄被秦吉了叫回村来；然而，秦吉了并不要他扛起铁锹，参加田野上的大兵团作战，而是手执画笔，日夜突击，将柳伞村装扮得诗画满墙。柳景庄作画，十岁的小学生冷青霜白天给他端茶送水，夜晚给他高挑灯笼。原来，每个小学生也要深翻三分地，冷青霜是少先队的中队长，更得起带头作用；不想被芝麻茬子扎穿了脚心，只得退下阵来，一瘸一拐地给柳景庄打下手。

柳景庄笔底开花，家家墙上大放异彩，只见高粱秆子像参天大树，四条汉子伸开双臂，也不能环抱高粱秆子的腰围；玉米棒子像喀秋莎大炮的炮弹，一马三骡的大车，每趟只能拉走四个；花生壳子像大船，几个膀阔腰圆的小伙子站在花生壳子上，下河撒网捕鱼；猪比象大，羊羔撞倒了牤牛，鸡蛋赛过碌碡，麦秸垛比山高，一颗鸡蛋从麦秸垛上滚下来，落地便孵出一只孔雀大的鸡雏儿……柳景庄画呀画，越画越起劲，冷青霜咯咯笑弯了腰，拍红了两只小巴掌；柳景庄一高兴，顺手把她画在了猪背上，好像猪背上落下一只花翎小鸟儿。

柳景庄画完一百幅画，大地也冰冻三尺了，不但深翻不了一丈，就连一层地皮也揭不下来，只落得千顷良田大坑小洞，百孔千疮，大兵团鸣金收兵。柳景庄应该回校上课了，却又被秦吉了扣下来，吸收入党，保送金桥大学。

当了一年大学生，柳景庄没有进过一天教室，每日背着一只大画箱子，到全公社的每个村庄，画满比象大的猪和比船大的花生壳儿。一直画到一九五九年的数九隆冬，猪死光了，花生绝迹，食堂关了张，金桥大学散摊子。他还想回县城中学念书，可是已经失掉学籍；又想投考大学，公社却不肯给他开一张同等学力的证明书，福无双至，祸不单行，一年之间父丧母亡，空屋子冷炕，柳景庄孤身一人了。

黄金印接过秦吉了撂下的挑子，提拔他当党支部副书记；黄金印挨整，他也就跟着黄金印陪绑。十几年来，黄金印受了多少罪，他也吃了多少苦，只不过在处理上比黄金印罪减一等，黄金印是开除出党，他是劝退出党。

一九七九年春，柳景庄也平了反，也被选为党支部委员。

实行包产以后，节省下不少劳动力，允许真有一技之长的社员外出做工，柳景庄便当起了画匠。这两年，农民富起来，村村户户盖新房，青堂瓦舍的大宅院像雨后的春笋，每座大宅院进门一座大影壁，他就干起画影壁的生意。柳景庄的画，调和五味，男女老少都喜爱，生意越做越兴旺，一支画笔变成了摇钱树。

眼下是一九八一年，一九五八年十七岁的柳景庄，已经四十整了；然而，仍旧是孤家寡人，也就落了个外号，叫老孩子。

自从他每月收入上百元，说媒拉纤的人就像飞来飞去的采花蜂，成群搭伙找上门来；可是，他就像心如古井的僧人，一个也不点头。

此中难言之隐，整个柳伞村，只有黄金印一人知道。

2

西半边天的红灯笼落下去，一盏白灯笼又挂在了东半边天，凉爽的夜风将一轮明月吹送到运河上，也吹散了河上的暑气，星光月影下的大河，像下了霜。

但是，从桥头到岸边，从岸边到桥头，走过来转回去，热锅螃蟹似的黄金印，仍然大汗淋漓，胳肢窝上起了痱子。

忽然，大桥那边，柳荫夹道的乡间公路上，一支牧歌小曲从月光中飘来。黄金印一听那口音，便知道是柳景庄自编自唱，通身的白毛汗一下子回去了，大步流星跑过桥。

柳景庄骑一辆吱吱咯咯响的破自行车，上身的汗衫和下身的裤子沾满了五颜六色，皱皱巴巴，窝窝囊囊，一点也不懂得人配衣裳马配鞍。人们纳闷儿，他每月百元到手，钱跑哪儿去了？

“在银行里进行人工繁殖。”柳景庄一本正经地逗笑，“存上一万元，每月拿四五十元的利息，好比生了个孝顺儿子。”

他这句话，已经是柳伞村的名言，不少上年纪的人把钱存入银行，只有冷青霜咬牙切齿地骂他：“嚼舌根子，长舌疔！”

黄金印跑上前来，柳景庄跳下了车，嬉笑道：“大哥，又给月桂嫂子扫地出门啦？”

“别跟我打牙逗嘴儿，我的心里就像油煎汤煮！”黄金印哭丧着脸，“郁士通给我出了个难题儿，咱俩不接过秦吉了撂下的挑子，我就得给他服软儿，从炕上把他搀起来。”

“那你就走马上任。”

“你一人一口，无牵无挂，还是你当。”

“饶了小弟吧！”柳景庄喊叫一声，又压低嗓子，“大哥，你猜我今天为什么回来得晚？”

黄金印摇摇头，说：“你别跟我绕脖子。”

“县文化馆找我谈话，要给我开个影壁画展。”柳景庄掩饰不住激动的心情，“我的出头之日来到了。”

黄金印愣头愣脑，问道：“是不是要给你一只铁饭碗，请你到县城吃商品粮？”

“铁饭碗能有多大油水，商品粮哪儿有咱们新上场的五谷香？”柳景庄满脸喜色，“这两年，我画了一百零八座影壁，有位八十八岁的老画师下乡走马看花，连看我十几幅影壁画，连叫十几声好，还要写一篇文章，替我刷个广告，文化馆这才打算给我举办影壁画展览会。”

“柳伞大队这个小水洼子，养不下你这条跳龙门的大鲤鱼啦！”黄金印一声悲叹，“我一个人单丝捻不成线，挑不起秦吉了撂下的挑子，还是厚着脸皮给人家赔情认错，免得吃二遍苦，受二茬罪。”

“月桂嫂的蜜罐子，把你沤成了软骨病！”柳景庄发起火来，“跟不正之风斗争，还没有见过两三个回合，你怎么就甘心当个败将？”

“我单枪匹马呀！”黄金印叫屈。

柳景庄眼珠一转，想出个主意，说：“咱俩找鲍春知大伯去，请老将出马。”

黄金印却没有多大兴致，皱着眉头，说：“我看这个老头儿还乡几个月，只愿修桥补路，积德行善，不想多管闲事得罪人。”

“那是真人不露相！”柳景庄又放声笑起来，“这几个月我早出晚归，也到春知大伯家串过几趟门，一入正题，老人家就为党风问题忧心。”

黄金印哼了一声，说：“我只看见他跟秦吉了亲亲热热！”

“秦吉了常到他家走动，问寒问暖。”柳景庄冷笑道，“你也是乡亲子侄，看望过老人几回？”

黄金印张口结舌，好半天才吭吭哧哧地说：“我吃过晚饭，就……关门看电视，看完电视就……上床睡觉……”

“月桂嫂子那两条雪白的胳臂，把你搂得太紧啦！”柳景庄挖苦地说。

“灶王爷打筋斗，又离板了！”黄金印脸上发烧，“我先回家扒几口饭，撂下碗筷就去拜望老人家。”

“只怕月桂嫂子藤缠树，又要绊住你。”柳景庄搡他一个转身，“跟我走，我设晚宴招待你。”

“你这是抓我的官差！”黄金印呵呵笑道，“我知道你多么懒得做饭。”

两人踏着月色，肩并肩回村。

柳景庄家住柳伞村北，独门孤院，前后左右都没有街坊邻居。荆条篱笆，篱笆外又长满刺槐，黄鼠狼也钻不进去；正面是绿漆铁栅栏门，每道铁栏也长着刺儿，铁将军把门，生人免进。

打开铁锁，走进门去，镜子面似的小院落，只有一架葡萄，两片花畦。开门进屋，拉亮了日光灯，堂屋迎面一只酒柜，酒柜上安放着一台十二吋黑白电视机；还有一只报架子，一只装满书籍画册的书橱，一套土造沙发。东屋，一张单人床，架着绿纱蚊帐，靠墙一只大立柜，临窗一张书桌，两把椅子。西屋，一只煤气罐，使用的是新式炊具。

黄金印是新婚之后头一趟到柳景庄家来，一见这与众不同的风光，打着响舌儿，啧啧赞叹："景庄，看这满堂摆设，你真不愧是金桥大学高才生！"

柳景庄半躺半坐在沙发上，挥手笑道："吃人家的嘴短，你少说废话，做饭！"

黄金印只得出卖劳动力。可是，走进西屋一看，却只见篦帘上早已抻得了游丝面，打得了黄瓜、蘑菇、西红柿、鸡蛋肉丝卤，不禁惊叫起来："万事俱备，只欠东风，是不是她……？"

"她又是谁？"柳景庄明知故问。

"那个一只手提着帽子，一只手抡着棍子，柳伞村的江水英？"

"吓死了我！"

"别跟我装模作样，你们打算哪一天拆了墙是一家子？"

"我宁要处理品，也不娶造反牌。"

"那你为什么不娶别的女人，还把财权交给了她？"

"我怕她跟我滚车道沟子。"

"你跟她抻到哪一天才算了结？"

"持久战。"

"我看她比你沉得住气。"

"骑驴看唱本儿，走着瞧，到了算。"

他们大笑着吃面，吃完面双双到鲍春知家去。

第三章

1

少小离家老大回，乡音无改鬓毛衰。六十五岁的鲍春知，一九八一年正月新春退休，回到阔别多年的故乡柳伞村。

四十四年前，他在青纱帐下入党，长工棚里进行地下活动，拉起一帮小伙子当了八路。一九四九年大军南下，他过家门而不入；先在南方的一个省里当县委书记，后来又当地委农村工作部长。五五年被打成“小脚女人”，五七年划了右，他的花岗岩脑壳，一直不低头；被流放到农村监督劳动，直到七八年春天才摘掉帽子。七九年改正了他五七年的问题，安排他当副专员，一年之后，他觉得应该提拔年轻的同志到领导岗位，自愿改当顾问，后来又痛感领导班子人浮于事，便自动办理了退休手续。他的老伴早在他戴上帽子以后就死去了，几个儿女都在南方长大，男婚女嫁，各有工作，他也不愿意携带儿女给首都增加人口，正是八九雁来时节，他伴随着北返的雁阵，回到故乡，已经是九九艳阳天了。

按照退休规定，他用国家给他的安置费和自己的积蓄盖了一百平方米的住房。青砖花墙小院，坐落在柳伞村南的荷花鱼塘岸上，四处绿草如茵，垂柳依依，莺啼燕啭，蝉鸣雀噪，阵阵清风徐来，荡漾着新鲜的荷香和清凉的水汽，沁人心脾。院里，老人并不养花栽草，而是开出一块菜园，也种两三垄瓜。他订阅了二十几种报刊，在三间西厢房办起一个阅览室；还拿出存款，买了一台彩电，每晚对外开放。北房五间，他自己只占一间卧室，一间书房，另外三间，一间厨房，两间供养一位八十岁的老太太。

鲍春知是个孤儿。他在莲房村的地主家扛长工的时候，莲房村外一座寒窑里，住着一位寡妇蔡大婶和她的女儿小娥，小娥比鲍春知小三岁。蔡家母女心疼鲍春知孤苦伶仃，常常给他缝缝补补，洗洗涮涮。一来二去，小娥有情，鲍春知有意，歇晌时候到青纱帐中，半夜三更在柳棵子地里，偷偷相会。蔡大婶正有心收鲍春知当倒插门女婿，便打算在寒窑旁搭一间柳枝糊泥巴的窝棚，挑个黄道吉日给他们办喜事。不想，有一天下大雾，小娥到河边洗衣裳，被几个人贩子蒙头、堵嘴、捆住手脚，掳上鸡笼闷罐小船。生不见人，死不见尸，鲍春知正沿河寻找小娥的去向，却接到地下党交通员的紧急通知，命令他带领他的那一支年轻弟兄，到山里参加八路军去。秘密行动，不能走漏消息，他只得跟蔡大婶不辞而别。战乱年代，坎坷岁月，他早已想不起蔡家母女；可是，四十几年后，双脚刚一踏上家乡的土地，往事便又恍如昨日，急忙打听蔡家母女的下落。这才知道，小娥被人贩子拐卖到天津卫的妓院里，解放后跳出火坑，在棉纺厂当女工，一直没有嫁人，七六年大地震被砸死了。蔡大婶还活着。已经八十岁了，是大队的五保户；于是，鲍春知把蔡大婶接到柳伞村来，尽自己的一份孝心。

鲍春知一别家乡四十几年，不明柳伞的情况，遇事不想插嘴。但是，秦吉了为了给自己脸上贴金，硬要把他选进党支部，公社党委副书记郁士通又踢破门槛子，他的党性很强，便答应下来。当上党支部副书记，他分管共青团和计划生育工作，又受聘为柳伞小学的名誉校长，其他的大事小情，很少过问。

他每日鸡鸣即起，披星戴月到河堤上跑步，往返十几里，回到家中，太阳刚露头儿，在蛋青色的东山尖上，镀上一抹玫瑰红，柳枝草叶上闪烁着亮晶晶的露珠。吃过早饭，他抓紧时间看两个钟头的书，有的书写眉批，有的书写札记；然后，便到小菜园，剪枝、打杈、采摘、薅草、松土、施肥、浇水、拿虫子，干得出透了大汗才痛快。但是，他的生活秩序常被纷至沓来的访客打乱。他一生刚正不阿，知交故旧很多，有几位老战友的官儿不小，常坐着小卧车从北京下乡来看他，却都把小卧车停在运河大桥的柳荫下，步行进村，免得惹他不高兴。鲍春知的文化水平不高，更觉得自己这一生并没有惊天动地的事迹，不想写回忆录。但是，他听说有一位乡土文学作家，想写当年运河的历史风貌，不禁喜出望外，亲自登门拜访，愿结忘年之交，迎到家中待如上宾，一住就是十天半个月，谈古论今，通宵达旦。

鲍春知吃过中午饭，绕门外的荷花鱼塘千步走；然后小睡片刻，外出活动。

树老焦梢，人老猫腰；当年叱咤风云的老战士鲍春知，身上伤痕累累，瘦骨嶙峋了。柳伞村的晚辈儿郎，看见的只是一位慈眉善目的小老头儿，头戴一顶锅盖似的南方竹篾大斗笠，上身穿一件老农民的夏布汗褟儿，下身穿一条肥大的捞虾短裤，脚下是一双厚软的泡沫塑料凉鞋，夹着一只帆布马扎，走出青砖花墙小院。他先到柳伞小学，悄悄站在教室后窗下听课，脸上漾出恬静陶醉的微笑，心满意足才踮着脚尖离去。然后，他走东家，串西家，从村口的一家走出来，又到田野上遛弯儿；这块地站一站，那块地转一转，一路走一路留下开心的笑声。

2

柳景庄和黄金印，一前一后，走进鲍春知的青砖花墙小院。

窗前搭着藤萝凉棚的西厢房，彩电正在放映，连打开的窗口上都坐满了人。鲍春知看完新闻节目，就退了出来，坐在书房门外，套着绿纱罩的院灯下，面前一张小饭桌，扇着芭蕉叶扇子喝茶。

“春知大伯！”柳景庄进门笑着喊道。

黄金印拘拘束束叫了声：“鲍大叔。”

“原来是景庄和金印呀！”鲍春知一见是这二位稀客来串门，分外高兴，站起身找板凳儿。

柳景庄连忙跑过去，拦住老人，说：“坐着窝风，站着凉快。”

鲍春知也不肯坐下来，说：“分期付款，我买了一只电冰箱；景庄，你从冰箱里抱出一个西瓜来尝尝。”

“一个西瓜，够谁吃的？”柳景庄在鲍春知面前，随随便便，熟不拘礼。

“净重十三斤二两一钱！”鲍春知满面得意神色，“这座小园的产品，我的手艺。”

柳景庄扑哧一笑，说：“我今天在鱼菱村画影壁，东家请我尝了一个十八斤重的大西瓜，瞧着您的十三斤二两一钱不眼馋了。”

“我们应该……给您送几个西瓜……”黄金印不知如何开口，结结巴巴，满头大汗。

“走后门儿！”柳景庄还是开玩笑的口气，“春知大伯，金印哥钻进了拴贼扣儿，蹚上了绊马索，掉进了坛子坑，想拿几个西瓜送礼，求您搭救他。”

“世上无难事，没有过不去的火焰山。”鲍春知轻松地笑道，“竹筒倒豆子，说！”

柳景庄心眼子多，低声说：“草上说话路人听，还是到书房里向您汇报吧！”

他们走进书房，书房里挤满书橱，三个人转不开身，柳景庄蹿到书桌上坐。

“大叔，我告了秦吉了一状，您听说了吗？”黄金印定住了神儿，口齿也清楚了。

鲍春知微微点了点头，说：“青霜告诉我了。”

“冷青霜！”黄金印又慌了，“大叔，您可别信她的小报告。”

鲍春知不动声色，反问道：“为什么？”

“她……她的嘴……”黄金印闷声闷气，“向左歪！”

“是吗？”鲍春知故作大吃一惊，“景庄，青霜的口形，你比我们了解，说说看。”

柳景庄满面通红，不好意思地笑了笑，说：“金印哥怕她那一条左嗓子，唱出来跑调儿。”

“你们俩都是老花眼，看人只见朦朦胧胧云遮月！”鲍春知的脸沉下来，“青霜冷眼旁观，倒把你俩看得真切。”

柳景庄神色紧张，惊慌问道：“她是怎么丑化我？”

“只愿天马行空，独往独来。”鲍春知扫了他一眼，“忘了自己是党支部委员，忘了柳伞村还有上千口人。”

“她是个常有理，惹不起！”柳景庄虽然嘴硬，可是心中有愧，低下了头。

黄金印憋着一肚子气，圆瞪着眼睛问道：“她那伶牙俐齿，怎么嚼我？”

鲍春知嗽了一下嗓子，模仿着青霜的口气：“想斗不正之风，又不挑千斤担子，假革命。”

“花腔女高音！”柳景庄嘴尖舌巧，“字字句句带着大批判的气味儿。”

黄金印恼羞成怒，粗脖子红脸地喊道：“双桥好走，独木难行，我一个人唱不了八仙过海！”

“我不想逼你们当场签字画押，三天之内听你们的回音。”鲍春知长叹一声，“小日子富起来，你们膘肥腿壮，反倒不拉套了。好吧！我这匹卧槽老马，还敢拼出一身骨架，收拾残局。”

黄金印三分羞愧，七分窝火，争吵着问道：“难道秦吉了下了台，就算刹住了不正之风，万事大吉？”

“秦吉了赖不了账，他错翻了皇历！”鲍春知面色愠怒，太阳穴上青筋迸起，“可是，咱们三个人，难道都行得端，做得正？”

柳景庄挺直了身子，说：“您别藏头露尾，我知过必改。”

“我要先挑金印的毛病。”鲍春知的目光又柔和下来，“青霜告诉我，你还想要个孩子，找她这个妇联主任大吵大闹？”

黄金印面红耳赤，说：“那是月桂的主意。”

“她不是有个女儿吗？”

“法院没有判给她。”

“你不是也有个儿子吗？”

“银瓶带走了。”

“可是，这一儿一女，都有你俩的份儿。”鲍春知脸色阴暗，声音低沉，“这几天，我到沿河各村走了走，在鱼菱村渡口的伞柳下，遇见一个一边啼哭一边念书的高中生，名叫长生……”

“我的儿子！”黄金印大叫。

“啊，原来你还记得自己的儿子！”老人的眼眶潮湿了，“他今年考大学，可是他那个赌红了眼的后爹，把家里的一千多块钱存款输了个一干二净，他娘急火攻心，得了一场大病，吃了十几服药还下不来炕，他又不想参加高考了。”

“我给他掏钱！”黄金印哭声喊道。

“那你就把钱送到他家去。”

“我不想见那个无情无义的狠心娘儿们！”

“那个狠心娘儿们把你的长生拉扯大，十几年没花过你一分钱，没吃过你一粒粮。”

“大叔，我……听您的话。”

“我又到莲房村，听说月桂的前夫贾文德，又想做新郎，把女儿恨得像眼中钉，肉中刺，折磨得死去活来……”鲍春知说不下去了。

“我把月桂的女儿接过来！”黄金印心里又一嘀咕，“法院能答应吗？”

鲍春知的心情平静下来，说："你叫月桂出面，到县城找法律顾问处，替她向法院提出申诉。"

"大叔，谢谢您老人家！"黄金印淌下了热泪，"您敲开了我脖腔子上这颗榆木脑壳。"

鲍春知摆了摆手，说："你到院里吹吹凉风，我要办理柳景庄的晚婚案。"

柳景庄从书桌上跳下来，笑嘻嘻地说："您给我扣不上不正之风的帽子。"

"住嘴！"鲍春知突然大吼一声，"你要让人家青霜等到何年何月？"

"我跟她没有一点瓜葛！"柳景庄急赤白脸，"她明天结婚，我陪送一份嫁妆。"

"好，好，好！"鲍春知气得发喘，"痴情女子薄情郎，她临行之前要跟你见个面，你马上去见她。"

柳景庄身子一震，大惊失色，问道："她要嫁给谁？"

"你给我出去！"鲍春知火气冲天，怒下逐客令。

走出青砖花墙小院，黄金印和柳景庄站在荷花鱼塘岸上。

"咱们的一动一静，都瞒不过鲍大叔的眼睛。"

"我看他早摸清了秦吉了的底细。"

"怎见得？"

"等着瞧，不到火候不揭锅。"

"看来青霜熬不住了，持久战你打胜了。"

"她也是个狠心的……娘儿们！"

月下，他们分手，各奔东西。

第四章

1

柳伞村的姑娘眼眶子高，也就出嫁晚。挑三拣四，挑肥拣瘦，不找到一位如意郎君，不拿到一笔丰厚彩礼，便不出柳伞村。但是，不管多么挑挑拣拣，三十岁是一大关；二十八九就慌了神儿，有人说媒，只要不是秃瞎聋哑，五官不正，四肢不全，就匆匆忙忙了结了终身大事。

只有冷青霜，三十三岁了，还沤在家里。

她长得十分俊俏，却是一张冷脸子，一年三百六十五天，难得见她笑几回；谁惹恼了她，清水脸儿挂下来，寒气逼人。小伙子大热天睡不着觉，在炕上胡思乱想烙烧饼；可是一想到冷青霜身上，就像怀里抱了冰，心里打寒噤儿，全身都凉了。

六六年冷青霜正在县城念高中，当上红卫兵的头儿，给女老师剪过阴阳头，在男老师的脖子上挂过黑牌子；还走上社会，砸名胜古迹，挨门串户抄家。然后，大串联北到白山黑水，南到海南岛的天涯海角；天安门前看台上观礼，人民大会堂正厅里聆听样板戏，风头十足。但是，好景不长，六九年便不吃香了；鸡毛上天又落地，冷青霜手拿一纸毕业文凭回家转，仍然是柳伞村的一名柴火妞子。

村里正在清队，支左代表重用造反小将，封她为核心小组第一副组长。

黄金印和柳景庄都是清查对象，两个人又都是态度恶劣。召开斗争大会，黄金印哇哇怪叫，柳景庄嘻嘻哈哈，冷青霜怒不可遏，打了黄金印一个耳光，踢了柳景庄一脚，下令把他们关押在隔离室。

凄风苦雨三更天，冷青霜提审这两名冻饿了一夜的“三反”分子；支左代表并不公开出场，隔窗偷看罪犯的神色，在供词中鸡蛋里挑骨头。

刑讯室门口，两名打手荷枪持刀，冷青霜坐堂问案，身后两名打手凶眉恶眼，手提皮鞭子，脚站丁字步。黄金印皮烂嘴不软，死不认罪，被毒打一顿，离地三尺吊在了房柁上。

“带柳景庄！”冷青霜一声令下。

“带柳景庄！”室内的两名打手吆喝。

门外的两名打手更扯长了脖子，大呼小叫：“带柳景庄！”

柳景庄被拧着胳臂，掐着脖子，押解进来，在冷青霜面前三步，弯腰低头。

念完了语录，冷青霜铁青着脸，猛地一拍桌子，尖声刺耳地喝道：“柳景庄，坦白从宽，抗拒从严，顽抗到底，死路一条，你要老实交代你的三反罪行！”

“说！”两名打手像深巷犬吠。

“我有罪，有罪！”柳景庄不想硬碰硬，免受皮肉之苦，“请给我纸和笔，我愿把我的全部罪行写出来，连囤底儿都打扫干净。”

“给你！”冷青霜从桌上抛下十张白纸，一支圆珠笔。

柳景庄深深鞠了个大躬，把纸笔捡起来，说：“报告第一副组长，我的罪行累累，三天才能交卷。”

“严肃一点儿！”冷青霜那张清水脸儿，冷得像结了冰，“可以给你三天时间。”

柳景庄回到隔离室，将这些白纸裁订成册，三天工夫画出一本小人书，双手捧送冷青霜。

“我那点文化，这些年都拌饭吃了。”柳景庄苦着脸儿，一副哭相，“一怕写不明白，有罪说不清，二怕错字连篇，歪曲了事实真相，就画了几张画做补充。”

冷青霜拿到手里，掀开一看，耳根子便红烧起来。

画面上，天边一弯月牙儿，地上一片青纱帐，茂密的柳棵子地里，燃起一堆青柴篝火，一个喜眉笑眼的小伙子正在烧烤剥了皮的玉米；几个小孩子，瞪着乌溜溜的小圆眼睛，舌头舐着嘴唇，其中一个十二三岁的小丫头，梳两只翘尾巴的小辫子，更是垂涎三尺，满脸馋相儿。

这幅画的题目是：《以柳景庄为首的一伙小偷儿》。

冷青霜的冷脸子，越来越红，红得像一朵鸡冠子花；原来，那个梳两只翘尾巴小辫子的小丫头儿，正是她。

这是六一年的故事。柳伞大队家家闹饥荒，已经是少先队大队长的冷青霜，上半天喝一碗红薯叶子稀粥，下半天吃一个榆叶糠皮菜团子，到夜晚饿得肠子搓成了稻草绳；便带着几个中队长和小队长，趁月色朦胧，到青纱帐里偷玉米烧着吃，不小心被看青的柳景庄抓住。柳景庄不但没有将他们押送队部，而且亲自动手，挑选八成熟的大个儿玉米掰下来，架火烧烤，大宴这些祖国的花朵。

冷青霜慌忙翻过这一页，目光落在另一幅画上，脸又煞白了。

青杨翠柳掩映的泥棚茅舍，门窗大开，窗前明月光，月摇花影动；窗内一盏灯，临窗一张八仙桌，面对面一男一女。男的是柳景庄，手指着桌上的一本书，正给一个身穿碎花衬衫的姑娘解答难题；那位姑娘歪着头，侧着脸，牙咬着辫梢儿，凝神沉思。

冷青霜一见这幅画，一阵悲凉上心头。那是六五年的仲夏时节，她为了报考县城的高中，每晚到柳景庄家补习功课；常常是直到窗下一声鸡啼，才恍然大悟，天色不早了，赶忙收拾纸笔书册，踏着洒满露水的青草小路回家，躺在炕上，衣不解带，便疲乏地睡着了。

啊！往事不堪回首！当年，她正做一个如花似锦的好梦，考上高中，将来还要升大学。柳伞村的贫下中农翻身十几年，还没有出来一个文化人。聪明绝顶的柳景庄头一个打出柳伞村，却又半路途中走背字儿，只开出一朵谎花，脚差一步落了空。一人走过一条线，两人走出一条路。她这个柳伞村的柴火妞子，沿着柳景庄的脚印走，偏要为柳伞村贫下中农争口气。谁想，心比天高，好梦难圆；中学砸烂了，大学解散了，到头来脚踩着柳景庄的足迹转个圈儿，落花流水回柳伞，难道自己也是命中注定走背字儿。

“你……你……”冷青霜三把两把撕碎小人书，双手捂脸大哭着跑走了。

清队运动一阵风过去，冷青霜入了党，而且没有预备期；填了表就当党支部副书记，主管政工。

2

秦吉了紧追小靳庄，柳伞村又要诗画满墙，比五八年还得红火。

冷青霜能写，可是不会画，不得不礼下于人，走进柳景庄那长满蓬蒿的小院。

“柳景庄！”冷青霜虽然直呼其名，却是和风细雨的口气。

“冷副书记！”柳景庄迎出门来，躬身施礼。

冷青霜站住了脚，不愿走近柳景庄，眼睛也不看他的脸，说：“支部决定，你给革命诗歌配画，不要下地了。”

“不敢！”柳景庄装出诚惶诚恐的神气，“我是个人民内部矛盾按敌我矛盾处理的等外品，不配革命。”

“胡说八道！”冷青霜柳眉倒竖。

“是冷副书记！”柳景庄没有断句。

“你画不画？”

“支左代表叫我夹着尾巴做人，我干脆把尾巴剁了下来。”

冷青霜被戗了出去。

过了一年，城里的工厂到乡下招工，摊到柳伞村一个名额，便是冷青霜。这一天，冷青霜身穿洗得褪色的男军装，骑一辆飞鸽牌自行车，到公社卫生院检查身体；车出村口，正遇见在路旁渠边打青柴的柳景庄。

“恭喜，恭喜！”柳景庄连连拱手。

冷青霜心里高兴，破例下了车，说：“你先别给我念喜歌，也许我身上有癌症。”

柳景庄倒退两步，又上前一步，细细致致打量了冷青霜一遍，只见她脸蛋绯红，胸脯丰满，腰肢苗条柔细，点头咂嘴地说：“我这两只眼睛气死X光，你的身体一定是甲字儿。”

“借你的吉言！”冷青霜的冷脸子，居然出现三分笑模样儿。

“不过，不怕一万，就怕万一……”

“给我提个醒儿！”

“你赶快买一盒什锦糕点，两瓶红粱大曲，割半扇子肉，给贾文德烧香上供。”

贾文德跟柳景庄是金桥大学的同学，后来在公社配种站拉大驴；造反起家，一步登天，当上公社党委主管政工的副书记。

“屁话！”冷青霜怒骂一声，飞车而去。

但是，柳景庄就像未卜先知，冷青霜果然空欢喜一场。

又过了一年，北京大学选拔工农兵学员，冷青霜又是候选人；吃一堑，长一智，她一狠心掏出两口肥猪的钱，买了一块上海牌全钢十九钻手表，月黑天偷偷给贾文德送去。

心神不安的柳景庄，坐在柴门外乘凉，看见冷青霜推着自行车从公社回来，忙跑过去问道：“有钱能使鬼推磨，大功告成了吧？”

“他……他是禽兽！”冷青霜哭着啐了一口。

“怎么啦，怎么啦？”柳景庄吓了一跳。

“他……他要……”

“还要什么？”

“……我的……身子。”冷青霜声音虚弱，有气无力。

“你……你给了他？”柳景庄一声尖叫。

冷青霜吃力地摇摇头：“我还没有那么下贱。”

“青霜，你有骨气！”柳景庄鼻子一酸，眼泪扑簌簌淌下来。

冷青霜守身如玉，落选了。

寒来暑往又一年，清华大学到运河两岸招生，柳伞村的候选人还是冷青霜；柳景庄算定她仍旧是竹篮打水，也就不放在心上。

夜晚，柳景庄刚刚入睡，窗外有人嘤嘤啜泣，他被惊醒了。

“谁？”

“景庄哥……”是冷青霜。

柳景庄跳下炕，开了门，问道：“出了什么事儿？”

冷青霜一头栽在他怀里，呜咽着说：“我……给贾文德……送去了。”

“你！……”柳景庄紧紧抓住她的胳臂。

“他正在办公室大吃大喝，把钥匙给了我，叫我……到他的宿舍……”冷青霜的脸像白菜叶子，目光像两潭死水。

“哎呀！”柳景庄的指甲深深嵌进冷青霜的肉里。

“他的宿舍，是个独门独院……”冷青霜痴呆呆说下去，“我走到门口，门口坐着一个女人，是他的老婆……月桂找他来了；月桂扑通跪在我的面前，吓得我……逃了回来。”

“你这个贱货！”柳景庄咬碎了牙齿。

冷青霜晕死过去，柳景庄急忙把她抱进屋，放在炕上；青幽幽的月光从窗外照进来，照见她那苍白的脸儿，像一具刚从水中打捞上来的女尸，一只手却死死抓住柳景庄的胳臂不放。

……黎明，大雾弥漫，冷青霜踉踉跄跄回了家。

一连三天发高烧，冷青霜昏迷不醒；柳景庄卖了八仙桌子，买了大包小包的点心，大瓶小瓶的罐头，悄悄送去。

冷青霜清醒过来，塌坑的眼窝子，目光黑沉沉，看见柳景庄走进屋，忽然尖叫一声："你……你也是……贾文德！"

柳景庄把点心放在条案上，又把一瓶罐头放在冷青霜的枕边，低低地说："咱俩……木已成舟，等你病好了，就到公社登记。"

冷青霜又一声惊叫，抓起枕边的玻璃瓶罐头，砸在柳景庄的头上。柳景庄满头血水橘子汁，气恨而去。

从此两人见面一扭脸，几年像仇人。

柳景庄平了反，当上了支委，画影壁出了名，来来往往的媒人都没有打动他的心。只有一回，跟贾文德离了婚的月桂，找黄金印牵线，想嫁给他；他可怜那个苦命的女人，又看重黄金印的情面，没有摇头。

半夜三更，冷青霜破门而入。

"你想娶月桂？"冷青霜两眼直勾勾，目光像两把锥子。

柳景庄避开她的目光，说："你是来给我贺喜吗？"

"我嫁给谁？"冷青霜突然大喊道。

原来，这几年也有人给她介绍对象，她都没有点头，意冷心灰了。

柳景庄恶狠狠地答道："假大空，高大全，卫东彪，柳下跖，谁知道你看中哪一个？"

"柳景庄，你且慢得意！"冷青霜发了狂，"我手持打狗棒，站在屋门口，看谁敢来入洞房？"

也许月桂听到了风声，吓破了胆，反正是不嫁柳景庄，改嫁黄金印了。

柳景庄不恨月桂流水无情，只恨冷青霜棒打鸳鸯。

一天傍晚，暮色苍茫，冷青霜从柳景庄的柴门外路过，柳景庄见路断行人，前后没有人影，便跳出篱笆，拦住冷青霜的脚步。

“刀搁脖子上我也不娶你，你趁着还没有老掉牙，赶快嫁人吧！”柳景庄满头冒火星子，“阳关道，独木桥，咱们各走各的路；何必一条线拴两只蚂蚱，你飞不了，我也蹦不了？”

冷青霜不急，不恼，不伤心，冷脸子上看不出喜、怒、哀、乐，说：“你给够了我的压箱子钱，我嫁出十万八千里；一辈子不回柳伞村，至死不见你的面。”

于是，柳景庄每月把他的一大半收入，交给冷青霜，冷青霜每天晚上给柳景庄做得饭；东边日出西边雨，两人心照不宣。

柳景庄万万想不到，冷青霜跟他绷紧了绳子，忽然撒了手，把他摔了个蒙头转向，三十六招走为上计了。

他从鲍春知的青砖花壁小院走出来，在荷花鱼塘岸上跟黄金印分了手，便急如星火直奔冷青霜家。

冷青霜家一片黑灯瞎火。

第五章

1

柳景庄回家推门一看，冷青霜却端坐在他的土造沙发上。

这两年，柳伞村的大姑娘小媳妇，不少人烫了头，穿起筒裤和紧身衫，脸上还搽着面友和珍珠霜。只有冷青霜甘当柴火妞子，不想城市化，赶时髦儿。齐颈的剪发，齐眉的刘海儿，清水瓜子脸，吊梢眉，豆荚眼，高颧骨，通鼻梁儿，薄嘴片儿；身穿素花的确良的斜大襟褂子，墨绿的绦纶裤子，脚上是家常的布鞋，比起过去喜欢穿一身洗得褪色的男军装，还是颇有几分桃红柳绿了。

一见冷青霜，柳景庄就想打嘴架，故意惊惊乍乍地叫起来："冷大姑奶奶进宅，凶多吉少！"

"我来给你报喜，也来劝你悬崖勒马。"冷青霜不屑于跟他耍嘴皮子，一副冷冰冰的神气，"县文化局拨款，选定咱们公社，建立一个农村文化中心，点名要你筹办美工室……"

"你听谁说？"柳景庄不敢相信自己的耳朵。

"刚才郁士通来了，找我跟秦吉了商量，放不放你走？"冷青霜好像是话到嘴边留半句，节骨眼儿上打住了。

“你们怎么决定的？”柳景庄急不可耐地问道。

“郁士通说，黄金印保举你接替秦吉了，当支部书记；放不放你，他还拿不定主意。”

“金印这个人！他开了火，拿我当枪垛子。”

“郁士通舍不得秦吉了，心里并不愿意你当一把手。”

“秦吉了是什么态度？”

“他咬定牙关不当支部书记了，你接班他最放心。”

“这是抓一把蒺藜狗子，塞进我嘴里。”

“景庄，你多少长一点心眼儿了。”冷青霜的口气像老大姐，“秦吉了和黄金印，都坑过你；再也不能人家偷驴，你拔橛儿，炒豆大家吃，炸锅算你的。”

“你同意我离开柳伞村？”柳景庄直盯着冷青霜的眼睛。

“我亏待过你，想补一补过。”冷青霜的眼神，一阵悲戚，“可是你能不能称心如意，还要看你会不会烧香上供。”

“拜的是哪座庙里的神？”

“只要你从炕上把秦吉了搀起来，一钱不花就买到了郁士通的欢心。”

“我从哪儿下手，才能把泰吉了搀起来呢？”

“你站在他那一边，泼灭了黄金印想点起的一把火，秦吉了就会成全你。”

“我还不想挖出良心喂狗！”柳景庄暴跳起来，“柳伞村一出好戏刚开场，我唱不了主角跑龙套，不走啦！”

冷青霜从怀里掏出一捆钞票，扔在酒柜上，说：“这是你给我的压箱子钱，一五一十还给你，留你翻盖新房，娶个花枝似的媳妇。咱俩各走各的路，你不想飞，我可想蹦了。”

“你蹦到哪儿去？”柳景庄一时懵怔了。

冷青霜凄然一笑，说：“过了三十望四十，人嫌狗不爱；趁着还没有老掉牙，赶快嫁人呀！”

“嫁给谁？”柳景庄头嗡耳鸣，厉声问道。

“你走你的阳关道，我走我的独木桥！”冷青霜从土造沙发上站起身来，“我嫁鸡嫁狗，你管不着。”

哐啷一声，柳景庄插上了门，眼睛冒火，逼问道：“嫁给谁？”

“我喊啦！”冷青霜以眼还眼，“喊来满村人，叫你没脸活在柳伞村。”

“我不怕！”柳景庄横眉立目，“喊来满村人，咱俩当众举行婚礼。”

“好吧，告诉你！”冷青霜又坐下来。

“说！”柳景庄吆喝道。

“贾文德。”

“谁？谁？”

“贾文德！”冷青霜一字一板，“郁士通是男方的媒人，秦吉了是我的媒人，多么有脸面。”

“贱货！”柳景庄抡起拳头，停在半空没有落下来。

冷青霜也不示弱，顺手抄起一只茶壶，啐道：“你敢再骂一句？”

“不许你嫁给那个下流坯子！”

“你想叫我嫁给谁？”

“我！”

冷青霜扑到他身上，捣蒜一般捶他，哭成个泪人儿，像春光融化了房檐上垂挂的冰凌子。

窗外，有人咳嗽一声。

“谁？”冷青霜从柳景庄身上跳开，慌乱地擦抹满脸的泪水。

“我！”一阵憨笑，是黄金印，“你们的生米焖熟了饭，我来揭锅当媒人。”

2

冷青霜跟黄金印的扣子拴得死，面和心不和；柳景庄开了门，放黄金印进来，冷青霜又整起脸子，抢上一步要走。

“金印哥，堵住门口！”柳景庄大叫一声，拦住去路，两人像两堵墙。“金印哥一肩挑双担，扮全了三媒六证；咱俩当着大红媒的面，订下合灶的日子。”

“我自有媒人！”冷青霜扛着脸儿。

“你怎么认定了秦吉了？”柳景庄皱起眉头。

“我的媒人是春知大伯！”冷青霜眼圈儿一红，“只有他老人家不嫌弃我，像疼爱亲生儿女一样关心我；不像你们小肚鸡肠，只想着跟我算陈年老账。”

“青霜，你跟景庄成了亲，就是我的弟妹，咱们是一家人了。”黄金印脸上挂笑，真心诚意，“往日那股子怨气，一阵八级风，满天云雾散了。”

“我要的是同志一条心，不是一个鼻孔出气！”冷青霜满脸傲慢。

黄金印碰了个不软不硬的钉子，也红了脸，问道：“我告秦吉了的状，你跟我同心不同心？”

“你是一头牤牛！”冷青霜吃吃笑，“莽撞。”

“舌头上长葛针，说话就带刺儿！”黄金印老大不高兴，“难道我不该告他？”

“你不该不找春知大伯商量。”

“我有眼无珠。”

“你出马一条枪，只看一步棋。”

“我没料到秦吉了撂挑子。”

“你更料不到有人主使秦吉了撂挑子。”

“这个人是谁？”

“秦吉了是郁士通的心腹人，郁士通的不少私弊拿在秦吉了手里，他们串通一气。”

“郁士通逼着我把秦吉了搀起来呀！”

“那是为了出你的丑。”

“原来戏中有戏。”

“他们看出你跟景庄一心奔富，断定你们不愿接挑子，才敢假戏真唱。”

“我敢斗不正之风，就敢挑千斤重担！”黄金印怒气冲冲，“看谁不够尺寸，看谁是假革命？”

一唱一和，柳景庄也敲边鼓帮腔，说：“路遥知马力，看谁忘了自己是个支部委员，忘了柳伞村还有上千口人。”

冷青霜听出他们话中有话，微笑了一下，说：“春知大伯真能点石成金呀！”

“还会矫正左视眼，扳正左嗓子。”针尖对麦芒儿，柳景庄反唇相讥。

冷青霜的豆荚眼一阵发亮，说：“多谢他帮助我抓计划生育工作，今年上半年才没有超过指标。”

“青霜，响鼓不用重捶，窗户纸一捅就破。”黄金印呵呵笑道，“我说服了你月桂嫂子，不跟你要指标了。”

“你就不该打发她向我伸手！”冷青霜笑着说，“我领来的都是头胎指标，只分配给新婚夫妻；月桂嫂子虽然也是一位新人，可是早生过头胎了。”

“你帮她从贾文德手里争回女儿，她甘愿做绝育手术。”黄金印虎起脸，装出粗声大气，“不然，我们就抢你跟景庄的指标。”

柳景庄忙说：“青霜，你明天陪同月桂嫂子到县城打官司，只许打胜，不许打败。”

这时，鸡叫了。

冷青霜抬起手腕看表，叫了一声哎呀，说：“一点了！我得回家了。”

“等一等！”柳景庄抓起酒柜上那一捆钞票，递给她，“把彩礼带走。”

“你想买我，这几个钱不够！”冷青霜想拨开他，夺路而走。

柳景庄拦住她，说：“男人是篦子，女人是匣子，还是交给你收存起来。”

冷青霜撇了撇嘴，说：“你这个人顺口溜，日后不知道要胡编多少故事，我跳到黄河里也洗不清。”

“牛不喝水，咱也别强按头。”柳景庄把这一捆钞票在手心上掂了几掂，“我这个人，十个手指头儿，没有一个斗，存不住财；到结婚那天花个分文不剩，你可别骂我是败家子儿。”

“还是我带走吧！”冷青霜抢过来就跑。

柳景庄向黄金印挤了挤眼，自以为冷青霜中了他的计，十分得意。

黄金印却把他搡出门去，说：“追呀！”

柳景庄站立不动，说：“我可不想学电影上女跑男追的轻模贱样儿。”

“送一送人家，也是你的一片心意呀！”黄金印粗中有细。

于是，柳景庄走出柴门，东张西望，只当冷青霜早已跑得无影无踪，却不防冷青霜从柳荫月影中跳出来，她在等他。

从今天起，冷青霜找回了遗失多年的春色，不再是一张寒气逼人的冷脸子了。

第六章

1

早晨，鲍春知从河堤上跑步归来，看见黄金印急匆匆走出柳伞村口。

银瓶带着长生改嫁，嫁到鱼菱村；鱼菱村和柳伞村之间，走乡间公路四五里，抄近穿青纱帐小路，只有二三里。但是，人活一口气，树活一层皮，黄金印是一条宁折不弯的硬汉子；十几年来，他不但没有到过鱼菱村，而且没有望过鱼菱村一眼，也就没有见过银瓶和长生母子的面。但是，昨天晚上，他从鲍春知嘴里，听到长生陷入困境，打动了儿女情肠，心如刀割。天刚亮，他便下床，洗了把脸，不想吃早饭，拿上一千元存折，急着给儿子送去。

走出柳伞村，便是三岔路口；一条是乡间公路，一条是青纱帐小路，还有一条是沿着河堤到鱼菱村渡口。

三岔路口像鬼打墙，黄金印转来转去兜圈子，迈不开脚步朝前走了。

想见的是儿子，算不得英雄气短，免不了见到银瓶，打掉牙也能肚子里咽；但是想到还要跟银瓶那个赌鬼男人打照面，黄金印的胸膛里燃起了屈辱的妒火。于是，他又恼恨银瓶水性杨花，犯起桑木扁担的脾气。

黄金印收住脚，定了定神儿，一个车转身，奔向运河鱼菱村渡口伞柳下，等候长生到来，父子相见。

柳伞村到鱼菱村渡口，河堤三四里。鱼菱村渡口过去是北运河的一个大码头，摆渡大船往返两岸，一天到晚人欢马叫；两岸河坡上都有鸡毛小店，车马客栈，饭铺、茶棚、瓜果摊儿、说书场。白天撒在河上满天星的叶叶渔舟，天黑聚拢停泊在渡口河柳下，吊起铁锅烧青柴，熬鱼、烹虾、贴饼子，炊烟像下雾。自从在鱼菱村渡口以南一里多，柳伞村北整二里，搭起一座大桥，这座渡口便一年年冷落下来，砸满柳桩子的码头坍进大河里。

渡口到了，那棵遮天蔽日的大伞柳，屹立在一道绵延起伏的白沙岗上；远远望去，一团浓云。

黄金印走到伞柳下，便看见几只大脚印；他叉开手指，弯腰量了量，脚印竟有一拃半长，儿子长成大汉子了。还记得十几年前，儿子离开他的时候，光着两只小肥脚丫儿，背在银瓶身上，呜哇呜哇吹柳笛，生离死别不知愁，只当是住姥姥家；想起一刀两断亲父子，黄金印泪水模糊了眼睛。

泪眼蒙眬中，他仿佛听见快步走来的脚步声，揉揉眼睛四下看，原来是风吹草低沙沙响。

太阳升起一竿子高，还不见长生的影子，黄金印只得厚起脸皮到鱼菱村去。

不敢穿街过巷，大摇大摆村里走，便想找个夹缝溜进村，黄金印在鱼菱村外团团转。

村西北角，一片片零碎地块，有的夹起篱笆种菜，有的搭起窝棚种瓜，有的平畦打埂种的是五谷杂粮。

一块麦茬玉米地里，有个小青年耪二遍；他头戴破草帽，身穿蜘蛛网背心和一条运动裤衩，光着两只脚，吃力地拽大锄。他不懂板眼，手忙脚乱，一锄一锄只给青草剃了头，松不了土，封不了埯，糊弄地皮走过场。

玉米秧子过了肚脐眼儿，收不收，丢不丢，耪二遍是一道关口。黄金印忍不住走上前去，喊道：“小伙子，你耪完这一遍，一亩地白扔一百斤粮食！”

小青年直起腰，抬起头，眉清目秀，满面书生气，白净的脸儿红了红，不好意思地笑了笑，说：“我是初学乍练，还一窍不通。”

“来，我替你耪几垄，你站在一边仔细看！”说着，他走进地里，抢过小青年的大锄，不松不紧握住锄杠，拉开四平八稳的架式；大锄一扔一拽，斩草除根，松过的土像细箩筛出的面，封上的埯子像一条龙脊。

“谢谢大伯！”小青年喜笑颜开。

黄金印耪完这块亩八分的自留地，面不改色，气不涌出，蹲下身子，拾起一块瓦碴儿，蹭得锄面雪亮，笑呵呵地说：“等秋后多打了粮食，别忘了送我两瓶红粮大曲。”

“大伯贵姓，哪个村的？”

“柳伞村，黄金印。”

"啊！？"小伙子张大了嘴，眼里噙满了泪花。

"你……？"黄金印眉尖颤动眼皮跳。

"我是……长生。"

"儿子！"

"爸爸！"

"儿呀！"亲爹搂紧亲儿子，淌下的眼泪像铜钱大的雨点，"你……怎么不到渡口伞柳下念书？"

"我……不考了……"长生泣不成声。

"爸爸给你……送钱来了。"黄金印一只手搂儿子，一只手掏那一千元存折。

"不考了，不考了！"长生摇着头。

"没出息的东西！"黄金印骂起来，"我只有你这个儿子，也不再要孩子了，你上大学，花多少钱，我都供得起。"

"我娘……弟弟……妹妹……还要吃饭呀！"

"你不是还有个……赌鬼……？"

"他给公安局抓走了。"

"犯了什么案，哪一天？"

"他输光了一千多块钱存款，还欠贾文德几百块钱的赌账；昨天晚上，贾文德把他找到莲房村逼债，两人动了刀子，都受了重伤，公安局派来一辆救护车，把他们押送到县城去了。"

"善有善报，恶有恶报呀！"黄金印发出一声慨叹，把一千元存折交给长生，"回去告诉你妈，你考上大学以后，我包下他们娘儿仨的口粮钱；空口无凭，我立下文书。"

长生却不肯接那个存折，扑通跪倒在黄金印膝下，哭道：“爸爸，您亲手交给我妈吧！她哭得死去活来，后悔……后悔……她没有忘了您，不肯给我改姓呀！”

黄金印抱起儿子来，哽咽着说：“她把你拉扯大了，我欠她的情……不恨她了！”

长生飞跑着回家报信儿。

2

黄金印走进鱼菱村，只觉得抬不起头，心里酸、甜、苦、辣，七上八下。

一会儿，就不得不跟银瓶见面了。他是个刀砍斧剁不喊疼的人，早在心上挖一口大坑，把这个女人下葬了；一路低头行走，回想银瓶的眉眼口齿，只有一片模糊。

但是，月桂的面影，却像青天一片云，映入他的眼帘。

月桂是莲房村的姑娘，她爹跟黄金印的老爹是把兄弟，过去在一个财主家扛长工，在一条大船上当纤夫。父一辈死了，子一辈仍然两姓像一家，黄金印管月桂叫大妹子，亲如一奶同胞。

月桂生得秀气，细皮嫩肉不像乡下人；她胆子小，脸皮薄，一见生人就脸红，羞答答的不抬眼皮儿，难得开一开口，轻声细语，笑不露齿。可是，她在针线女红上是一把巧手，做饭炒菜是一把能手，拔苗薅草是一把快手，居家过日子是一把好手。银瓶坐月子，脾气娇贵，又是风火性儿，整整一个月身不下炕，脚不沾地；月桂前来服侍她，她就像呼奴唤婢，还嫌人家手脚迟慢饭量大。月桂一声不吭，都忍受下去。那时候，柳景庄正给黄金印当副将，常到黄金印家走动，月桂便偷偷爱上了他。然而，柳景庄心气很高，只想有朝一日远走高飞，出人头地，看不上这个不声不响的姑娘。天下大乱，配种站拉大驴的贾文德扯旗造反，莲房村天昏地暗。月桂只有一个双眼瞎的老娘，干哥哥黄金印遭了罪，无依无靠，无人做主，贾文德光天化日闯进门，先奸后娶霸占了她。小人得志，贾文德步步高升，倚权仗势，寻花问柳；月桂不是挨打就是挨骂，忍气吞声，只因为撇不下吃奶的女儿，才没有投河溺井，悬梁自尽。邪不压正，云散天晴，贾文德从公社党委副书记的座椅上栽下来，降到供销社，当了个莲房村中心门市部的经理，月桂才敢提出离婚，女儿却被扣下来。双眼瞎的老娘早已经被气死，她的亲人只剩下黄金印；想到柳景庄冷冷清清一个人，就找干哥哥给她保媒，谁想惹恼了冷青霜。她不愿意招来满村风雨，便跟一根藤上的苦瓜黄金印，相依为命了。

两人都吃尽了苦，受够了罪，眼看一年比一年富，月桂只想跟黄金印亲亲爱爱，甜甜蜜蜜，过几年好日子。枕边吹风，门上挂锁，月桂不许黄金印再出头露面，自找苦吃。想不到，黄金印却不肯知足常乐偏要自寻烦恼。昨天夜晚，黄金印从鲍春知家回来，月桂一听他要把秦吉了撂下的挑子担在肩上，便哭了起来。黄金印被她哭得心烦意乱，逃到柳景庄家避“雨”；巧遇冷青霜，尽释前嫌，三人齐心合力。黄金印高高兴兴回家，却只见月桂抱着门框正等他；不等他软言柔语相劝，先扑到他怀里，哽哽咽咽哭道：“我……依了你，你……别冷落我！”

多么通情达理的一个贤妻，银瓶怎么能比得上月桂？

从月桂想到银瓶，银瓶的影子忽然从他眼前一闪而过，只是恍恍惚惚雾里花，若隐若现，看不真切。

……鼻洼上撒着雀斑的俏脸儿，两颗黑白分明滴溜溜转的眼仁儿，嘴角上一颗黑豆粒大的美人痣，吵起架来一张刀子嘴，舌尖子能蜇人……入洞房那天夜晚，就想把丈夫搓扁了，揉圆了，擒下马来……爱吃零食儿，好占小便宜，丈夫当一把手，她喜欢垂帘听政，当不当正不正乱插杠子，能不够而又常有理的脾气……过门六七年，打过上百场，她却像煮熟的鸭子，肉烂嘴不烂……一旦大难临头遭遇不测，也就不能同心共命，造反团替她扯来一张离婚证，她背上儿子就回了娘家。

银瓶改嫁到鱼菱村，方圆几里没有面生的人，黄金印跟她的那个男人是半熟脸儿。那是个走正道的小伙子，怎么会变成一名赌鬼，动刀行凶？

黄金印瞄着长生的影子走，一眨眼长生却不见了。他呆呆地站在路边的一棵老虎眼枣树下，前面一座扒倒门楼张大嘴的黄泥墙院落，看得见正面五间新房刚垒起墙脚，还没有立起四梁八柱，便半途而废停了工；一大堆麦芋泥，长出密密麻麻的绿芽子。院里还有三间泥棚茅舍西厢房，死气沉沉，无声无息。

长生从西厢房走出来，脸上两串泪珠儿。黄金印三步两步奔过去，爷儿俩一个门里，一个门外。

“我妈不想见您……”长生低着头，“她叫您把我领回柳伞村。”

“那我就隔着窗户跟她说几句话。”黄金印闯进院里，站到西厢房窗根下，“银瓶，你以后的日子怎么过？”

“我带着一儿一女，等他们的爸爸回来。”屋里，银瓶一字一句像板上钉钉。

“当年你怎么就不等一等我呢？”黄金印胸中升起一股怨气。

“当年跟眼下大不同！”银瓶也尖起了嗓子，又像当年马勺碰锅沿，“眼下的政策是一人有罪一人当，不连累妻儿老小。”

“是呀！当年……怪不得你。”

“陈年旧账一笔勾销了吧！”

两人都心平气和了。

黄金印搬过一个蒲团坐下来，打火点着了烟，深深吸了一口，问道：“你那两个孩子的爸爸，原是个守本分的人，怎么也学得不走正路，下坡子溜？”

“是我害了他呀！”银瓶哭泣起来，“我想马不吃夜草不肥，人不得外财不富，就打发他到贾文德的宝局子玩扑克、掷骰子，推牌九，一连几天都赢回钱来；贪心不足蛇吞象，舍不得孩子套不了狼，我又逼着他下大注……这才输光了一千多块钱的存款，五间新房的柁木檩架也折合了赌账……”

“这个贾文德！”黄金印咬牙切齿，“公安局把他抓走了，给咱们这一方除了一大害。”

“这一镐还没有刨到祸根上。”银瓶挨近了窗台，压低声音，“秦吉了跟他做的是合伙生意，他们背后还有一位真人不露相的老东家。”

“谁？”黄金印站起身，两人只隔一层窗帘。

“想一想呀！”银瓶冷笑道，“贾文德的宝局子开张一年多，每一回抓赌都扑个空，一定是有人早得到消息，抢先一步给他们通风报信。”

黄金印点了点头，沉吟半晌，说：“银瓶，我把长生领走了，给你们娘儿仨留下一千元的存折。长生白吃了你们十几年的饭，多少也要还一还这个债。”

“你带回去吧！我饿死也不向你手背朝下。”银瓶又冷酷无情了，“我的男人不在家，以后不许你再登我的门。”

“银瓶，这是我的一片心意。”

“出去！”

“好吧！”黄金印叹了口气，“银瓶，你掀开窗帘，我看你一眼。”

“满脸横七竖八的褶子，你还是别看吧!”银瓶的声音里充满哀怨，“我那青春年少的模样儿，留在你家了，你能还给我吗？”

黄金印只得赶快离开窗根下，长生站立在门口。

“长生，跟我回家吧！”

长生的下巴颏儿顶住胸口，说：“我考上大学，才有脸回柳伞村去。”

“有志气！”黄金印又把那一千元存折交给他。

长生把双手背在身后，说：“等我考上大学，才接这笔钱。”

“好儿子！”黄金印热泪夺眶而出，“别忘了天天到渡口伞柳下念书。”

长生送爸爸，黄金印高抬着头，走出鱼菱村。

第七章

1

台上一言堂，唱的是霸王戏，台下指手画脚，也是他一锤定音；秦吉了的外号，叫一方天子。

想在台上唱，就在台上唱，想在台下看，就在台下看，随机应变，随心所欲，柳伞村是秦吉了的铁桶江山。

十间青堂瓦舍，高墙花门楼，二亩大的院落，院内花木葱茏，院外绿树浓荫；左邻右舍失色，高出全村一头。村里人管这座深宅大院叫金銮殿。

前后院，两座门。前院红大门高台阶，黄铜门环光闪闪，常年插着门闩，顶住门杠，只有首长和贵客光临，才大开前门迎送；后院一道绿漆栅栏角门，平民百姓出入。

鲍春知吃过晚饭，到金銮殿来找秦吉了；他不懂得秦家的礼宾规格，只觉得走角门方便，便直奔后院。

“吉了！”老头儿站在栅栏门外，喊了一声。

猛然，呜汪一声犬吠，从后院的墙根阴影下蹿出一条白鼻子大花狗，吓得鲍春知一连倒退三步。

公社派出所和卫生院，三令五申，禁止养狗，并且成立一支打狗队，见狗格杀勿论。秦吉了一向雷厉风行，柳伞村家家户户的狗都被斩尽杀绝，只有他家这条狗特殊化，享受豁免权。于是，秦家的狗也有了外号儿，叫大少爷。秦吉了的女人偏要强词夺理，给这条狗起了个猫的名，叫花花儿。

犬吠灯亮，一个女人厉声喝道："哪个小兔崽子吃饱了撑的，闲着没事儿捅狗牙！"

这个女人白胖胖的像一团凉粉儿，绾着个蓬蓬松松的美人髻，鬓角挂一串玉兰瓣儿，额头上贴着几片艾蒿叶儿；大热的天光膀子，两嘟大奶像挂露水的葫芦，下身一条黑绸短裤，一双软底拖鞋，摇着芭蕉扇从前院走来。

她是秦吉了的填房，比秦吉了小十二岁，公私两方面，都当秦吉了大半个家。柳景庄给她上个尊称叫秦办主任，村里人嫌叫着绕嘴，简称秦办。

"侄媳妇，是我！"鲍春知挨了骂，哑巴吃黄连，还得上前自报家门。

"哟！原来是大叔呀，我该掌嘴！"秦办热辣辣惊叫，芭蕉扇掩住胸脯，"我给您老人家开前门，您从前门进。"

"哪座门不能出来进去呀？"鲍春知打着手势，"你先把狗锁上，快开门吧！"

"走角门，那多么有失您的身分，也显得我们晚辈人不讲礼貌！"说罢，秦办一溜小跑，到前院开门。

鲍春知哭笑不得，只得深一脚浅一脚，摸着黑拐弯抹角，到秦府前门进见。

秦办抽门闩，搬门杠，红门大开。

前院，大得像个足球场，天棚、鱼缸、石榴树，就像把北京城里一座大宅门搬到柳伞村来。院中央，秦吉了半躺半坐在一张南方竹床上，面前八仙桌上放映彩电，身旁的小茶几上摆着西瓜；他一边吃瓜一边看节目，神仙过的日子。

“喂，大叔看望你来啦！”秦办像一只喳喳叫的花喜鹊。

“哎哟，这怎么敢当？”秦吉了假装惊慌地要下竹床，“折杀了我！”

他是个水蛇腰削肩膀的大个子，已经秃了顶，瓦刀脸，长下巴，碎麻子，两只深眼窝，目光凌厉；早年，车、船、店、脚、牙出身，铁嘴钢牙三寸不烂之舌，没有文化有口才。在柳伞村掌了二三十年印把子，不管是大江大河，阴沟水汊子，一帆风顺没有翻过船；过五关，斩六将，眼看要走麦城却又逢凶化吉，没遇见一个能跟他斗上几个回合的对手。他不把柳伞村的男女老少放在眼里；树林子大，什么鸟儿都有，会场上七嘴八舌，鸡吵鹅斗，只要他一出场，轻轻一声咳嗽，便像一鸟入林，百鸟压音。他在公社的那些芝麻官儿面前，也是大模大样，傲慢无礼，并不点头哈腰，打躬作揖。他那一双冷眼，入木三分，看透那些芝麻官儿腹内空空，论心机、才干、手段、魄力，都只配给他牵马坠镫，算不过他，惹不起他，离不开他。因此，秦吉了欺上压下，架子十足，盛气凌人。

秦吉了也是光着上身，只穿一条大肥裤衩子，胸前背后几贴伤湿祛痛膏，就像打着几块补丁。

鲍春知走上前去，搭一把手，扶起秦吉了，坐在竹床上，笑道：“吉了，你又不是坐月子，三伏天黏在炕席上，不怕得褥疮？”

“喂！给大叔搬躺椅，从冰箱里抱个状元红西瓜。”秦吉了一边吆喝女人，一边愁眉锁眼，“大叔，黄金印喷了我一身狗血，我没脸见人。”

“脚正不怕鞋歪，身正不怕影儿斜呀！”鲍春知和颜悦色，软中有硬，“真有问题，纸里包不住火，千层篱笆也得透风；并无其事，浮云掩不住明月，连阴百日也得放晴。”

秦吉了又一堵墙似的躺下来，说：“我只等公社内查外调，给我做结论了。”

“郁士通只怕忙不过来吧？”鲍春知弦外有音，“贾文德犯了案，他主管财贸，又是个大乱子。”

“我不怕贼咬一口……”秦吉了溜了嘴，舌头急忙拐弯，“黄金印给我头上扣屎盆子，他得给我舔干净。”

“咱们开个支委会，你跟黄金印当面掰扯个一清二白。”

“我主动停职，接受审查，不想开会。”

“你还是支委呀！”

“也撂了！”

“党员牌子，你还不想摘下来吧？”

“黄金印挟私枉告，就是妄想摘我的牌子！”

“只有自己摘自己的牌子，别人摘不下来。”鲍春知正色地说，“黄金印的牌子被摘过，不是又戴上了吗？”

“鲍大叔，我劝您别不知深浅就插一脚！”秦吉了霍地又从竹床上坐起来，脸色铁青。

“我从工作岗位上退休，可是并没有从共产党内退出！不想闭目养神，眼不见为净。”鲍春知字字句句掷地金石声，“实不相瞒，我作为柳伞大队党支部副书记，这些日子也在调查核实你的问题。”

“拿出真赃实据来！”

“你面前的彩电，屋里的冰箱，这一座金銮殿大院，都能做证。”

“我双手挣来的！”

“你一年挣多少工分？得多少奖金？共有多少收入？”

“哈哈，这是想一棍子把我打死呀！”秦吉了撕破面皮，满脸凶相，“老鸹落在猪身上，谁家的锅底没有黑？”

鲍春知微然一笑，说：“有话请讲当面。”

“从莲房村接来蔡奶奶，白得一个不花钱的老妈子，还跟……”秦吉了咬住了舌头，把血口喷人的几句话，一口唾沫咽回去。

秦办一向夫唱妇随，偏要多嘴：“跟冷青霜乱搞不正之风！”

鲍春知大笑连声，目光凛若寒星，说：“今晚的支委会上，审查我的问题。吉了，你一定得到会！”

说罢，他转身就走。

秦办早抢先跑到前门，插门闩，顶门杠，手指后院，啐道：“从角门出去！”

鲍春知被赶出金銮殿，在白鼻子大花狗的狂吠声中，听见秦吉了跳着脚大叫：“卸了任的官，上了架的烟；强龙难压地头蛇，我跟老右鱼死网破！”

2

鲍春知走在静悄悄的村外小路上。

月儿弯弯，星儿闪闪，夜风摇曳着柳枝轻拂他的脸，稻田一片蛙鸣，青纱帐的豆棵下蝈蝈叫得清脆，茂草丛中飞出点点流萤；柳伞村白天风景如画，令人赏心悦目，夜景像画中梦境，令人沉静幽思。

一别家乡四十几年，家乡改天换地，这两三年更繁荣富裕起来。四十几年前的柳伞村，一去不复返了；也许在那位乡土文学作家的小说中，依稀保存一点往昔的风光景色。旧日的柳伞村，是他苦水里长大的生身之地，今日的柳伞村，是他欢度晚年的安居之所；柳伞村是他的母亲，是他的家。然而，对母亲他未尽一份孝心，对这个家他寸功未立；鲍春知感到深深的惭愧，老泪不知不觉淌下来。夕阳无限好，只是近黄昏；年逾花甲，将近古稀了，他得将有限的余生，数着日子过，给柳伞村多做一点事，多效一点力啊！

突然，两道强光射来，照花了他的眼，他站住了脚。

“大伯，您叫人家找得跑断了腿！”冷青霜娇嗔地喊道。

“大伯，您哭了？”柳景庄慌了手脚，“是不是秦吉了胡搅蛮缠，气得您伤心？”

鲍春知慌忙掏出手帕擦脸，手帕湿漉漉，自己也吃了一惊，说：“人老了，想过去，看今天，百感交集。我告老还乡，乡亲们为我筑起了安乐窝，深感无功受禄，于心不安，眼泪不由自主跑出来。”

“大伯，您为革命立过汗马功劳！”冷青霜眼泪汪汪地说。

鲍春知摇摇头，沉重地长叹一声，说："我参加革命四十几年，有功也有过，还不敢说能将功补过。但是，回到柳伞村，比起你们来，我毫无贡献而享受最多；我要向县委和公社党委请求，担任柳伞大队党支部书记，不然每月领取这二百块钱工资，我伸不出手。"

"大伯，您说出这样的话，叫我们晚辈人无地自容了！"柳景庄感动得哭了，"这二年，我画影壁，发了小财，只顾个人，忘了全村，共产党员的观念淡薄了；只要同志们信得过，我毛遂自荐，当支部书记，您给我把场当顾问。"

"搞宣传，做政治思想工作，你还行。"鲍春知沉吟着，"可是，抓生产，你并不精通。"

"我当大队长！"黄金印就像从天上掉下来，地上冒出来。

他回到青砖花墙小院，听说柳景庄和冷青霜四处寻找鲍春知，也拿起手电筒，跑遍村里村外，不想在这儿窄路相逢。

"好！"鲍春知点点头，"不要像秦吉了身兼二任，大权独揽，也不要终身制；大权独揽加上终身制就会变成土皇上。"

这时，冷青霜从身上掏出一封信，说："大伯，县委书记叫我马上交给您。"

原来，冷青霜陪同月桂到县城去，鲍春知要她顺便把一份调查报告送交县委书记；县委书记看过之后，立即给鲍春知回了信。

鲍春知接过信来，却先问道："法律顾问处答应不答应替月桂申诉？"

"月桂嫂子把女儿都领回来啦！"冷青霜咯咯笑道，"贾文德被抓起来，法院允许月桂嫂子先把女儿带在身边，以后再审理判决。"

“好呀，好呀！”鲍春知欢喜得又要落泪，“金印！长生认父，现又得一个女儿，双喜临门；一儿一女一枝花，谁比得了你这个大全福人？”

柳景庄装出垂头丧气的样子，说：“我这辈子算是甘拜下风了！”

“怎么呢？”

“我得领取独生子女证呀！”

黄金印憨笑道：“也许青霜生个双胞胎。”

“你该死！”冷青霜在黄金印身上擂鼓。

“别闹了！”柳景庄不愿离题千里，“快请大伯看信。”

三支手电筒聚光，亮如白昼，鲍春知撕开信封，掏出信纸，但是老头儿没有随身带着花镜，只得推开远看；于是，柳景庄、黄金印和冷青霜，也就有目共睹了。

“我早就断定，根子就在佐料儿身上！”三个人异口同声。

“一个很不老实的人！”鲍春知气愤愤地拍得信纸哗哗响，“人前一面，好好先生，生活朴素；人后一面，藏污纳垢，贪得无厌。”

“我到过他的家，三间旧房，破桌子烂板凳。”柳景庄鼻孔里哼了一声，“可是看他那五男二女，一个个都是‘八机’俱全。钱从哪儿来？还不是跟贾文德和秦吉了大秤分银，小秤分金，他吃头份儿。”

一行人走出这条小路，便是鲍春知家门外的荷花鱼塘；却只见青砖花墙小院门口，郁士通和秦吉了左右两厢侍立。

“鲍老！”郁士通满面谄笑奔过来，“我狠狠地剋了秦吉了一顿，他出透了一身大汗，已经打通思想，前来参加支委会，并且给您赔礼。”

"支委会开过了，也不必向我道歉。"鲍春知那威严锐利的目光，怒视郁士通和秦吉了，"贾文德已经在病床上招供，我奉劝你们二位事不宜迟，连夜向公安局投案自首！"

郁士通和秦吉了面无人色。

一九八二年一月至二月

原载一九八二年第四期《十月》

花天锦地

1

大旱不过六月二十四；关老爷磨刀天下雨，一口气下到七月七。

一朵乌云，一阵大风，一道亮闪千丈长，一个雷霆十里响，铺天盖地鞭杆子雨；风起青萍绿水，黑沉沉的阴云像倒扣的锅，歪了缸，倾了盆，洒了瓢，包天裹地竹帘子雨；溜溜的小凉风，湿漉漉的花香水汽，淅淅沥沥，密密麻麻，点点入地牛毛雨；下下停停，不大不小，紧一阵慢一阵，似有似无抽丝雨。

早看东南一片雾，晚看西北火烧云，过晌就怕西南天角冒黑烟。北运河的天气，一进小暑，三日阴，五日晴，正是挂锄歇伏时节。

莲房村的老说书人田万顺，自从五五年入社以后，鼓捣了二三十年的黄瓜、扁豆、辣青椒、芹菜、茄子、嫩芽韭、茴香、毛姜、紫皮蒜、青口白菜、羊角葱……他手上出产过一只六十五斤零四两的架冬瓜，冬瓜十字披红，摆放在好几个县的礼堂大厅里展览；田万顺也因这只架冬瓜而名噪一时，说书人的名声便在似水流年中被人淡忘，湮没无闻，不为后人所知了。

这两年，莲房村富起来，实行退休制度。田万顺已经是古稀之年的老人，大队昨天通知他退休，每年从大队领取两千四百工分的退休金。莲房村人均分配二百二十一元，工值一元八角九分，田万顺每年有四百五十元自动进门；老人劳苦一生，晚年过上了仰八脚儿躺在炕头上，天上掉馅饼的日子。

大清早起来，田万顺洗把脸，吃口饽饽，匆匆走出门口。一直走出十几步，他才恍然大悟，从今天起，他不必到菜园上工了。于是，狠狠拍了一下脑瓜顶子，低低笑骂了自己一声，他又拨马回头进了家。

一辈子头一天得享清闲，他不知手放哪里，脚落何处。

田万顺这个柳篱小院，也是一座小菜园，三间北房，只有孤身一人。平日，大队菜园占住他的身子，晌午和傍晚收工，吃过饭又忙碌在自家的小菜园里，他并不感到寂寞。可是，今天他不能再到大队菜园去，自家这座巴掌大的小菜园又装不下他整条身子，就像百丈宽大河里跳龙门的鲤鱼，窝在了羊肠子小河汊里。

他呆呆地站立在小菜园的篱障外，太阳升起来，地上躺着他那孤单单的身影，不禁一阵凄凉。

忽然，微风掀起豆秧瓜架的层层绿叶，闪现出一条条的顶花黄瓜，一串串的青玉扁豆；田万顺心中一动，不如摘下一篮子瓜豆，铁将军把门，看望女儿去。

田万顺挽了挽袖子，正要动手，忽听门外响起摩托车的马达声；马达伴奏中有一条清脆圆润的嗓子叫：“姥爷！”

外孙女儿唐菊上门来了。

京郊农村的俊俏姑娘，这两年的穿着打扮，正在迎头赶上每月工资只有四五十元的年轻女电影明星，唐菊更是一马当先。她头戴一顶花阳伞似的大草帽，鼻梁上架一副变色太阳镜，身穿一件柳绿金丝的连衣裙，橘黄高跟凉鞋配的是透明袜子。唐菊是公社广播员，所以骑的是一辆嘉陵牌公用轻便摩托车，肩膀上还挎着一架海鸥牌照相机。

“唉哟，我的菊儿呀！”田万顺望着花枝招展而又飘飘欲仙的外孙女儿，笑眯了眼睛，“你这是……这是去欢迎花衣美人儿吧？”

自从今年这个公社对外开放以来，已经有三个美籍华人观光团到这个公社走马看花；田万顺的舌头绕不过弯儿，就管美籍华人叫花衣美人儿。观光团的男男女女，也是都穿得花花绿绿，男人的头发比女人的还长，而且烫出满脑袋的浪花，煞是好看。

“无事不登三宝殿！”唐菊把嘉陵牌轻便摩托车推进门来，从后座上取下一只提包，提包里装着两瓶绿豆烧，一盒绿豆糕，“公社成立文化站，党委提拔我当站长，我请您这位老将出马，到文化站工作。”

“真是近水楼台先得月，朝里有人好做官呀！”田万顺嘻嘻哈哈打牙逗趣，“怎奈我肚子里没有一滴墨水，斗大的字认不得二升，是个响当当的头等文盲，你这不是赶着老牛上树吗？”

“我是请您到文化站说书，公事公办，没有一星半点的私情成分！”唐菊板起脸儿，郑重宣告。

田万顺也严肃起来，连连摇头，说：“拳不离手，曲不离口，我那点玩意儿早撂生了；投师学过两部书，又都老掉了牙，我也不愿再嚼陈谷子烂芝麻。”

“您是老把式，演习两天就能上场。”唐菊打开公文包的拉锁，拿出一本砖头似的小说，“我给您念这部新书，口传心授；您这一行人都是过耳不忘，说新书也难不住您。”

“这部书叫什么题目？”

“《三戏野玫瑰》。”

“写的是什么故事？”

“咱们的公安人员，打入流氓团伙，巧使美男计，智斗女流氓头子野玫瑰。”

“这个故事出在什么地方？”

“A省，B市，C街。”

“什么……什么……什么？”田万顺扯起了耳朵。

“A……B……C……”唐菊一挥手，“您就只当是发生在北京通州万寿宫大街吧！”

她把外祖父牵扯到屋檐下，按坐在爬满青藤的雨搭荫凉里，嗽了嗽嗓子，就怀抱着这本砖头小说，津津有味地念起来。

可是，还没等她念完一章，田万顺便双手抱头，呻吟连声：“饶……饶命吧！”

“您……您怎么啦？”唐菊见外祖父紧皱眉头，死闭双眼，脸色痛苦，惊问道：“您……您是不是中了暑？”

“你……满嘴嚼沙子……”田万顺像骨鲠在喉，难以下咽。

“您不喜欢这部作品？”唐菊大为惊诧，满脸迷惘而又困惑的神气。

“我……我翻胃……”田万顺左手搂住胸口，右手抱着肚子，趔趔趄趄走进屋去。

唐菊碰壁，回家搬兵，她娘上阵。

田万顺的女儿，唐菊的娘，名叫红锦；她生得人高马大，丰满茁壮，村里人都管她叫大红锦。

大红锦从莲房村嫁到连环套，已经二十八年了，眼下虽然四十七八岁，可是麦收时节，还能肩扛二百斤的麻包，走三丈高的跳板上囤，往返几十个来回，面不更色，心不发慌，腰杆不弯，腿不发软。然而，她大而不粗。不但有一张十分富态的满月脸儿，而且还有一条悦耳动听的金嗓子；好心眼儿，热心肠儿，还像一尘不染的少女那么天真。

她多情重义，侠肝义胆。十八岁那年，比她大九岁的姐姐死了，撇下一儿一女，姐夫是志愿军的一名工兵连长，正在鸭绿江上架桥，不能回家奔丧，她就找人代笔，给姐夫写了一封信，要替姐姐把这一对孤儿带大。两年之后，姐夫从战场上双目失明归来，死活不肯耽误她的青春，她就自个儿一人雇上一顶花轿，梳妆打扮送上门去，跟这个比她大十多岁的残疾军人拜堂成亲。二三十年过去，她给姐姐的儿子娶上一个花枝似的小媳妇儿，光是彩礼就花了八百元，还给盖起五间大瓦房；姐姐的女儿出嫁，她陪送了手表、自行车、缝纫机和大立柜，外带三百块的压箱钱。前年，老伴也去世了，身边只有亲生女儿唐菊作伴。大红锦是大队保管员，带领大队广播员、接生员、统计员、放映员，五个人承包二十亩大田，又在自留地种西瓜，家里喂养鸡、鸭、猪、羊、兔，一年收入一千挂零儿，多半都交给了女儿。要不然唐菊每月三十六元工资，哪里能打扮得像个年轻女电影明星？

唐菊败兴而归，直奔连环套大队保管室找她娘，大红锦下地割菟丝子去了。她连忙回家去，换上一身旧衣裳，风风火火跑向河边，要跟她娘走马换将，二顾茅庐。

2

大红锦挂帅的这一哨人马，村里人管他们叫杂耍班子。

这些人，除了大红锦，过去都是开会多，出勤少，下地也是走过场，一年到头淌不了几颗汗珠子，工分却要拿头份儿；然而，锦上添花，他们又都缺一不可。村里人心里有气，骂他们是耍货儿。眼下，大锅饭拔锅拆灶，他们每人每年只拿八百到一千五百工分，也就不得不拴在一起，联产计酬，汗珠子摔八瓣儿，超额得奖。

大红锦是田长，一大把岁数儿，又是长辈；杂耍班子另外的两男二女，都是二十出头的年轻人，只有一个人已婚。

唐菊赶到河边，杂耍班子刚从地垄里钻出来，一个个汗流浃背，气喘吁吁，正在柳荫下歇息；她替换了大红锦，就坐在她娘的地位上。

女广播员宋秀苹，接生员豌豆荚儿，放映员杨秋元，都围拢过来；只有代管大队图书室的统计员艾和好，远远地躺在一片野花丛中，交叉的双手垫在后脑勺下，嘴里叼着一枝车轱辘菊，瞪着眼珠子望天，正眼也不看她。

艾和好和唐菊之间，冷落快一年了。

当年，青梅竹马，两小无猜，他们耳鬓厮磨长大。艾和好从小就心灵嘴笨，茶壶里煮饺子，有货倒不出来，又是个一条道走到黑，打破砂锅问到底的脾性儿，比杨秋元显得呆气。他不会到瓜田李下小偷小摸，也不会张口骂人，抬手打人。杨秋元挖苦他，捉弄他，他一声不吭，可是惹得他忍无可忍，他就跟人家以死相拼。放暑假，小学生给队上放牛，别的人都四散玩耍，他却寸步也不离开，谁的牛跑远了，偷吃豆秧子，他都急忙给赶回来；别人放牛玩一天，他放牛跑一天，不知道占便宜，也不觉得吃亏。艾和好自从上了学，见到一张字纸儿，就弯腰拾起来，看了又看，天生是个念书的人。念完了高中，他和唐菊都回村劳动；那几年口粮不足，他吃糠咽菜，节省下口粮卖钱，也要买书看，饿得面黄肌瘦，冬天空身穿开花棉袄。七六年选拔社来社去的工农兵学员，拨给连环套一个名额，艾和好比唐菊水平高，却不肯跟唐菊争个高低上下，心甘情愿让给了她。

从七七年到七九年，艾和好连考三年大学文科，语文、史地、政治都拿到八九十分，只有数学扯后腿，也就一连三回都落了榜；虽然三回都能上中专，他却不肯低人一等，没有报到。八〇年高考多加一门外语，他更一窍不通，不想报名了。这时候，唐菊虽然没有拿到正式文凭，却也算念完了大学，回到公社，留下当了广播员；只等公社分到招工转干的名额，就给她转正，捧上一只旱涝保收的铁饭碗。

艾和好没有考上大学，却并不灰心丧气，仍然是一只装不满的书篓子。队上叫他代管图书室，他也不分斤掰两，多要工分；只觉得人尽其才，十分高兴。图书室只不过是两间棚屋，原是过去插队知青的伙房；里间借书，外间看报，中午和晚上开放。这个图书室虽然十分寒酸，但是艾和好在窗下拉起郁郁蓊蓊的藤萝，门前栽种两片香飘似雾的花畦，多少也壮起门面。他的家，是个不肥不瘦的中等户。老爹是个瓜把式，本村包产，外村当顾问，一人挣双份儿；老娘是个养猪的能手，喂出的肥猪，鼻孔插上两棵葱，拉到市上能当象卖。眼下家家有了钱，老年人想盖房，年轻人想买全八大件。艾和好却非常古怪，拦阻老爹和老娘，不要大兴土木，只买了一台电视机解闷儿；他自己连手表也不买，一心只买书。晚上回家关在他那间书窖里，看书看到半夜，写字写到天明，谁也猜不透他的这个谜团。

直到八〇年秋收时节，才揭开这个谜。

那天下午，割完麦茬玉米地的套种大豆，大伙儿在河边柳下吹风。忽然，趁歇息的工夫回家吃饽饽的宋秀苹，骑着自行车一溜烟，满头大汗回来。

“喂，”她一只手扶把，一只手摇晃着一个鼓鼓囊囊的大信封，“有没有人知道谁叫艾蒿？”

“秀苹，你的葫芦里装的是什么药？”放映员杨秋元，从青草地上爬起来，嬉皮笑脸地问道。

宋秀苹跳下车，瞪了他一眼，说：“邮递员交给我，叫我替他查找一下本主儿，我怎么能私拆人家的信件？”

“我偏要揭穿它的真面目！”杨秋元说着，动手动脚。

“讨厌！”宋秀苹个子小，扬起胳臂跳着脚。

“给我！”接生员豌豆荚儿抢过去，捏了又捏，“像是一大卷子卫生纸。”

“三句话不离本行！”杨秋元哈哈大笑，又从豌豆荚儿手中抢过来，揉搓了一会儿，惊惊乍乍叫道：“我看像是一捆钞票！”

“沾手三分肥，见面分一半！”贪财的豌豆荚儿扑到杨秋元身上。

杨秋元却向空中一抛，这个大信封落在了河柳枝头。

“别再胡闹啦！”田长大红锦沉下脸，一声断喝，“也许发信的人写错了地点，咱们应该原封不动给人家退回去。”

“秋元，你给我上树拿下来！”宋秀苹急得掉眼泪儿。

“苹妹子别哭，哥哥我甘愿效劳！”杨秋元涎着脸儿，扒下鞋袜就上树。

眼看杨秋元爬到树梢上，豌豆荚儿弯腰拾起一块土坷垃，甩手一投，百发百中，那个大信封像一颗流星飘下来。

河上忽然起了风，大信封在半空中一个鹞子翻身，又向河上坠落下去。

“唉呀！”宋秀苹失声惊叫。

这时，只听扑通一声，艾和好跳了河，大信封刚落在水面上，被他一把抓到手里，满脸怒气上了岸。

“和好，还给我吧！”宋秀苹哭声说。

“我的！”艾和好直眉瞪眼一声吼。

大家都愣住了，你看我，我看你，艾和好一头钻进茂密的柳棵子地。

“我明白了！”豌豆荚儿眨了眨眼，“和好想当作家，该不是给报社投稿吧？”

杨秋元从鼻孔里哼了一声，说：“男子汉大丈夫，行不更名，坐不改姓；明明是艾和好，为什么偏要改名叫艾蒿？”

“当作家都得有笔名！”宋秀苹看过几本小说，知多见广，“有个姓沈的作家，笔名叫茅盾；还有个姓许的作家，笔名叫落花生，怪不怪？”

“我又明白了！”豌豆荚儿尖声笑起来，“他这是投稿撞了南墙，一个嘴巴扇回来。”

这时，艾和好从柳棵子地里探出头，粗声大气喊道：“红锦婶子，我请假！”说罢，转身奔家跑。

“这个人！”大红锦生了气，“争秋夺麦，别人累得脚丫子朝天，他反倒忍心歇工？”

“您把他擒回来！”杨秋元抢过宋秀苹的自行车，交给大红锦。

大红锦人老心不老，最近正学骑自行车，刚会滑轮，不会上座；她推起自行车像个赶脚的，歪歪扭扭追上去，杨秋元和豌豆荚儿笑得拍手跌脚。

快到村口，大红锦追上了艾和好。

“站住！”大红锦大喝一声，“你到哪儿去？”

艾和好收住脚，答道：“上北京。”

“大忙时节，过几天吧！”大红锦口气柔和，但是不想准假。

“我一时片刻也等不了！”艾和好的脸色惨白，心中似有委屈。

“到底出了什么事儿？”大红锦追问道。

“婶子，我知道您嘴紧。……”艾和好低下头，强忍住泪，“我写了……一篇小说，改了个名字叫艾蒿；谁想已经有个叫艾蒿的作家，编辑部硬说我……冒名顶替……”

“天下同名同姓的人多了，怎么就许他只此一家，别无分号？”大红锦愤愤不平起来，“你赶快找上门去，争回咱们的脸面。”

艾和好点点头，又叮咛道：“婶子，您得替我保密。”

大红锦返回河边，豌豆荚儿抢着问道：“和好是不是中了邪，十八匹马也拉不回来？”

“北京城里开了个外国话补习班，他想报个名。”

“他不是不想跳龙门了吗？”

“不蒸馒头偏争这口气！”

“那鼓鼓囊囊的信封里……”

“学习材料。”

“为什么改名叫艾蒿？”

“他没有考上大学，不是有人挖苦他，坟地里连蒿子也不会长，命小福薄吗？”大红锦冷笑道，“他一赌气，就改换了这个名字。”

大红锦替艾和好圆谎，也敲打了豌豆荚儿；原来正是豌豆荚儿嘴尖舌巧，艾和好每一回落榜，她都冷言冷语泼凉水。

艾和好一去七天才回来，杂耍班子已经收完了秋；田长大红锦只准他一天假，六天算旷工，被罚三百工分。

“和好，这一趟到北京去，没白跑吧？”大红锦打一巴掌哄一哄，关心地问道。

“我见到了那位作家艾蒿，脑瓜子开了窍儿。”艾和好只有这两句，便闭口无言。

“他没教给你几手高招吗？”大红锦又问道。

艾和好摇摇头，说：“文无定法，没有一套路数。”

“哼！”大红锦又气愤起来，“他是怕教会徒弟，饿死师父。”

一冬一春，艾和好天天晚上跑连环套，拜到田万顺门下学艺，半夜三更才回。

唐菊一心只等艾和好考上大学，两人好做一对连理枝上的比翼鸟儿；谁知艾和好接二连三碰壁，丧失了信心，不想人往高处走，却学水向低处流，竟然要做一个说书人。唐菊非常伤心，孩提之交的感情便一天天凉下来。

但是，无人说书，唐菊的文化站说书场便开不了张；此时此刻，她看见艾和好，便想临时抱佛脚，堆起笑脸叫了一声：“和好！”

“上垄！”艾和好却不想跟她和好，拿着鸡毛当令箭，粗声大气发号施令，并且身先士卒，头一个冲进垄去。

3

菟丝子缠上豆棵子，豆荚就瞎了；缠在麦茬玉米秆子上，勒住了脖子吐不出花红穗儿，白扔了种子，颗粒打不回来。

三伏大热天，钻进青纱帐，就像蒸馒头焖干饭，不扒下衣裳，满身起痱子。

男女有别，很不方便，这个杂耍班子便兵分两路，男左女右。唐菊、宋秀苹、豌豆荚儿钻右边三垄，艾和好和杨秋元钻左边两垄，相隔四五十条垄就像挂起四五十条幔帐。

上垄之前，头上是金针银刺似的阳光，响晴的天，看不出要下雨。

一条垄百丈长，唐菊是个快手，又一心不二用，一直割在前面；宋秀苹和豌豆荚儿比她手慢，又一边割着一边叽叽呱呱说笑，唐菊眼看就要出垄，她俩还在半腰上。

唐菊割到地头，连忙将披在身上的旧花汗衫穿起来，正想爬上堤坡的柳荫下乘凉，忽见一朵乌云从西南天边升起来，就像远村的麦秸垛着了火，一股黑烟冲上天。一阵冷飕飕的凉风，扫过河边的蒲苇和柳棵子吹来，刷啦啦喧响，扑在唐菊的热身子上，忍不住打了个寒噤儿。这时，杜梨树林里刚才还叫得正欢的山鸽子，一下子哑了；麻雀炸了窝，蜻蜓乱了营，满天斑斑点点。乌云挂下迷迷蒙蒙的雨脚，沙沙的雨声越来越近。

“鞭杆子雨来了，快跑呀！”刚跨出垄的杨秋元，一声呼叫，撒腿就跑；跑起来像漏网的鱼，惊弓的鸟。

“唐菊，咱们也跑吧！”割到大半腰上的宋秀苹和豌豆荚儿，也惊叫着从地垄里跑出来。

宋秀苹还是莲房村剧团的最佳女演员，穿着打扮喜欢模仿女电影明星，是莲房村头一个敢穿筒裤和裙子的姑娘；上垄把短衫长裤脱下来，也就一边跑一边穿，窝住了胳臂绊住腿，一溜十八滚儿。豌豆荚儿是个过门二年的媳妇，已经生过一个大胖小子，脸皮子厚，怀抱着衣裳跑得飞快。

只有艾和好，不见出垄。

一道亮闪扯一个响雷，急风撒下铜钱大的雨点儿，鞭杆子雨抽打在唐菊身上，她急得喊叫：“和好，你怎么还不跑呀？”

垄里没有回声，鞭杆子雨打得唐菊挺不住，也只得逃之夭夭。

她跑出十几步，站住脚回头看，只见艾和好站在堤坡上，像一根柳木桩子，一动不动；她连连打手势，艾和好却一转身，向河边跑去，跟她各奔东西。

雨下得更大，唐菊沿着路边柳下跑，柳荫像撑开的伞，雨线穿不下来；但是，一串串雨滴钻进脖领子，肉皮子一阵阵发紧透心凉。跑到村口，雨水从莲房村的大街小巷淌出来，像一条条喧闹的小溪。唐菊跑回家门口，已经筋疲力竭，喘不过气了。

这是过去的老宅院，三间端端正正的小房，四围一人高的黄泥墙，一座不高不矮的花门楼，两扇门一道栅栏；门外，左边猪圈，右边羊舍，院里把门两侧，双层鸡埘，一溜鸭棚，蘑菇顶兔窝。里里外外，前前后后，整个是一片小康人家的风光。

姐姐的一儿一女，都已经男婚女嫁，自立门户；亲生的女儿唐菊，眼看捧上铁饭碗，有朝一日相中了称心如意的人儿，干部宿舍楼里分房子，大红锦也就懒得大兴土木了。但是，人一有钱，便也有了闲情逸致；大红锦忙里偷闲，一心要把她的小宅院打扮得像个花园。房上，揭下泥顶，铺上红瓦，拆下老窗户，换上玻璃窗，椽头明柱，油漆彩画；房前屋后扯上千条万缕的爬山虎藤萝，要的是绿荫生凉。墙头爬满豆角秧和南瓜秧，一串串青嫩扁豆开着小紫花，累累挂挂的南瓜像一盏盏红灯笼，吃不过来看风景；喝饱了露水的蝈蝈叫得清脆，房檐下的燕窠啁啁啾啾，孤身一人也不冷清寂寞。院墙角落，各有一棵桃、杏树，阳春三月红杏出墙，五月鲜儿的桃子笑开了樱桃小口，天井一架葡萄，六月天葡萄架下吃饭晒不着，乘凉可看东一丛凤仙花，西一簇秫秸花，吸口气花香扑鼻；这一幅大红大绿的田园画，生人冷眼一看，也会粘住双脚，流连忘返。

唐菊跨进街门门槛，就听见她娘和姥爷田万顺正在屋里说说笑笑，不禁喜出望外。

原来，大红锦一听老爹不出马，唐菊新官上任踢不出头一脚，她怎忍看女儿那面如皎月的脸上笼罩乌云，春光明媚的眼睛下起小雨？便心急如火，大步流星上了路。

走出半里，嗓子冒烟，忽然看见迎面柳荫翠影中，走来一位头戴尖头斗笠，身穿粗布裤褂，一条扁担肩挑两只菜筐，瘦骨嶙峋而又腿脚利落的老人。

“爹！”大红锦惊惊乍乍地喊道。

老人抬起头，正是田万顺。

田万顺一团火气把外孙女儿戗走，心里过意不去，就挑起一担瓜菜，到女儿家赎情来了。

大红锦跑上前去，接过老爹的担子；爷儿俩回到家，鞭杆子雨才到来。

“姥爷！”唐菊欢叫着跑进屋去，“到底是亲不过父女，我妈一声令下，您就乖乖地出马；隔辈如隔山，我低声下气磨破嘴皮子，您也不赏脸。”

东屋睡的是炕，蒲苇新席，杜梨木墙柜，黄杨八仙桌，八仙桌上一台牡丹牌收音机，两把座椅，一对箱子；西屋睡的是床，一堆雪似的蚊帐，三开门大立柜，酒柜上一台昆仑牌电视机，两只铁管扶手的简易沙发。大红锦三九睡东屋，躺在炕上听收音机里的广播节目；三伏睡西屋，坐在沙发上看电视机里的播映节目。大红锦不出门，能知天下事，连外国大官儿被人打黑枪，都亲眼得见。

“菊儿，你待客，我做饭！”大红锦吩咐一声，母女分工。

大雨天，办不了什锦席面，可是麦秸篓里有鸡蛋，陶瓷罐里有花生仁儿，老爹的菜筐里有顶花带刺儿的黄瓜，一掐冒水珠儿的嫩豆角，不费吹灰之力炒出四盘酒菜；酒是原封红粮大曲，推杯换盏喝个够。然后，南瓜馅儿拌虾皮包饺子，素中有荤，别有风味。

“菊儿呀，你妈也不能牛不喝水强按头！”田万顺坐在东屋八仙桌的座椅上，脸色柔和，却不改口，“我是来给你们送菜，顺便……”话到嘴边留半句，卷起了舌头。

唐菊眼尖，一眼看见八仙桌上有一个长方厚重的大信封，问道：“谁的信？”

田万顺忙把一只大手拍在信封上，说：“不许看！”

信封像一块方砖，一只手遮不住；唐菊的眼角早瞟见和好二字，便笑起来，说：“又是杂志给艾和好的退稿，怎么到您手里？”

“硬邦邦的这是书！”田万顺的太阳穴上青筋迸起。

“我看看！”唐菊走过来，伸出手。

“不许动！”田万顺又压上一只手，“偷拆别人的信，剁手之罪；偷看别人的信，剜目之罪。”

唐菊眼珠儿一转，脸一沉，说：“我跟您打赌！信封里装的是书，我那个说书场关了门，也不再打扰您。”

田万顺中了计，抬起双手，说：“看吧！”

唐菊撕开信封，掏出两册大型杂志，翻开一看目录，跳起来一声惊叫：“唉呀，和好交上了好运！”

“这本书里，印上了他的名字？”田万顺挺身而起，圆瞪着眼睛。

唐菊那春水汪汪的杏子眼闪闪发亮，轻声细语：“想不到，和好的小说，发表在大型杂志上了。”

“天长眼，夜明珠出了土！”田万顺扑簌簌淌下两行老泪。

唐菊吃了一惊，问道：“您老人家早就知道他写这部小说？”

田万顺点了点头，又叹了口气，说：“去年和好到北京，拜了个名叫艾蒿的作家做老师；那位艾老师劝他向说书艺人学艺，他就找到我的门上来。一冬一春，他写一遍给我念一遍，大拆大卸改了好几回，这才壮起胆子寄出去。他怕听冷言冷语，书来信往只写莲房村，借我的名字；我天天替他到村外等信，莲房村也没有一个人摸底。”

“我这个文化站长真是小官僚儿！”唐菊感到羞愧，“支持业余创作，本来是我分内的事。”

她的眼里噙满泪花，愣了愣神儿；忽然抓起田万顺的斗笠，扣在头上，跑了出去。

4

鞭杆子雨过去，换上了竹帘子雨。

连环套是个小村，坐落在一道龙摆尾的沙岗上，高高低低，上上下下，九曲八弯；大红锦住在村西南角，艾和好家住在村东北角，唐菊到艾和好家去，就得穿街过巷，唏里哗啦蹚水。

她走下一个高坡，忽然看见艾和好光着膀子，只穿一条小裤衩，一手提着一柳串活鱼，一手提着打成捆的衣裳，从河边顶风冒雨归来。

“和好！”唐菊藏到一棵杜梨树背后，喊道。

艾和好抬起头，东瞧瞧，西看看，不见人影，便问道：“是秀苹吗？”

唐菊的心一颤，一阵酸溜溜，却又想摸底，便装得更像宋秀苹的嗓音，娇声娇气地说：“你快过来呀！”

艾和好打开水柳柔枝捆起的衣裳，穿上水湿的长裤，披上湿透的汗衫，这才大步走过来，一边走一边说：“看来你是等我一言为定了。”

唐菊从杜梨树背后跳出来，揭下斗笠，一个亮相；艾和好打了个冷噤，转身就走。

“回来！”唐菊喝道，“想不到你瞒着我跟秀苹搞地下活动。”

艾和好又一个向后转，冷冷地说：“我愿意为她尽一点心，出一把力。”

“你早该向我透一透口风！”唐菊眼泪围着眼圈儿转，“你是一只飞得高的鹞子，秀苹是一只喳喳叫的花喜鹊，两人不是一棵树上的鸟儿。”

“唐站长变成了乔太守，乱点鸳鸯谱！”艾和好哭笑不得，“人家秀苹挑对象，信得过我，叫我替她掌一掌眼尺心秤，替她拿个主意。”

唐菊的心里就像一块石头落了地，扑哧一笑，瞟了艾和好一眼，问道：“秀苹的对象是个什么人？”

艾和好瓮声瓮气地答道：“演员。”

“什么……什么……”唐菊不相信自己的耳朵。

“电影演员！”艾和好更加重了语气。

“白日做梦！”

“当真。”

“那个人演过哪一部片子？”

“好几部片子里都有他的角色。”

“你说一说！”

“游行示威的大学生，打、砸、抢的红卫兵，飞机上的旅客，马路上的行人……”

“原来……原来是……群众演员呀！”唐菊笑弯了腰，两手搂紧肚子，“电影制片厂的临时工，车载斗量。”

“眼睛长到了眉毛上，一听是群众演员就看不起人家了。”艾和好哼道，“红花还得绿叶扶，一棵光杆牡丹唱不出一台戏。”

“我不想跟你吵架拌嘴！”唐菊又整起脸子，“我倒要问问你，你为什么一见我的面，就像个丧门星？”

“倒打一耙！”艾和好怒气冲冲，“自从你到公社吃上商品粮，鼻子翘上天，眼里不睬本乡人，遇见老长辈也只是点头一笑不下车，我就要以眼还眼。”

“我怎么敢看不起你呀？”唐菊叫屈，“我能到大学里住三年，还不是你吃亏让人成全了我？高考你没有被录取，我心里比你更难过。”

艾和好冷笑一声：“不上大学，也能过上好日子。”

“现在你要当作家了，比上大学更得意。”

“别挖苦人！”

“那你为什么写小说？”

“赌一口气！”艾和好粗脖子红脸，“中国作家本来不多，写农民的越来越少，我们为什么不敢自己动手？”

“你真是吃了豹子胆……”唐菊垂下眼皮儿，“我姥爷带着两本杂志，给你报喜来了。”

艾和好双腿一软，差一点马失前蹄，稳住身子，说：“我给老人家送鱼下酒。”

“等一等！”唐菊又喝住他，“你还得多写，将来县里有招工转干名额，宣传文化部门就会想到你。”

“三四十块钱一个月的铁饭碗，我还看不上。”艾和好一直走到唐菊面前，故意气人，“我们这个杂耍班子，不算家庭副业收入，去年每人分红九百多，今年能拿上千元，平均每月八十几块钱，给个文化站长，我才不换。”

唐菊躲闪着他那咄咄逼人的目光，说：“你已经年过二十五，抬眼望三十了，也该想一想自己的婚姻问题。”

“恨不得今天就领结婚证！”艾和好嘻嘻哈哈，令人不知真假虚实。

唐菊的心怦怦跳，问道：“你想找个什么人？”

“端铁饭碗的女同志。”

“你这也是看不起泥饭碗呀！”

“不是看不起，是为出口气。”艾和好满脸正色，“过去，柴火妞子攀高枝儿，想奔城里跑；今天农村富起来，我偏要看水倒流，城里的凤凰落到乡下的梧桐树上。”

“还是就地取材吧！”唐菊话出口，脸飞红，忙一扭身。

“非出这口气不可！”艾和好一口咬定。

唐菊又转过脸儿，直盯着艾和好的眼睛，说：“我已经填写转干登记表，该找个什么人你也给我当一当军师。”

艾和好想也不想，顺口溜：“多少得有点文化，大小得有个一官半职。”

“我不想看你的嬉皮笑脸！”唐菊火了，“你嘲笑柴火妞子攀高枝儿，自己却要娶个铁饭碗；我这个柴火妞子偏要打你一记响亮的耳光，嫁个泥饭碗。”

艾和好从她的怨怒声中听出弦外之音，呵呵笑道：“冤家路窄，咱俩走碰头了。”

“冤家宜解不宜结。”唐菊转怒为喜，“我当上这个站长，三头六臂也忙不过来，你肯不肯为我尽一点心，出一把力？”

“心甘情愿。”

“县文化馆拨了款，公社管委会也给一笔钱，文化馆的图书室要扩大；订阅杂志，选书买书，你开个单子。”

“我还要替你跑腿儿。”

“成立业余文工团，你写个剧本，争取县里会演拿个一等奖，全市农村业余文艺调演拿个二等奖。”

“剧本我敢写，得奖不敢保。”

“公社党委决定，文化站办个油印小报，对全社青年看书、看电影、看电视，及时指导，你来主编。”

“这是我最想参加的义务劳动。”

“我们还开办一个说书场，想请你说评书。”

“你要把我五马分尸呀！”艾和好叫起来，“说书唱戏，我都外行。”

“你不是跟我姥爷学过一冬一春吗？”唐菊笑问道。

“那是学习评书的艺术表现手法，为的是写出农民喜闻乐见的小说。”

“可是我姥爷不肯出马说新书，说书场开不了张呀！”

“你想叫老人家说哪一本新书？我替你做一做说服动员工作。”

“《三戏野玫瑰》。”

“一盆外国残羹剩饭的大杂烩！”

唐菊撇了撇嘴儿，说：“同行是冤家，怕人家抢走你的生意，你就扳倒了醋缸，还要砸人家的牌子。”

艾和好急赤白脸，嚷道：“你香臭不分，还有脸当文化站长！”

“我看在一张报上，把这本小说夸得像一朵鲜花似的。”

“卖瓜的不吆喝瓜苦，你难道没长着眼睛、鼻子、脑壳？”

“好吧！我把说书场交给你们老爷儿俩了。”

两人肩并肩站在杜梨树下，直到改下牛毛雨，才回家。

5

大红锦炖熟了鱼，唐菊刚端上八仙桌，街门栅栏外宋秀苹连声叫：“和好，快出来！”

宋秀苹撑着一把自动开关的花伞，站在门前绿柳下，就像一大朵雨中的西番莲，十分娇媚。这个姑娘，二十大几了，只因个子小，还像个没有成年的少女。她到县城里烫了头，却又梳起两条小辫子，蓬蓬松松毛茸茸；一张桃花脸，一双喜眉笑眼，直溜溜的小鼻子，花骨朵似的小嘴儿，还有一条又甜又脆的银嗓子，可惜生不逢辰，前几年县评剧团招考学员，导演只知道挑选大美人儿，管人事的只看重后门递进来的条子，没有收她，她也就只得在村里当广播员。这两年冬闲时节，村剧团排戏，野台子演出，她是主角，叫响十里八里，比得上当年红遍北运河两岸的莲花落女艺人露水珠儿。不过，她有个改不了的毛病，十有八回笑场；一笑脸腮上俩酒窝儿，笑起来像清风银铃一串响，内行人一看摇了头，祖师爷没赏她这碗饭吃。

她家跟艾和好是一墙之隔，两家亲如一家人；宋秀苹胆子小，没有多少心眼儿，从小就把艾和好当她的主心骨。一个广播员，一个统计员，每天晚上，宋秀苹的播音收场，艾和好也打完算盘，填完表格，两人便搭伴回家。

月光天，艾和好和宋秀苹一前一后走；月黑天，宋秀苹一溜小跑，紧追慢赶在艾和好身边，像艾和好的影子。

“和好！”有一回，穿过柳棵子地，望见家门口，宋秀苹忽然扯住艾和好的袖子，“你……你的心还挂在唐菊身上吗？”

艾和好拍了拍胸口，笑道：“我这一只秤砣，挂在自己的秤杆上。”

“唐菊一步登天，看不起咱俩了！”宋秀苹泪光晶莹，“我进不了剧团，你考不上大学，一对苦命人。”

“我站在人群里，不比谁矮一头；日子也过得像吃甘蔗，节节甜。”

“你二十五了……”

“咱俩同岁。”

“你打算……”

“娶个铁饭碗。”

“只怕好梦难圆。”

“那就打一辈子光棍儿。”

宋秀苹松开了手，软软落下来。

一进腊月，连环套村剧团排演一出爱情戏，女主角是宋秀苹，缺个小生。村剧团的剧务杨秋元，常跑北京城厢的农贸市场，结交了不少酒肉朋友。有个外号叫马蹦蹦的年轻人，原是一家街道工厂的模型工，长年累月旷工被除了名，在电影制片厂当临时雇佣的群众演员；杨秋元向大队管委会担保，就把马蹦蹦找来给宋秀苹配戏。每天管三顿酒饭，两元五角的补贴，相当一个木匠的工钱，也算便宜。

这个马蹦蹦，大鬓角，小胡子，蛤蟆镜，喇叭裤，披一件军大衣，穿半高筒皮靴，一副名角神气。开口一串电影明星的名字，就像饭馆的堂倌报菜名儿；这些电影明星都跟他称兄道弟，吃喝不分。又一连说出几部片子，都有他扮演的角色；在《保密局的枪声》和《神秘的大佛》里，担任男主人公的B角。马蹦蹦吹得天花乱坠，宋秀苹懵头转向，一见钟情。排起戏来，满身花活儿，每个表情和动作都有出处；帅劲儿学的是王心刚，冲劲儿学的是于洋，风流潇洒学的是徐敏。在宋秀苹那只见过井口大一块天的眼里，马蹦蹦神乎其神了。

开春，备耕大忙，村剧团散摊子，马蹦蹦也就不得不凯旋。

艾和好正在自家小园里松土平畦，宋秀苹的老娘嘀咕二婶风风火火跑来，大呼小叫："和好，救人呀！"

"是不是跟二叔一言不合，老两口子动了刀兵？"艾和好开着玩笑问道。

"秀苹那死丫头，给那个男不男，女不女，人不人，妖不妖的马蹦蹦迷住了心窍。"嘀咕二婶鼻涕一把，眼泪一把，"她要跟马蹦蹦结婚，还要给马蹦蹦五百块钱买家具，装扮北京的新房。"

艾和好的心一沉，说："您叫秀苹来见我。"

一会儿，宋秀苹两眼哭得烂桃似的来了。

"和好，你……你是狗拿耗子，多管闲事！"宋秀苹哭哭啼啼，噘着嘴，低着头，站在小园篱笆外面。

艾和好沉着脸问道：“你相中了马蹦蹦？”

“你……看不上我……”宋秀苹哽哽咽咽，“还不许我……看上别人吗？”

“你看上了他哪一点儿？”

“他演戏比我强，知冷又知热，不像你只比石头人多一口气。”

“只看一点不全面。”

“这就够了！”

“画虎画皮难画骨，知人知面不知心呀！”艾和好和宋秀苹隔篱相望，眼睛里充满忧郁神色，“终身大事，别当儿戏。”

“难道还要设立专案组，内查外调？”

“就是要揭开皮看瓤儿。”

“你替我到北京跑一趟，打听他的身世，摸清他的底细。”

艾和好点点头。

马蹦蹦走后的第二天，艾和好带着一封大队介绍信，到北京去了。

他先到派出所，了解马蹦蹦的身世和品行。

原来，马蹦蹦的父亲在电影制片厂打灯光，有时缺少群众演员，他便上场过一过戏瘾；此人作风不正，手脚也不大干净，四清运动中畏罪自杀。马蹦蹦的母亲在一个区属自负盈亏的评剧团唱配角小生，十年内乱中剧团解散，她被下放到清洁队扫大街，后来得癌症死了。马蹦蹦的姐姐接替了母亲的遗缺，而且高升一格，驾驶清扫车，每日沿街扫马路。她有一张俊眉俏眼的脸子，觉得扫马路委屈了她；一心想巴结个高干子弟，鲤鱼跳龙门，调换工作，拔高身份。后来果真遇见一个衣冠楚楚而又风度翩翩的小白脸儿，自称是副部长的儿子，只因不愿娶一位门当户对的千金小姐，跟父母闹翻了，走出家庭，个人奋斗，正写小说，要当作家。于是，马蹦蹦的姐姐便跟这个小白脸儿交上朋友，打得火热，每月把自己的一半工资交给小白脸儿做交际费。但是，不久便发现这个小白脸儿是个骗子手，他的父亲不过是一家旅游宾馆附设理发部的副主任；而且他同时还冒充美籍华人留学生，勾搭几个愚昧无知而又轻浮浅薄的女孩子。马蹦蹦的姐姐发觉自己受骗上当，遭到玩弄，便怒从心头起。有一天在大街上遇见那个骗子，她驾驶清扫车撞了上去，小白脸儿抱头鼠窜，她穷追不放，直逼到一条死胡同；一眼下水道的污水井正打开铁帽子掏淤泥，她把小白脸儿赶下了污水井，跌断了一条腿，磕碎了满嘴牙，脸上的五官也破了相。马蹦蹦的姐姐受到强劳三年的处分，被押送到距离北运河西岸二十里的盐碱洼地上开垦稻田，再有几个月就满期了。马蹦蹦十五岁到街道工厂学徒，三年出师，手艺高人一头；但是他脚站这山眼望那山高，一心想当演员。投考戏曲学校，已经超龄，报考电影学院或戏剧学院，文化水平太低；便扔下本行，到电影制片厂当临时工，希望能有个出头之日。制片厂的明眼人早就看穿了他，天分不足，缺少灵气，只会模仿，不够材料儿，他自己也泄了气。当群众演员不是每天都有戏，三天打鱼，两日晒网，一年之中闲待十个月，过着饥一顿饱一顿的日子。

艾和好从派出所出来，直奔一座大杂院；在后院墙角落的一间火柴盒小屋里，找见了马蹦蹦。

这间火柴盒小屋，低矮、狭窄，阴暗、破陋，形容得刻薄一点儿，真不如农村富户的猪圈羊栏。艾和好放大瞳孔，看见靠墙站着一只瘸腿炉子，炉眼上坐着一只吱吱响的漏锅，窗台上放着一只破边的饭碗；没有一张桌子，没有一把椅子，只有一张床板，垫上几块砖头，搭了个地铺，马蹦蹦藏头裹足在油渍麻花的被子里，像一条作茧的蚕。

“喂！”艾和好揭开被角，唤了一声。

马蹦蹦从被角下睁开两只混混沌沌的眼睛，迷迷怔怔地问道：“您是谁？啊……是制片厂又有活儿了吗？”

艾和好自报姓名，说：“连环套村剧团打发我来看望你。”

“谢谢，谢谢。”马蹦蹦涕泪涟涟，“宋秀苹常跟我谈起你，她非常崇拜你。”

艾和好摸摸他的额角，有点烫手，问道：“你病了吗？我送你到医院去。”

马蹦蹦摇摇头，说：“我……没有病，只是肚子饿。”

“你怎么连吃饭的钱都没有了？”艾和好惊讶地问道，“这两个多月，你在连环套挣了一二百块钱呀？”

“还债了！”马蹦蹦垂头丧气。

“我请你下馆子！”艾和好从床上把他扯起来。

“我……不敢上街……”马蹦蹦一副畏缩缩的乏相儿，“一出门就碰见债主子，他们逼得我真想钻进火葬场的大烟囱。”

艾和好又走出大杂院，到大街上的饭馆，买来满满的一塑料袋肉包子，还有一斤香肠和两瓶啤酒，说：“蹦蹦，委屈你的肚子了！不是我舍不得花钱，只怪北京城里的饭馆缺荤少素，有钱买不出东西，反倒不如我们连环套，一眨眼就凑够了四盘八碗的酒菜。”

“你们连环套的人，真是重义轻财！”马蹦蹦一见酒肉，脸上放了光，眼里有了神，“杨秋元每回到北京来，都要请我吃一顿酒宴。”

“我和秋元，比不上宋秀苹的热心肠儿，好心眼儿。”艾和好刺了马蹦蹦一眼，“你几句花言巧语，她就白送你五百块钱。”

“秀苹那一片心，千金难买。”马蹦蹦面带愧色低下头，“我怕她看不起我，才天花乱坠糊弄她。”

艾和好叹了口气，说：“你有手艺，靠真本领挣饭吃，才能挺起了胸脯做人。”

马蹦蹦哭丧着脸，说：“我在北京臭了街，除了公安局肯管我的饭，谁家也不要我。”

艾和好想了想，说：“我们大队的副业也许用得着你，你愿不愿意当个合同工？”

“愿意，愿意！”马蹦蹦鸡啄米似的点头。

艾和好给他留下二十块钱，当天返回连环套，宋秀苹在京津公路的汽车站上恭候多时了。

“马蹦蹦不是个坏小子，可就是心里长草，满身的疯枝病杈儿。”暮色苍茫中，艾和好下车，开门见山，说出这三句评语。

晚霞给宋秀苹的脸儿搽上胭脂，羞羞答答地说：“和好，你帮助我改造他。”

艾和好懒洋洋地拉着长声，说：“但愿你们赶快过河拆桥。”

马蹦蹦在连环套考工合格，订下合同，讲定日值两元五角，有奖有罚，每月能拿七八十元。

宋秀苹悄悄跟他来往，每进一步，都跟艾和好商量。

“他说……没有一个女电影明星……比得上我。”夜晚从队部回家，穿过柳棵子地时，宋秀苹双手蒙着脸对艾和好说。

“甜言蜜语！”艾和好兜头一瓢凉水，“小心上当。”

又有一回，月黑天走在柳棵子地的羊肠小路上，宋秀苹不知是哭还是笑，颤着声儿说，“他跟我……动手动脚，他想要……搂搂抱抱。”

“你要放庄重一点儿！”艾和好声严色厉。

“他……亲了我一下，我……打了他一个嘴巴。”宋秀苹装得咬牙切齿，表示自己神圣不可侵犯。

正巧，电影制片厂来信，想要开拍一部三角恋爱凶杀片子，派给马蹦蹦一个角色，扮演一个强奸妇女的流氓，叫他去试镜头；马蹦蹦旧病复发，不辞而别。

艾和好是马蹦蹦的保人，马蹦蹦旷工，罚艾和好的工分。

“这个家伙，狗肉上不了正席！”艾和好当着宋秀苹的面，狠狠地骂了马蹦蹦一句。

宋秀苹却哭起来：“我不该打他那个嘴巴……”

谁想，没过两天，马蹦蹦回来了，见过宋秀苹，就找艾和好道歉。

“我洗手不干了！”马蹦蹦心情沉重，声音喑哑，“那个镜头太无耻，太丑恶了；我的脸皮虽厚，可不能叫秀苹陪着我丢人。”

“蹦蹦，你变啦！”艾和好高兴地大叫道。

但是，从此以后，宋秀苹和马蹦蹦的地下活动，不再向艾和好汇报了。

三天前，马蹦蹦的姐姐从强劳大队放出来，他向大队告假，回北京跟他姐姐见个面。

宋秀苹送马蹦蹦上长途汽车，从车站回来就像丢了魂儿，又来找艾和好，艾和好正浇小菜园。

“他……他临上汽车，把他这几个月积存的二百块钱交给了我……”宋秀苹隔着爬满豆角秧的篱笆，心神不定地说。

“为什么不带走？”艾和好沉思地问道。

“他怕带回北京，管不住自己的两只手，又花个精光。”

“这是他的进步。”

“他死乞白赖……一定要跟我结婚……”

“你同意了吗？”

“我心乱如麻，你行行好，替我做主吧！”

真是君子一言，驷马难追，大丈夫的唾沫落地是钉儿；马蹦蹦冒着瓢泼大雨，准时归来，还带回一封街道办事处开的结婚登记介绍信。

慌了神儿的宋秀苹，这才到大红锦家来找艾和好。

6

艾和好放下筷子跑出去，跟宋秀苹脸对脸儿站在绿柳下，头顶一把花伞。

唐菊心中生疑，沉不住气了，蹑手蹑脚跟出去，躲藏在一扇街门后面。

“和好，我可怎么办呀？”宋秀苹六神无主，七上八下，团团打转，“他起誓赌咒，我半信半疑；你的眼睛入木三分，替我分辨真假吧！”

“我扒几口饭，马上就到你家去。”

“这个冒失鬼，还给我出了个难题儿，你也得帮我解决。”

“有求必应。”

“他想把他的姐姐……介绍给秋元。”

一听杨秋元的名字，艾和好忙打退堂鼓，说：“我跟他话不投机半句多，你另请高明。”

“你一定得想出个锦囊妙计呀！”宋秀苹压低声音，嘁嘁喳喳，“秋元跟豌豆荚儿……”

唐菊听不真切了。

“是吗？”艾和好一声惊叫，“只怕是捕风捉影，胡说八道嚼舌头。”

“他们……几个月了。”宋秀苹又急，又羞，又怕，“我妈是他的亲姑，生怕秋元惹下塌天大祸。”

“这……这……”艾和好沉吟半晌，忽然一拍前额，“只有请红锦大婶上阵，她降得住秋元。”

“你多操心，巧妙安排吧！”宋秀苹的目光迷离而又惆怅，“和好，我这辈子的吉凶祸福，全听你一句话了。”

艾和好笑道：“我办事，你放心，不会把你推下火坑去。”

艾和好刚要转身进院，宋秀苹却又低低叫了一声：“和好！……”

艾和好回过头，问道：“你还有什么指示？”

“我想……别跟马蹦蹦把话说死……”宋秀苹的眼泪像断线珠子，“唐菊看不上你，万一又找不到别的铁饭碗女人，我还是……等一等。”说罢，在风雨中拽着花伞跑走了。

艾和好看宋秀苹的身影在风丝雨片中模糊了，正要进门，却只见唐菊满面怒容，迎门而站，张开胳臂，把艾和好拦在门外。

“秀苹真是多情呀！”唐菊冷笑，“眼看要跟马蹦蹦结婚了，还忘不了你。”

艾和好的脸上，流露出几分伤感神色，说：“我过去嫌她叽叽喳喳，不爱看书，蹦蹦跳跳，好出风头，冷淡了她；难得她不恼恨我，挂念我。”

“这是在咱俩之间打楔子！”唐菊更火起来，大发脾气。

艾和好苦笑了一下，说：“你是我的什么人，这句话怎么说得出口？”

“我是你的冤家！”唐菊就像下起鸡蛋大的冰雹雨，“窄路相逢的冤家，走碰头的冤家，菟丝子缠上豆棵子的冤家。”

艾和好偏要气一气她，讥笑地说：“你的铁饭碗还没到手，不够冤家的条件，我不想减价。”

“咱俩是一条线上拴两只蚂蚱！”唐菊蛮不讲理，“吃过饭，我跟你一同到宋家去。”

艾和好慌了，说：“人家大喜的日子，你别乱插杠子，给人家败兴。”

“我一心为公！”唐菊吵嚷着叫道，“文化站业余文工团招收演员，我要亲眼相看一下，那位电影明星马蹦蹦，够不够跑龙套的材料儿。”

屋里，大红锦听他们吵得像开水锅似的，喊道：“菊儿，你怎么不许和好进门呀？”

“先给他一个下马威，免得他进了门不懂得家规王法！”唐菊一串脆笑，闪开身子。

吃过饭，雨小了；艾和好和唐菊头顶牛毛细雨，双双来到宋家。

宋家是一座新起的宅院，前后两进，各有五间大瓦房。前一进院里挤满猪圈、羊栏、鸡埘、鸭棚、兔窝，五畜兴旺；后一进院里是菜园，瓜豆琳琅满目，不剩插针之地。只因全家男劳力少，还没有打起围墙，四框栽种密密层层的向日葵，也能严严实实包裹院落。一家之主的宋二嘀咕，年轻时赶脚为生，入社以后当饲养员，眼下承包三头母驴，两头骒马，繁殖大牲口；老伴嘀咕二婶，心眼窄，胆子小，却又碎嘴子。老两口子膝下无儿，只有五朵金花，日子过得富足，仍然长吁短叹；秀苹是他们的爱女，一心想招个倒插门女婿，嘀咕二婶看中艾和好，谁想石头缝儿里跳出一个马蹦蹦。

艾和好和唐菊走进前院，嘀咕二婶和她的五朵金花正在外间屋包饺子。宋秀苹一见艾和好，羞涩起来，只跟唐菊半真半假地亲热；嘀咕二婶悄悄一扯艾和好的袖子，带他到里屋说话。

“我翻过来掉过去看那姓马的小子不顺眼！只有你配跟秀苹做鸳鸯。”嘀咕二婶嘴贴着艾和好的耳朵，“你不能眼看着一块天鹅肉落到癞蛤蟆嘴里。”

艾和好忙说：“马蹦蹦改邪归正，浪子回头金不换。”

嘀咕二婶撩起衣襟儿，擦干眼角两滴泪，说：“秀苹只听你的金口玉言，你可得有远有近，别叫马蹦蹦占便宜。”

艾和好笑了笑，说：“我担保，秀苹吃不了亏。”

艾和好不愿在前院停留，又带着唐菊走进后院。

后院东屋，宋二嘀咕半躺半倚在被垛上，正听收音机里播送的电影录音剪辑；在这部电影里，有马蹦蹦的一个呐喊声："冲呀！"宋二嘀咕支起耳朵，半闭着眼睛，等着听马蹦蹦这一嗓子够不够味儿。

宋二嘀咕年近花甲了，瘦条子个儿，小头小脑，说话紧眨巴眼儿，一辈子三心二意，没有主见。他好酒贪杯，爱戴高帽儿；两盅酒下肚，一顶炭篓子扣头，就分不出东南西北了。

马蹦蹦投其所好，每趟到宋家来，必有两瓶名酒，一条过滤嘴香烟。

艾和好一进屋，只见马蹦蹦面目一新，大鬓角剪短了，小胡子剃光了，上身劳动布夹克，下身一条三合一的筒裤；虽然还有几分流里流气，却不像过去那么扎眼了。

"和好哥，请坐！"马蹦蹦递过一支香烟，顺便抛给唐菊一个微笑，"这位女同志是……"

艾和好想把唐菊推到前台，看一看她如何跟马蹦蹦这个京油子打交道，便故意虚张声势，说："公社文化站站长唐菊同志，前来看一看你。"

"唐站长，初次见面，请多关照！"马蹦蹦鞠躬行礼，投手抬足的一招一式，完全模仿日本影片《生死恋》中男主人公大宫的风度。

艾和好忍不住想笑，忙背过身去。唐菊大小是个官场中人，却能端起架子，冷着脸，不凉不热地说："欢迎你到连环套，开始新生活。"

马蹦蹦虽然油腔滑调，却是碟子里的水，一眼就见底。面对唐菊那居高临下的气势，点头哈腰地说："我看透了自个儿这两下子，吃不上电影演员那碗饭；我会一点手艺，在北京城里也算不得稀有动物。农村富起来，工钱高，住房宽敞，吃的也是大米白面，我这才下决心到连环套重新打鼓另开张。人往高处走嘛！”

“原来是见钱眼开呀！”艾和好喊道。

“最主要的还是……秀苹感动了我，改造了我。”马蹦蹦眼含热泪，“我要跟她有福同享，有难同当，海枯石烂不变心。”

“希望你心口如一。”唐菊脸色柔和下来，“你们结婚之后，更要热心参加农村的业余文艺活动。”

“今年冬天，我打算跟秀苹排演《三戏野玫瑰》！”马蹦蹦又眉飞色舞起来，“听说外地上演这个戏，比《一双绣花鞋》还叫座儿。”

“这本书……这个戏，农村不需要，农民不欢迎！”唐菊的口气，斩钉截铁，“公社文化站成立业余文工团，吸收你当演员，你要服从安排；艾和好同志是本公社的作家，他的小说刚刚发表在大型杂志上，我们请他编一出反映农村新人新事的好戏。”

“和好哥，求求你！”马蹦蹦满脸堆笑，“你这出戏一定得多让我上两场，千万别只给我一句台词。”

艾和好哈哈笑道：“你在电影制片厂受够了委屈，我一定让你扬眉吐气，你就把全身的本领都施展出来吧！”

马蹦蹦像一只剁尾巴的猴儿，手舞足蹈，欢呼跳跃。

艾和好和唐菊从宋家走出来，要从杨秋元的门口路过，只见一个裹在雨衣里的人轻轻敲门；吱呀一声，门开一缝，这个人一闪身儿溜了进去。

门闩呱嗒响，院里灯黑了。

“这个人……”唐菊惊吓得扯紧艾和好的胳臂，心跳像敲鼓，“我看是豌豆荚儿。”

“你什么也没看见！”艾和好低声喝道：“红锦婶子自有快刀斩乱麻。”

7

杨秋元是连环套年轻人里的针尖麦芒蒺藜狗子，软硬不吃，横竖不咽，却又是一大能人，最讲哥儿们义气。

秋元的爹，是个踢三脚不吭一声的窝囊汉子，不管吃多大亏，折断了胳臂吞进袖口里；秋元的娘，却是个打街骂巷滚车道沟子的女人，丢一个鸡蛋能站在房脊上骂三天。杨秋元自幼被他娘娇惯长大，方不方，正不正，圆不圆，扁不扁，含在嘴里都硌牙。上小学，头一天，他就像野鸟儿入笼，屁股坐不住，桌子下钻来钻去，满教室螃蟹横行蝎子爬；老师捉住他，他反咬老师手背一口。放学以后，老师把他扣下来训话，他娘却喊天叫地，夹枪带棒大闹学堂。好心不得好报，多一事不如少一事，老师从此不再管教杨秋元。杨秋元头上没有紧箍咒，每天逃学，不是把书包挂在树梢上，就是把书包埋在柳棵子地的白沙里，摸鱼，捞虾，打鸟，偷瓜……直到十三岁，还念四年级。这一年他爹死了，他就退了学，回家给队上放牛，菜园里看鸡。放牛到河滩，他站在牛背上吹柳笛，谁家惹了他，他就把牛赶进谁家的自留地里转个圈儿；看鸡在树荫下，他把一颗颗玉米粒儿穿在一条线上，扔在畦埂篱边，鸡吃进嘴，吞不下去，吐不出来，鸡主人只能动手抻这一串玉米粒儿，一抻一条子血，不死也得十天半月下不了蛋。又过了两年，队长命令他下地，他偏要学木匠，当瓦匠；队长不答应，他就不上工，队长罚他的工分，他就在队长家的哑巴畜生身上出气。鸡拔了毛，羊割了尾巴，猪瘸了腿，狗烫掉了牙，都是半夜三更下手；他不但爬上队长家的房顶堵烟囱，而且偷偷在队长家的后山墙上凿窟窿，下大雨满屋子流水。队长惹不起他，只得同意他拜师学艺；别看他念书是一盆糨糊，学起手艺却是心灵手巧。但是，他自幼缺家教，老师不敢管，学手艺也不肯守规矩；师父吆喝他一句，他连珠炮十句顶嘴，噎得师父打饱嗝儿，走马灯似的换师父，瓦木两作都没出师。队上买来一台电影放映机，他向队长毛遂自荐，两瓶好酒搭上一大堆刺儿话，队长便派他当放映员。他对这一行很感兴趣，学得用心，干得出色，他长到二十多岁才有个人样儿。

种瓜得瓜，种豆得豆，种下蒺藜狗子扎脚；杨秋元和他娘，娘儿俩就像铜盆遇上铁刷子。最后，还是老娘败在儿子的手下，逃奔北京，给嫁到城里的女儿哄孩子做饭去了。

这两三年，杨秋元不但挣大队补贴工分，在杂耍班子包产分红，还到农贸市场做生意，富得冒了尖儿。他盖起五间城市风格的大瓦房，屋内全堂的现代化家具，还买上了电视机和电风扇。他在北京交上不少酒肉朋友，也仿照那些家伙的影子打扮起来，大鬓角，小胡子，喇叭裤；有个美籍华人观光团，来到连环套兜个圈子，杨秋元大开眼界，更洋起来。

但是，不管他多么有钱，洋得多么鱼目混珠，却没有人给他介绍对象，他自己也找不上对象。别人都怕上媒婆子的当，媒婆子却怕上杨秋元的当，取不了利反倒赔了本，谁也不敢登他的门；连环套的姑娘比小伙子多，可是都怕杨秋元的花活鬼点子，宁当老处女，也不自找苦吃。

空屋子凉炕，杨秋元耐不得寂寞；豌豆荚儿正被丈夫冷落，两人同病相怜，便不清不白起来。

豌豆荚儿的丈夫叫双全，原来是个社调工，在县城面粉厂的仓库里扛麻包，身份上也就比土里刨食的泥腿子高三寸。豌豆荚儿是个只有三分姿色，却有七分轻浮，眼皮子薄而又耳朵根子软的姑娘。豌豆荚儿只看三寸远，不管人品好坏，爹娘贪图双全的彩礼多，媒人三言两语一个来回，豌豆荚儿和双全就结了婚。双全很会吹牛拍马，每月工资都花在送礼上，买到管人事的头儿的欢心，正巧面粉厂分到几个招工名额，就给双全转了正。双全端上铁饭碗，就看不起豌豆荚儿了；豌豆荚儿生下一个孩子，鱼尾纹刻在眼角上，蝴蝶斑长在鼻洼上，一朵花凋谢了，双全越看越不顺眼，几十里的路程却几个月不回家，听说在城里有第三者插足了。

豌豆荚儿冷清寂寞，喜欢看电影消愁解闷儿。

杨秋元租片子，自作主张，无人过问，专找有女人裸体的外国影片，打情骂俏的香港影片，三角四角恋爱的国产影片，每隔一天开一回荤。也不知是有心，还是无意，每回放映电影豌豆荚儿都坐在放映机旁，银幕每一出现女人接吻、脱衣、床上打滚儿的镜头，杨秋元就大叫："活像豌豆荚儿！"而每逢出现流氓恶棍大打出手的场面，豌豆荚儿也尖叫："看！那个家伙不是杨秋元吗？"打牙逗嘴儿，心生邪念。

一天晚上，放映一部国产片子。一个有夫之妇，憎恶僵化的丈夫，一个有妇之夫，跟她气味相投；两人常常一同逛公园，看球赛，遛马路，游山玩水，海边上女跑男追；然后，走进一座楼房，开门进屋，豌豆荚儿的心快要跳出了嗓子眼儿，谁想这一男一女并不动手动脚，而是在一张大桌子前面站的站，坐的坐，在一张图纸上指指点点，比比画画，画外，一位上气不接下气的女歌星，嗲声嗲气唱起来：

窗前的灯光，
壁上的身影，
多少个不眠之夜迎黎明，
啊，他们是为了四化，
不是为了爱情……

剧终，再见！要知后事如何，此片不得分解。

“呸！为了四化？骗谁！”豌豆荚儿啐道，“哼！不是为了爱情？天知道！”

“这些家伙只会装洋蒜！”杨秋元伸了个懒腰，“地道的外国片子，到这个节骨眼儿上，早就真刀真枪了。”

豌豆荚儿很不满足，问道：“秋元，你的电视还有没有节目？”

杨秋元抬起手腕，看了看表，说：“电视连续剧还没有完。”

“到你家看看！”豌豆荚儿急不可耐。

摘下银幕，收拾放映机，杨秋元把豌豆荚儿带回家。进了门，一按电视机的开关，荧光屏上出现一个差不多一丝不挂的女特务，正在我们那位打入敌营内部的地工人员怀里揉来搓去，豌豆荚儿哎哟惊叫一声……

今晚下雨，不能放映电影了，豌豆荚儿吃过晚饭，扯了个谎，把孩子交给婆婆，又单身一人到杨秋元家看电视来了。

抽丝雨，点点滴滴，大红锦一阵风来到杨秋元门口。推了推门，插着闩，听了听动静，无声无息，从门缝往里看，五间房一团漆黑。

“秋元！”大红锦喊道。

没人答应。

“秋元！”大红锦更放大了嗓门。

还是没有回声。

“杨秋元！”大红锦拍得街门山响。

“谁呀？”杨秋元好像刚从睡梦中醒来。

“连我的声音都听不出来吗？”大红锦火冒三丈，抬脚踢门。

“原来是红锦婶子大驾光临呀！”杨秋元油嘴滑舌，“我赤身露体的，您老人家进屋，多不方便呀！”

“我亲眼看见你从你娘肠子里爬出来，也没有挂一条布丝儿！”大红锦骂道，“你就是七老八十，在我眼里，也是个小兔崽子。”

“婶子息怒，侄儿马上滚出来接驾！”杨秋元一听大红锦恼了，吓得不敢怠慢。

杨秋元在连环套，只怕大红锦一个人。

原来，秋元娘虽是连环套的一个女夜叉，却在大红锦手下连吃几回败仗，再不敢动口，更不敢动手。秋元娘开口骂人，骂一句，大红锦打她一个嘴巴，直打得秋元娘的嘴像肿起个大肉瘤子，喝水都要一口一口嘬进去。秋元娘打架抓脸，大红锦攥住她的手腕子拧个背花，按倒在地，骑在她的肚皮上，狠拧她的大腿嫩肉，青一块紫一块，打官司也不好验伤。见过三五个回合，秋元娘甘拜下风了。杨秋元奶黄子未褪，他娘就千叮咛万嘱咐：“你可不许骂红锦婶子呀，她是一只母老虎，把你吃下去不吐核儿。”杨秋元从小被吓破了胆，一见大红锦就低眉顺眼，俯首帖耳。杨秋元顽皮成性，有一回逗哭了唐菊，大红锦并没有找上门来，秋元娘却把儿子押上门去，当着大红锦的面，捏着秋元的脖子给唐菊鞠躬赔礼，还连啐三口，说："记住，以后不许招惹菊儿妹妹！菊儿妹妹打你，把你打出茧子，你更长得结实。"小时候打下的底子，到老都不会改变；杨秋元不但惧怕大红锦，而且跟唐菊也不苟言笑。

这时，杨秋元从屋里跑出来，给大红锦开了门，嬉皮笑脸地说："婶子，下雨的天，您不闭门家中坐，脚踩着风火轮儿串门子，是要给侄儿介绍对象吗？"

"正是！"大红锦反手插上门，大步流星闯进屋。

杨秋元这五间瓦房的格局，也与众不同，有点特色。东头一间是厨房，西头一间是堆房，中间一明两暗；外屋迎面一台电视机，圆桌、沙发、酒柜、座椅、落地灯，像个家具店。

"婶子，您从哪一国给我进口一个大姑娘？"杨秋元涎着脸问道。

"秀苹的对象马蹦蹦，想把他的姐姐嫁给你。"大红锦开门见山，单刀直入，"他们请我当媒人，我先得了结你跟豌豆荚儿这一段露水姻缘。"

杨秋元的神色一阵惊慌，心虚胆怯，还要嘴硬，说："婶子，谁把屎盆子端给您，您又扣在我头上？"

"我冤枉了你们，情愿割舌头！"大红锦冷着脸子，寒气逼人。"双全在县城里走歪门邪道，豌豆荚儿一时脚步不正，也算一报还一报；可是，纸里包不住火，趁篱笆还没有透风，你们赶快收场。"

杨秋元见瞒不过大红锦，双手抱头，唉声叹气，说："我鬼迷了心窍！"

“你跟豌豆荚儿都贪看粉戏，乱了心，丢了魂儿，走了神儿！”大红锦怨声恨气地说。

屋里，传出豌豆荚儿的哭声：“婶子，救救我！”她头发蓬乱，满脸泪水，一出屋就扑到大红锦怀里。

“豆荚儿，不看僧面看佛面，看在孩子的情分上，你跟双全还是和好吧！”大红锦给豌豆荚儿擦泪，“明天起早，我陪你到县城找双全，一碗水端平，叫你们破镜重圆。”

“只要他……回心转意……”豌豆荚儿抽抽泣泣，“我也不想……水性杨花。”

“洗洗脸，梳梳头，回家去吧！”大红锦给豌豆荚儿打水拿梳子。

豌豆荚儿梳洗完毕，大红锦送她出门；看她走远，正要回屋，杨秋元走出来。

“婶子，您给我做主吧！”杨秋元羞愧地低着头，“我要不要马蹦蹦的姐姐？”

“我又没见过那个姑娘，不想出馊主意。”

“那个姑娘的照片我见过，说出来不怕您生气，比唐菊还漂亮。”

“听说这个姑娘手黑，你惹得起她吗？”

“我正想找个惹不起的媳妇，把我管得不离尺寸，不走板眼。”杨秋元长长吁了一口气，“不然，我横冲直撞，胡作非为，早晚死无葬身之地，落不下一具整尸首。”

“响鼓不用重锤，好小子！”大红锦畅快地笑起来。

不知不觉，清风斩断抽丝雨，三三两两跳出满天星，月亮却仍被一片浮云半遮面。

8

大红锦爱贪闲事儿，本是个挂名的媒人，却偏要大卖力气，伴送杨秋元到宋秀苹家，跟女方的胞弟马蹦蹦当面锣，对面鼓，板上钉钉儿，一锤子敲定。

宋家刚吃过包饺子，又在前院外间屋吃西瓜，老两口子，五朵金花和一只京油子画眉鸟儿团团围坐，笑声阵阵。马蹦蹦那一张蜜饯的嘴，开口一声爹，闭口一个娘，哄得宋二嘀咕和嘀咕二婶眉开眼笑，心花怒放；天上一拳，地下一脚，东一镩头，西一棒槌，就像表演单口相声，逗得四位小姨子笑断了肠，喷他满脸瓜子儿。忙里偷闲，马蹦蹦在欢声笑语中不忘讨好未婚妻，宋秀苹像喝下一杯又一杯的甜葡萄酒，如醉如痴。

宋家还没有打起围墙，大红锦和杨秋元走来，马蹦蹦眼尖，头一个跳出门槛，三步两步迎上去。

“大哥！”马蹦蹦满脸堆笑，直奔杨秋元面前，“从今天起，咱们亲上加亲了。”

“先谢过红锦大婶！”杨秋元端起姐夫架子，“入境随俗，你到连环套落脚扎根，得懂得见面分大小，尊老敬上。”

“是！”马蹦蹦赶忙风吹草低，深鞠一躬，“红锦大婶，侄儿一子落地在连环套，您老人家多多栽培；瞧见侄儿有个当不当，正不正，您打也打得，骂也骂得，千万别忘了严加管教。”

“好个嘴儿甜的侄女婿！”大红锦笑眯了眼，“不像我们秋元这小子，一落生他娘就拿尿布给他擦嘴，长大了野腔无调。”

“婶子，您老人家怎么偏心眼儿？”杨秋元扮个苦脸，“打哭一个，哄笑一个，胳臂肘儿往外拐。”

马蹦蹦忙打圆场，说：“红锦大婶，侄儿明天陪同秋元大哥到北京，跟我姐姐见面，向您老人家告假。”

“侄女婿，你可要顺水推船，锦上添花呀！”大红锦又吩咐杨秋元，“我准你三天假，不把侄媳妇给我带回来，算你旷工。”

宋二嘀咕、嘀咕二婶和宋秀苹也走出来，拉扯她进屋吃西瓜；大红锦心里牵挂豌豆荚儿，脚下着急，给他们道了喜，转身就走。

杨秋元追上去，送出两步，忽然哭了，说：“婶子，多谢您老人家为我操心，从今以后，我再也不当下流坯子了。”

“把你娘接回来吧！”大红锦气哼哼，“背着个不孝的骂名，你还有脸生儿育女？”

杨秋元点点头，抹着眼睛，脚步沉重地走回宋家去。

大红锦路过艾和好家门口，只见院里一盏灯光，听见艾和好在葡萄架下念书；她收住脚，扒着墙头仔细看，看见老爹田万顺坐在艾和好对面，面前小饭桌上一堆白玉兰香瓜，正闭着眼睛听得入神，像老和尚打坐。

“打住！”田万顺一拍桌子，睁开眼睛，“就在这个节骨眼上拴个扣子。”

艾和好连忙拿起笔，在书上打个记号。

“爹，你们爷儿俩给谁拴扣儿呀？”大红锦忍不住大声问道。

艾和好站起身，笑道：“大婶，老人家要把我的小说改成评书，不拴一串连珠扣儿，抓不住听众。”

大红锦看了看头上三星，劝道：“爹，天不早了，拴上这个扣子回家睡觉吧！”

“今夜晚我就住在和好家里。”田万顺呵呵笑道，“我们在菊儿驾前立下军令状，承包说书场；和好动手，我动口，一个写，一个说。”

“那就早一点开张，我急着给你们爷儿俩捧场哩！”大红锦说着，脚下生风下了坡。

月色朦胧，坡下柳棵子阴影中，一片雨水洼子，有个黑糊糊的一团在哼哧哼哧蠕动；大红锦只当是谁家的肥猪蹿出猪圈，在雨水洼子里玩耍，便折断一条柳枝子抽打，赶回主人家。

“唉哟！”一声鬼叫。

大红锦斗大胆子，也吓得倒退两步，喊道：“你是谁？”

那人摇摇晃晃爬起来，却又头重脚轻，东倒西歪，脚下拌蒜，咕咚一声嘴啃地。

大红锦扯住他一条腿，想把他从雨水洼子里拖出来。

“唉呀呀！”这个家伙抽疯似的蹬腿，尖叫刺耳。

大红锦听这叫声十分耳熟，却又想不起是哪个酒鬼二流子，醉得半死，泥塘里打滚出丑。她跑回艾家，喊来艾和好，拉的拉，扯的扯，把这个家伙拽到柳棵子沙地上。这个家伙四脚八叉一躺，满身污泥浊水，幽暗的月光下像一具死尸，泥头巴脑看不出真面目。艾和好又回家提来一筲水，拿来一支手电筒，一筲水兜头浇下去，这个家伙大叫一声惊醒，手电筒的白光照在他的脸上，原来是双全。

“双全，你……遇见了鬼打墙？”大红锦瞪圆眼睛问道。

“他们……反对……不正之风，摘了我的……鸟食罐儿……”双全哇哇大哭，一副丑态。

艾和好和大红锦你一句我一句盘问，才描出个眉目。原来，面粉厂那个管人事的头儿犯了案，开除党籍，留职察看；双全的转正无效，被面粉厂除名，注销户口，发给半个月的工资，卷铺盖回家。三天来，双全失魂落魄，行尸走肉一般游荡，把半个月的工资全换了猫儿溺灌进肚子，一醉解千愁。直到喝得身无分文，才不得不硬着头皮回连环套，刚进村口，酒劲发作，一头栽倒在雨水洼子里。

“我未卜先知，你走邪门歪道，早晚头撞南墙！”大红锦喝道，“站起来！我送你回家。”

“我不敢……见豆荚儿的面……”双全一边哭，一边头碰地，“丢了铁饭碗，豆荚儿会看不起我，明天一早就得跟我打离婚。”

“一肚子贼心烂肺！”大红锦骂道，“一夜夫妻百日恩，豆荚儿不是铁石心肠无情的人。”

艾和好把双全搀架起来，说：“你先到我家洗出个光头净脸，换上我的一身衣裳，别一见面就惹得豆荚儿嫂子恶心。”

双全梳洗打扮，大红锦又给他做一碗酸辣汤醒酒，然后护送他回家夫妻团圆。双全低头认罪，豌豆荚儿心中有愧，大红锦又良言开窍，婉言相劝，这一对欢喜冤家破涕为笑。

大红锦回到自己家里，已经半夜了。

轻敲月下门，唐菊裹着一条花夹被，穿着拖鞋跑出屋，搬门杠，拔门闩，把四处奔走的老娘迎进门来。

“菊儿，我吵醒了你吧？”大红锦心疼而又不安，“小小连环套，闲事真不少，你娘不能眼不见为净，只管自扫门前雪，不管他人瓦上霜呀！”

“我没有睡觉，一点也不困。”唐菊是一位孝女，忙搀扶疲劳的老娘进西屋。

大红锦看见酒柜上放着一叠纸，密密麻麻写满字，悄声问道：“菊儿呀，你也像艾和好，写出了锦绣文章？”

“我写的是文化站的请示报告。”唐菊眼角眉梢笑吟吟，“这两年全公社都富起来，大米白面是家常便饭，可是缺少精神食粮，文化站要使全公社的文化生活也富起来。”

烧火做饭，东屋的炕面子热得烫身子，娘儿俩睡在西屋的双人床上。

关了灯，落下蚊帐，满屋子月光，窗帘上摇曳着花影，娘儿俩在枕边说悄悄话。

“看来，我还得盖房呀！”大红锦忽然叹了口气。

“这三间房，一座院子，难道还装不下咱们娘儿俩？”唐菊没有听懂老娘的弦外之音，“眼下为抢占地盘，盖房子成风，咱家可别看着眼馋，手上发痒，乱上加乱。”

“由不得我呀！”大红锦又长叹一声。

“难道有人逼您盖房子？”唐菊摸不着头脑，“泥饭碗娶媳妇，能住干部楼吗？”大红锦问道。

唐菊恍然大悟，掩住嘴哧哧笑，说：“泥饭碗娶媳妇就得自己盖房，丈母娘已经白送一个女儿，还要搭上一座宅院当嫁妆，天下父母谁还敢生闺女呀？”

“留着他那盖房的钱，买书长学问吧！”大红锦轻声柔语，充满深情，“门婿半个儿，我要整个儿的。”

“一本万利，人财两得，太便宜了他！”唐菊故意发狠地说。

“谁叫我的女儿相中了他呢？”大红锦心甘情愿地说，“趁老娘这一身四梁八柱还没有塌架，给儿女们的锅灶多填一把柴吧！”

唐菊鼻子一酸，哽咽着说：“儿女们还没有尽一份孝心，怎么能忍心又叫老娘当马牛？”

“我信得过女儿相中的那个好孩子，不是无情无义的负心人。”大红锦翻了个身，含笑睡去。

娘儿俩打哑谜，没有捅破这层窗户纸。

大红锦到底上了年纪，马不停蹄一整天，腰酸腿疼骨节咯吱吱响，睡梦中忍不住呻吟连声。孝女唐菊，连忙一手握拳给老娘轻轻捶背，一手摇着芭蕉扇给老娘扇凉。

冲出云围的月亮，又圆又大，清光如镜，明日笃定是个大晴天，阳光普照大雨过后的运河滩上，远瞧近看一片花天锦地。

一九八二年二月至三月

原载一九八二年第三期《芙蓉》

烟村四五家

1

这座大杂院，原是三十几年前一家地主的车马客店，坐落在花树葱茏的烟村村外，北运河的杨柳岸上；地处北上北京，南下天津，东入河北省境的三岔路口。二亩大的院落，一溜十二间坐北朝南的泥棚寒舍，土改时候化整为零，平分窦、苗、田、蔡四姓人家。

四围没有垒起泥墙，也不夹柳条篱笆，一道道泥鳅背的沙丘，爬满开放小黄花的蒺藜狗子，侵占大杂院的四界。一片片茂密的柳棵子遮掩房前屋后，冷不防蹿出三两只野猫，斗大胆子的人也吓一跳，浑身起冷痱子。院子里还有一棵棵瘦骨嶙峋的皴皮酸枣树，树杈子上鸟儿不搭窝，只有一群群麻雀过来过去歇脚，吵得人耳根子起火；七月十五枣红圈儿，喜鹊登枝吃头口。屋顶上戴高帽儿，长满密密层层的青草绿蒿；秋风起，秋风凉，一场白露一场霜，碧纱翅膀的呱哒扁儿大蚂蚱甩子在草梗上，夜晚秋虫唧唧，流萤四起。

昔日车马店，今日大杂院，像一幅揉得皱皱巴巴，又被虫吃鼠咬的风景画。寒来暑往，冬去春回，行云流水三十几年，迁出的人多，入户的人少，大杂院里的四姓人丁，缺苗断垄，稀稀落落。

窦家的户口本上，只有一位四十六岁的寡妇，姑娘时代的闺名叫青妞，眼下村里的晚辈人都管她叫豆青婶。

豆青婶的儿子外号豆芽儿，顶班到北京一家仓库当采购员，已经娶妻生子；这小子摇身一变而为城里人，便忘了埋着他的衣胞子的生身之地，只给烟村一个后脑勺儿，再没有回家一趟，怕失身份。豆青婶起五更爬半夜，头顶着火盆子卖晌，刮风下雪也加班，一年能拿三千分，两只手挣出自己的粗茶淡饭，不肯手背朝下，张嘴跟儿子要一分钱。老娘心疼儿子，儿子却一点也不可怜老娘；豆芽儿一声令下，令下如山倒，传唤豆青婶进城当差，给他哄孩子做饭。儿子横眉立目，冷酷无情；儿媳呼奴唤婢，主子脸色。豆青婶忍无可忍，才回烟村大杂院住几天。等到吐尽了满肚子的黄汤苦水，吸饱了运河滩的花香水汽，豆青婶那一颗拳拳眷眷慈母心，又像十五个柳罐斗打水，七上八下，挂念那一对忤逆不孝的娇儿嫩妇，仍旧夹着小包袱回北京，低眉顺眼，忍气吞声，当老妈子。

苗家跟窦家是一墙之隔，也是人烟稀少；二十五岁的苗小莠子孤身一人，空屋子冷炕，关上门自立为王。

小莠子的爹，二十年前在县里当上个芝麻绿豆大的官儿，便看不起家里那柴火妞子出身的媳妇，花言巧语，插圈拴套，磕头捣蒜，声泪俱下，哄骗小莠子的娘同意离婚；另娶的新人，是他那个顶头上司的小姨子，向上爬的云梯。小莠子的娘本打算带着儿子改嫁，当时正是吃不饱肚子那三年，没有人敢要两张嘴，只得一狠心，把小莠子扔给爷爷奶奶，自己走了。苗小莠子在爷爷奶奶身边长大，爷爷奶奶把他顶在头上，搂在怀里，捧在手心，娇惯得这个小祖宗儿又馋又懒。一棵小树坐根不正，长大了横七竖八出杈子；爷爷奶奶一死，苗小莠子更像儿马蛋子不戴笼头，东踢一蹄子，西尥一蹶子，深一脚浅一脚走瞎道，睁着眼睛撞南墙，吃一堑却不长一智。

田家跟苗家连山，算是大杂院的大户，六十六岁的田老调和十一岁的耍儿，一老一小，祖孙二人。田老调的儿子叫红运，当过造反团的敢死队队长，武斗中杀过人，一九七九年被判处“死缓”。耍儿的娘玉藕，跟红运离了婚，转迁户口，回娘家自立门户；媒人挤倒了门框，踢破了门槛子，她却没有改嫁之意。

蔡家早就进了城，一九六二年蔡家的小儿子椿井十九岁，正念中等专科学校，已经入了党；中专下马，听候分配工作，他却一心要走那燕子的道路，自愿下放烟村当农民。城里的女朋友跟他一刀两断，坑得他直眉瞪眼整半年；一条文弱书生的身子，土里刨食不够嚼谷。饥一顿，饱一顿，下头场雪还穿不上棉袄，过了立夏还换不上单衣，骨瘦如柴，活像稻田里吓唬麻雀的谷草人。当年那股子热气早已冷若冰霜，一九七九年以来跑上跑下，东奔西走，只想大小找一只铁饭碗，后半辈子不再脸朝黄土背朝天。他那座下马的母校又开办起来，便急忙找上门去；废墟上矗立一座六层楼，人事科高高在上，科长正是他当年那位女朋友。那位女朋友徐娘半老，风韵犹存，细皮嫩肉，又白又胖，人到中年却是妙龄女子打扮。女科长一见当年的老朋友满身土气，十分寒酸，一副苦相儿，大发恻隐之心；不但满面春风欢迎他，而且马上批条子，留他做临时工，先到食堂打杂儿；等有了招工名额，头一个给他转正。

蔡椿井的心里，像搅拌了酸、甜、苦、辣，凄然一笑，转身离去。

回到烟村，正划地包产；强手找能人，好马配银鞍。只剩下他们大杂院的这几户，老的老，小的小，不是等外劳力，就是歪瓜裂枣儿；大庙不收，小庙不留，只有包干到户了。

每人一亩八分责任田，三分自留地；队上只拨给他们四姓一头牛，一头驴，一张双轮双铧犁，一辆小小的胶皮轱辘车。

2

蔡椿井心烦意乱，像一捆卖不出去的秫秸，扔在了他那靠山墙的窄炕上；圆睁着眼睛，直勾勾盯住顶棚数檩条儿，胸中胀满了闷气，也不想烧火做饭。

下乡十八年，眼看就人过四十天过午，已经等闲白了少年头，只落得孤家寡人，赤手握空拳；二亩一分的一块用武之地，真好比老牛拉着磨盘转，哪年哪月从哪里才能找到一条出路？思前想后，忍不住两大颗辛酸泪从眼角淌下来。

吱扭一声，有人推门走进来。

男儿有泪不轻弹，蔡椿井慌忙挥泪而起，跳下炕，问道："谁？"

"椿井，是我！"夹着蓝花小包袱的豆青婶，像飘进一片落叶，"你侄儿来信，十万火急，叫我赶紧回去。"

半个月前，豆青婶从北京回来，进门就关门闭户，房柁上拴了个绳套，脚蹬春凳要上吊；蔡椿井破门而入，才起死回生。原来，豆青婶的儿媳拿她当牛马使唤，却又当贼防，生怕她在柴米油盐上沾手三分肥，每天下班回来都唱三堂会审，算盘珠子炒豆似的响，一分一文找下落。这天从账目中找不出破绽，又搬过苹果筐点数儿，却发现少了两个最大个儿的苹果，便大骂婆婆是偷嘴的馋猫儿。豆青婶身背黑锅，有口难分；豆芽儿下班回来了，不打自招，苹果是他偷吃的，这一桩冤案真相大白。豆青婶正想叫儿媳给她“平反”，儿媳那两片嘴皮子翻过来又掉过去，臭骂豆芽儿是豆青婶当年黑夜睡觉不关门，贼留下的儿子。打掉了牙豆青婶能咽下肚去，折断了胳臂也能吞进袖口，唯有作贼养汉这两大罪名，难以忍受，便跟儿媳争吵起来。儿媳是一块滚刀肉，又哭又闹，抓破了脸皮，一张嘴能倒出一桶泔水，全泼到豆青婶身上。豆青婶气得昏厥过去，豆芽儿只顾给老婆下跪顶灯，却不管亲娘的死活。一口气窝在了五脏六腑，豆青婶回家路上越想越心窄，这才进门就寻短见。

“嫂子，你是窝囊废，软骨病！”蔡椿井正心中气恼，一听豆青婶又要回城自找苦吃，便发起火来。

“你侄儿在信上，低声下气了。”豆青婶怯生生地笑道，“儿子是娘身上掉下来的肉，当娘的怎能铁石心肠？”

“他那个孩子三岁了，早该送幼儿园。”

“幼儿园的阿姨像放羊的，一个人带二三十个孩子，我们那个娇哥儿不受这份委屈。”

“那你就扛枷去吧！”

“可是……这一亩八分……”

“你找队委会，免了你这份责任田。”

“我去过，不答应。”

“那就别把一条身子劈两半，在这一亩八分地上绣出花来。”

“兄弟，求求你……”豆青婶可怜巴巴，吞吞吐吐，“你这个人一巧破千斤，把我的责任田和自留地顺手种上，难不住你。”

“我不会拳打脚踢，忙不过来！”蔡椿井硬邦邦地把她顶回去。

豆青婶被噎得嗓子眼咕噜打了个嗝儿，半晌才叹了口气，说：“我只好跟你侄儿要粮票，拿粮票买粮食，交上任务。”说罢，含着眼泪向外走。

蔡椿井跳上前去，拦住门口，说：“豆芽儿两口子每月的口粮定量能有多少斤？一年不吃不喝，也凑不够这个数目。”

“你还是自扫门前雪，少管我家瓦上霜吧！”豆青婶拉长了脸儿，跟蔡椿井怄气，“我沿街串户乞讨，四面八方化缘，也不欠队上一斤半两。”

蔡椿井反倒哈哈大笑，说：“嫂子，你这几句话真是梆子二簧，叮当响亮！你甘心给豆芽儿当牛马，我也情愿替你扛长工。”

“心慈面软的好兄弟呀！”豆青婶的眼泪像房檐滴水，哽哽咽咽，“嫂子……只会欺负你这个……菩萨心肠儿的人，秋凉我回来……给你做棉衣。”

蔡椿井送豆青婶到长途汽车站，返回大杂院，只见瘸腿田老调一手提着两瓶二锅头烧酒，一手抱着一只花花绿绿的什锦糕点盒子，正在他的门口金鸡独立，眯细着昏花老眼，东张西望。

“椿井大侄子！”田老调一见蔡椿井的影子，脚下一高一低迎上前去，好像踩着鼓点儿手舞足蹈，“大伯正发愁过不了火焰山，就等你替我借来芭蕉扇。”

蔡椿井厌恶这个一辈子游手好闲的老二流子，冷冷地说：“您老人家神通广大，比孙悟空还多一变，火焰山能拦得住您的旱地拔葱筋斗云吗？”

“我好比笼中鸟，有翅难展；又好比浅水龙，被困沙滩。”田老调哭丧着脸，却又油嘴滑舌，“队上拨给我们爷儿俩四亩二分地，定产一千六百九十六斤，这不是软刀子割头不叫人死，也不叫人活吗？”

蔡椿井拿出钥匙开门，说：“您想打折扣，找队委会去。”

田老调追进屋来，摊着两手，二锅头烧酒和什锦糕点匣子在手上荡来荡去，说：“我一个响头磕出一个斗大的坑，他们的心都是七棱八角石头块子，没一个惜老怜幼。”

“队委会的决定，不是儿戏。”

“大侄子，你是头戴红顶子的党员，不能眼看着我这个孤老头子磨扇压手，见死不救呀！”田老调眨巴眼睛挤眼泪，“挂党牌的人，都得把困难留给自己，方便让给别人；你就积德行善，修个五男二女，把我们那四亩二分地也包下来，超额得奖全归你。”

“我没有长着三头六臂！”蔡椿井板起面孔，“你们爷儿俩只要不偷懒，农忙时节我抽出身子搭一把手。”

“耍儿给你跑龙套。”田老调低三下四，把酒瓶和糕点匣子放在八仙桌上，“我搞点副业赚了钱，亏了产也不怕，自由市场买高价粮，给你圆上脸面。”

蔡椿井翻了他一眼，问道：“您是不是想走歪门邪道？”

“歪门邪道咱不走，生财之道路路通！”田老调摇头晃脑。

蔡椿井看破他心怀鬼胎，脸色一沉，拾起酒瓶子和糕点匣子搡到他怀里，说：“我奉劝您留一双干净手脚，不义之财分文不能取；还是土里刨食，汗珠子摔八瓣儿换饭吃。”

“你这个歪嘴儿和尚，少跟我念那一本正经！”田老调蹦出门槛，扯着脖子叫嚷，“为什么豆青婶有求必应？你吃足了她那红点白馒头的供品！”

蔡椿井气得七窍生烟，强压下心头一把火；田老调是一贴狗皮膏药，粘在身上，难揭下来。

七九河开，八九雁来，惊蛰一犁土；蔡椿井牵着他喂养的那一头牛和一头驴，套上犁杖，下地播种。

播完他和豆青婶那四亩二分地，却只见十一岁的要儿一手端着一只葫芦瓢，一手拿着一根柳木棍子，在田家那四亩二分地上；柳木棍子扎一个窟窿，撒下几粒籽儿，小脚丫儿踩一踩，这叫种不种由人，收不收由天。蔡椿井一声长叹，无可奈何，提着犁杖赶牛过去，重新精耕细作。

苗小莠子自从正月初六出门，跟一伙酒肉朋友做二道贩子生意，便肉包子打狗一去不回头，断了线的风筝下落不明；春宵一刻值千金，节气不等人，蔡椿井又把苗小莠子那二亩一分地揽下来。

一副瘦削的肩膀，挑起了四姓人家的重担；左邻右舍老街坊，蔡椿井两肋插刀了。

3

四姓人家只剩下三口人，田老调说媒拉纤东南西北，一条半腿马不停蹄，十天半个月回家站一站，就像河漂子一露头儿，打个照面转眼不见；空落落的大杂院，鸟窝蜂巢似的十二间房，夜深人静，月明星稀，只有蔡椿井和耍儿那一长一短的鼾声。

蔡椿井不光要做自己的饭，还得给耍儿做饭。这个孩子也是一棵坐根不正的小树，嘴馋手又懒，吃饱了把筷子一扔，抹抹嘴撒腿就跑，蔡椿井还得给他涮碗洗锅。有时候，田老调也给耍儿留下几块钱，他便一去二三里，跑到京津公路上的小饭铺，抱回一大摞牛肉大葱馅饼孝敬蔡椿井，还算有良心。

那一头牛，一头驴，每天得有几大筐嫩草填进这两张嘴。蔡椿井打发耍儿到河滩割草，耍儿不是下河浮水，捕鱼捞虾，就是上树登高，掏鸟摸蛋；玩得高兴，把大筐丢在河滩上，唱唱咧咧而归，一棵草也没有带回来，饿得牛吼驴叫，就像下汤锅之前的哀鸣。蔡椿井只得亲自动手，一早一晚，披星戴月，到河边沟畔，钻青纱帐，割来嫩草一筐又一筐；露水打湿他的衣裳，长脚大花蚊子叮得他满身红肿。

但是，蔡椿井的日子却过得十分快活，手脚一刻闲不住，在院子里平整一块地，又无师自通种西瓜。

一入伏，头茬瓜就熟起来；院子里种瓜不搭窝棚，他仍旧住在屋里，一夜醒三遍，提防小偷小摸。

月黑夜，他刚打个盹儿，忽然惊醒，便握住一支手电筒，走出屋去；凉风吹走了他的瞌睡，顺着瓜田绕圈子。

一阵沙沙响，是风掀瓜叶，还是狼叭狗子钻进瓜垄？他打亮手电筒的白光，寻找过去，只见一条瓜垄里的密叶起伏蠕动，两只脚丫子翘了出来；蔡椿井探出胳臂一抓，扯出了那个偷瓜贼。

他大吃一惊，跳了起来，想不到偷瓜贼竟是耍儿。耍儿上身穿一件小褂儿，下身光着屁股，脱下的裤子柳条扎着裤腿，装下三个西瓜蛋子。

“要儿！”蔡椿井厉声喝道，“你想吃瓜，为什么不跟我开口，偏要自个儿偷偷摸摸？”

“我……我……”要儿耷拉着脑袋，“有几个小哥儿们想吃瓜，我怕您舍不得，就……手心发痒……”

蔡椿井把要儿带进屋去，灯光下解开了扎住裤腿的柳条儿，滚出三个瓜；敲了敲，砰砰响，都是生的。

“要儿，没出满月的孩子你给一巴掌，真下得去手呀！”蔡椿井一阵阵心疼，“这三个瓜还得过几天才熟，你怎么不听一听就摘？”

要儿的两只手捂住腿裆里的小鸟儿，噘着嘴，说：“黑灯瞎火，我又心慌，碰上哪个摘哪个，还顾得上生不生，熟不熟？”

“你那些小哥儿们，都是谁家的孩子？”蔡椿井追问道。

“脑袋掉了碗大的疤！”要儿忽然愣起眼睛，喊出这句江湖诀，“把我千刀万剐，我也不当叛徒。”

“我找学校去！”蔡椿井把裤子扔给要儿，“老师把他们一个个都查出来。”

“您磨破了鞋底儿，没有人花钱给您打掌！”要儿笑嘻嘻地穿裤子，“他们都不念书了。”

“毕业啦？”

“退学了。”

“为什么退学？”

“他们那几个队一工两块多钱，退了学回家，队上评个四五分，每天就能拿块儿八毛的，不比念书油水大。”

“小小年纪，怎么就见钱眼开，只看三寸远呀！”蔡椿井替这几个孩子的前途着了急，已经不再心疼他的西瓜。

“这就叫人人向钱看嘛！”耍儿一副油腔滑调，从上衣口兜里摸出一盒香烟，还是过滤嘴的。

“耍儿，你学会了抽烟！”蔡椿井大惊失色，“从哪儿买来的？”

“哥儿们送的！”耍儿又摸出一盒火柴，点燃一支深深吸了一口，“我们今晚上拜了把子，还喝了酒。”

蔡椿井这才发觉，耍儿脸色红扑，滴溜溜的小眼睛闪闪放光。

“耍儿，你连酒都会喝了呀？”蔡椿井紧锁了眉头。

“早就能嘬二两！”耍儿摆出一副老资格的神气，“五岁那年，我爷爷喝酒，拿筷子头蘸一滴猫儿溺，抹在我的舌尖上，辣得我哇哇哭，他拍手取乐儿，笑得满嘴喷饭渣子……”

“你这个爷爷呀！”蔡椿井直跺脚。

“我这个爷爷是瓷公鸡铁仙鹤，玻璃耗子琉璃猫！”耍儿愤愤地说，“一来二去我上了瘾，他又不给我喝了，馋得我咂巴嘴咽唾沫；只等他叫我打酒，我偷喝几口，再给他灌满了凉水。”

“住嘴！”蔡椿井满头冒火星子，一个耳光扇过去，打得耍儿连转了三圈儿，跌坐在地上。

“姓蔡的，我跟你鱼死网破！”耍儿放起刁来，抱起一个生西瓜，向蔡椿井劈头砸去。

蔡椿井一个闪身，西瓜撞到墙上，瓜皮粉碎，瓜汤子溅满了四壁。

“耍儿，打是疼，骂是爱，我是恨铁不成钢呀！”蔡椿井抓住耍儿手腕子。

要儿却跳起来狠咬他一口，蔡椿井“哎哟”一声松了手。

“姓蔡的，你等着！”要儿跳出门去，“我把我的小哥儿们找来，给你的西瓜拉了秧！”蝙蝠打筋斗，一溜烟不见了。

蔡椿井也真怕他带来那一伙小嘎子，七手八脚毁坏了瓜田，急忙回屋从墙上摘下赶牛的竹竿皮鞭子，隐藏到柳棵子地里，准备抵抗他们的进攻。

4

月儿西斜，垂挂在运河西岸的歪脖河柳上，一阵阵鸡啼，叫散了满天星。

凉风柔似流水，甜蜜的瓜园香气缠绕在柳棵子地上，白沙如雪。蔡椿井仰面朝天，听河汊子的水草丛中咯咯蛙鸣，豆棵下蝈蝈的清脆叫声，又不见要儿和他的小哥儿们到来，便不知不觉，蒙蒙眬眬，半睡半醒。柳枝摇落的露珠儿打在他的脸上，他从迷怔中惊跳起来，正想进屋睡觉，忽听蓬蒿小路上，传来要儿那呜呜咽咽的啼哭声。

“要儿，怎么啦？”蔡椿井走出柳棵子地问道。

手电光照在要儿身上，赤条条一丝不挂，像剥了皮。

“大叔，您……您……”要儿手背抹着眼睛，“借给我……五块钱。”

“买烟还是打酒？”蔡椿井又窝火了。

“还债……”要儿抽抽泣泣，“我输了……五块钱，他们……扒下了我的裤褂。”

“你跟谁赌钱呀？”蔡椿井打了个寒噤。

“和我那几个拜把子的哥儿们。”

“在哪儿？”

“拿着手电筒，在三岔路口的大榆树下，玩扑克。”

“跟我进屋拿钱去吧！”

蔡椿井牵着耍儿的手，走进他的屋里，翻箱倒柜，找出五块钱来，交给耍儿。

“您多借我两块。”耍儿接过这五块钱，又嬉皮笑脸伸出一只手，“我咽不下这口气，得捞回本来。”

“把这五块钱还给我！”蔡椿井大发脾气。

耍儿像一只跳蚤，从屋里蹦出门外，吐了吐舌头，嬉笑道：“等我爷爷回来，我跟他学两手高招儿，不光捞回本，还得赢一堆，给您买两瓶红粮大曲，十盒过滤嘴儿！”他连翻了三个筋斗，一闪没影儿了。

东南天边一抹蛋青色，天快亮了，蔡椿井收拾大筐，磨起镰刀，打算到河边割草去；穿戴齐整的耍儿唱着歌回来了，就像刚放学。

“耍儿，你的那些小哥儿们呢？”蔡椿井笑问道，“他们怎么没来帮你跟我打群架呀？”

“打架？……”耍儿扑闪着他那长长的睫毛，乱转鼓溜溜的小眼睛。

“我刚才打了你一个耳刮子，你不是要找他们来给我的西瓜拉秧吗？”蔡椿井提醒他。

“哟，我忘了！”耍儿响亮地拍了一下自己的脑瓜儿，“我跟他们见了面，看见他们正赌得像吵蛤蟆坑，我就掺和进去，把您打我那一耳刮子忘了。”

“要儿呀！”蔡椿井急不是，恼不是，哭笑不得，“你小小的人儿，断尾巴蜻蜓似的打着转乱撞头，到哪儿算一站？”

“您走到哪儿，我跟到哪儿。”要儿打了个哈欠，没把蔡椿井的话听进耳朵，用心想一想。

“要儿，上学去吧！”蔡椿井轻声柔语地劝道。

“我爷爷不花这个钱。”

“你想你娘吗？”

“想……”

“趁你爷爷不在家，到你娘身边去吧！”

“我不去！她那个村子太穷。”

“你怎么知道？”

“我爷爷说的！”要儿鹦鹉学舌，“我娘那个村子，锅里缺米，灶里少柴；喜鹊搭窝，想叼个草刺儿都找不着，野地里拉屎，提着裤子转三里地，找不着一根揩屁股棍儿。”

“你爷爷只会满嘴胡说八道，真该剁下他那一条舌头！”蔡椿井哼道，“过去，人家那里比咱们烟村穷；这两年，他们富得快，大米白面，家常便饭了。”

“那我也不去！”要儿摇着头，“我爷爷给我攒钱，等我长大了就给我娶媳妇，我娘自个儿还忙着找对象，不替我操这个心。”

“要儿，你满脑袋的蒺藜狗子！”蔡椿井大喊道，“拳头大的小玩意儿就想终身大事，你可真是起五更赶早集。”

“临上轿扎耳朵眼儿，那就晚了三春，我爷爷说的！”要儿上嘴唇碰下嘴唇，就像敲梆子，“您沉得住气，一大把岁数了，还光棍好苦，光棍好苦！”他噘着嘴学布谷鸟叫。

蔡椿井被这个拳头大的小玩意儿堵了嘴，苦笑了一下，说：“娶媳妇也像种小麦，你是白露早，我是寒露迟，还是秋分不早不晚正当时。”

“怎么才算不早不晚呢？”耍儿大感兴趣。

“等到你的年龄正是我的一半，就够了火候儿。”

“那要过多少年？”

“你算一算嘛！”

“您今年是不是三十七岁？”

“对。”

“三十七岁的一半是十八岁半，我今年十一岁，还要过七年半，才正当时。”

“不对！过了七年半，我就是四十四岁半了，你十八岁半，不够我一半。”

“……四十四岁半的一半是二十二岁零三个月，我还要等十一年零三个月呀！”

“也不对！过十一年零三个月，我又是四十八岁零三个月了，你那个二十二岁零三个月还是不够我的一半。”

“水涨船高，那要等到哪年哪月呢？”

“算呀！”

“我不算了，也不等了！”耍儿泄了气，不耐烦起来。

“看，你不上学，连这么一道简单的算术题都算不出来，哪个姑娘看得起你？”蔡椿井嘲笑道。

“人家姑娘看的是五间大瓦房，四十八条腿，几百块奶水钱，不管会不会算出算术题。”

“十五年以后的姑娘，看重的可就是文化高不高，不管彩礼多不多了。”

“为什么十五年以后？……”

“一算就明白。”

耍儿眯着眼睛，愣神想了老半天，忽然拍手跳脚叫起来：“再过十五年，您五十二，我二十六，正是您的一半，不早不晚。”

“耍儿，你的脑瓜不是榆木疙瘩石砘子！”蔡椿井爱怜地抚摸着耍儿的头，“到你娘的身边去，插班上学吧？”

“我……我没有路费。”

耍儿娘玉藕的娘家那个村，位于这个县的西南边界，距离烟村五六十里。

“我给你两块钱买车票。”

耍儿却又摇摇头，说：“我走了，您扶犁蹚地，谁给您牵牛？”

“那头牛比你听话。”蔡椿井笑道，“我吆喝一声，走得比墨线还直。”

耍儿咯咯笑了，说：“我也愿意当个听您话的小牛犊儿。”

“好孩子！”蔡椿井感动得心潮起伏，“我给你娘挑选两个西瓜，不要说我送给她的，只说是你孝敬她的。”

“椿井叔！”耍儿一头扑到蔡椿井的怀里，像下小雨似的哭起来。

5

中午，蔡椿井蹚完了四亩地，犁杖出垄，牵牛到河边饮水，远远望见他那棚屋的烟囱上，冉冉升起一缕袅袅的炊烟。是谁撬开了他的门锁，替他烧火做饭？

是苗小莠子浪子回头，还是玉藕又把要儿送回大杂院？

他赶牛跑回家，却只见豆青婶站在他的门口，手搭凉棚张望他。

豆青婶脸色憔悴，一副病容，头发枯黄而又稀疏，眼神干涩而又呆滞；苍老了六七岁，几月不见变了个人。

“嫂子，回来啦！”蔡椿井笑问道，“住几天？”

豆青婶眼圈一红，哑着嗓子说：“不走了。”

蔡椿井盯住她的眼睛，问道：“儿子的饭不好吃？”

“哪怕是山珍海味，从脊梁骨下去也不香。”豆青婶大滴大滴地落泪，“自个儿双手挣出来的饭，吃糠咽菜也口甜。”

蔡椿井仍然凝视着豆青婶的神色，又问道：“打定主意不端豆芽儿的饭碗啦？”

“他坏了肠子！”豆青婶咬着嘴唇，淌下了血，“跟我这个生身之母，恩情两绝了。”

豆青婶怎么说得出口？

想当年，豆青婶是个苗条俊俏的姑娘，喜欢手持一面菱花镜，对镜梳妆打扮；散开的满头青丝像垂挂的一片乌云，镜子里一张娇艳艳的瓜子脸，一双水灵灵的笑眼，一笑腮上两个酒窝儿，甜酸甜酸的。她家在京津公路上开一家鸡毛小店，她梳着一条黑油油的大辫子，扎着一根红头绳，鬓角簪着一朵凤仙花，戏台上小旦跑圆场似的给客人端茶送饭；招惹得南来北往的行人歇脚打尖，东奔西走的客商停车投宿。烟村有个在北京一家私营旅馆当跑堂的年轻人，名叫窦仁保，每趟回家路过鸡毛小店，都要叫一桌酒菜，大讲排场；又生得伶牙俐齿，自吹自擂，好像腰缠万贯，大富大贵。豆青婶自幼没有离开家门一步，抬头只见巴掌大的一块天，眼皮子浅，不懂得揭皮看瓤儿，就看上了窦仁保这个满肚子谷糠的绣花枕头。嫁过来以后，才知道窦家只有大杂院的三间泥棚屋，窦仁保也不过是个低头哈腰的店小二，她后悔自己昏了头，花了眼，也恨窦仁保装模作样，蒙骗了她；悔恨交加，豆青婶的心又冷又硬，跟窦仁保分了灶，也不离婚改嫁。这时，她已经怀了孕；生下豆芽儿，便把一颗心扑在了儿子身上。窦仁保后来改了行，在一家仓库当采购员，十几年没有回过烟村，免不了偷鸡摸狗。豆青婶却是守身如玉，脚不歪，影儿不斜，年轻轻的没招来一句闲言碎语。豆芽儿念初中，正赶上天下大乱，也戴起红臂箍出外串联；乡下孩子没见过世面，出门眼发直，在北京车站，还没有上火车就被小偷掏了钱包，不得不到那家仓库找他爹。窦仁保在仓库造反，还当上了小头子，打、砸、抄、抓，枕头里塞满了十元一张的钞票。豆芽儿不想周游全国了，留下来给他爹看守钱柜，也不想回家；一住就是两三年。天有不测风云，人有旦夕祸福，窦仁保得意过了头，一个倒栽葱跌下来，豆芽儿垂头丧气回家转。染缸里扯不出白布，豆青婶拉扯大的儿子，传染上他爹的毛病，好逸恶劳，吹牛撒谎；柴灶做出的饭难以下咽，泥棚土炕硌他的腰，亲娘的土里土气也叫他看不顺眼，一心只想进城吃香的喝辣的，过他爹那享乐生活。

窦仁保虽没有怜子之心，却碰巧成全了儿子的梦想；在一场意外的车祸中，窦仁保丧了命，豆芽儿顺理成章顶替了他爹的遗缺。他的脸子像他娘，男人女相，富有雌化的魅力；他又有他爹的口齿，嘴上生花，花言巧语。采购科长的独生女儿玩够了三角恋爱的游戏，想巴结个高干子女，几回都赔本赚吆喝，眼睛向下相中了豆芽儿，在豆芽儿身上收了场。采购科长的关系户密如蛛网，三口人占两个单元的楼房。豆芽儿娶到妻子，白得房子，养出儿子，亲娘当老妈子。

豆青婶这一趟进京，原来不仅要替豆芽儿哄孩子做饭，而且要给亲家母煎汤捧药，端屎倒尿。

采购科长的太太中了风，瘫痪床上，豆青婶日夜服侍病人，便住在采购科长那个单元的四平方米的贮藏室里。昨天下半夜，劳乏一天的豆青婶正睡得沉酣，贮藏室的房门被拧开了，也没有惊醒她。睡梦中，一只饿狼扑食，压到她身上，气喘吁吁地想咬她的脸颊。她吓得一声尖叫，饿狼夹起尾巴落荒而逃；她从狭窄的小床上坐起来，拉亮了电灯，只见床边留下采购科长的一只拖鞋，恍然大悟，全身冷汗涔涔，心跳得要从胸口撞出来。她匆匆穿上衣裳，蹑手蹑脚走出这个单元的房门，坐在楼道拐弯处伤心地哭泣。豆芽儿上早班，下楼时发现亲娘正在哀哀啼哭，也不问个青红皂白，丧门神似的粗声问道："晚饭吃多啦！半夜三更撒呓挣？"豆青婶仰起泪水涟涟的脸，抽抽噎噎地说："刚才……你岳父……闯到我屋里……"豆芽儿不但一点也不感到羞恼，反倒怪模怪样地干笑两声，说："您想给我爹守节，谁给您树贞节牌坊呀？反正我丈母娘快死了，等她一咽气，您就跟我岳父领结婚证，更是亲上加亲。"

豆青婶直瞪瞪望着豆芽儿，这是她那个九月怀胎，十月临盆，奶水哺育，汗水浇大的儿子吗?

烫得狮子狗似的大鬓角长发，一副蛤蟆镜像两个黑窟窿，一抹漆黑的小胡子，吸烟熏得发紫的嘴唇，花格紧身衫，进口喇叭裤；男不男，女不女，人不人，鬼不鬼……豆青婶又吓得背贴着楼墙，不禁失声尖叫起来。豆芽儿轻蔑地从鼻孔里哼一声："神经病！"扬长而去。

豆青婶悲愤交加，朝豆芽儿的后影狠狠地啐了一口，也不愿回屋取出她的小包袱，便离开了这座楼房，搭头班无轨电车，到长途汽车站，已经天光大亮，打一张车票，像一只逃出牢笼的惊鸟，回烟村了。

回到烟村，一进大杂院，便觉得像鱼儿入水鸟投林，一阵神清气爽，耳目一新。她看见，房前屋后的柳棵子地，就像薅草间苗，刨出一簇簇柳棵子，栽到四界的沙丘下，挡住沙丘的步步进逼。十二间泥棚寒舍，房顶上的青草绿蒿剃了头，抹上镜子面似的坑坯花秸泥，大雨冲不出坑坑洼洼，小雨再不会漏如筛子眼儿。这半边院子，一块瓜园，扇子大的密叶，斗大的西瓜；那半边院子，正在开埂平畦，想是要种青口白菜，心里美的萝卜，还有几沟大葱，冬菜能吃到来年的春三月。豆青婶又一眼看到在她的窗根下，一畦秫秸花正花开茂盛，那是她进城临行之前，把一包花籽儿交给蔡椿井，想不到热心肠的蔡椿井把芝麻粒儿小事都当磨盘大，不肯失信于人；她情不自禁，泪如雨下，泪下如麻。她几回梦里，都梦见大杂院房倒屋塌，埋没乱草蓬蒿，满目荒凉；谁想蔡椿井那文弱的身子拿笔杆的手，把这座百孔千疮的大杂院拾掇得风景如画，这要花多少心血，卖多少力气呀!

豆青婶打开自己的屋门，想给蔡椿井做顿饭吃，灶旁倒有一垛柴，缸里却没一粒米；她只得拧开蔡椿井的门上锁，做了饭，炒了菜，又给蔡椿井拆洗油渍的被褥。

听见蔡椿井赶牛归来的脚步声，她忙迎出门去，真想扑到这位好心眼的乡亲兄弟怀里，瓢泼大雨哭一场。

6

柳荫如伞，豆青婶摆放饭桌，蔡椿井闷头坐在蒲团上，一声不吭。豆青婶送上一盘炒豆角，一盘拌黄瓜，一小碗花椒、蒜末、葱丝儿炸酱油，又提来满漂漂一柳罐斗井水，倒进绿釉大盆，然后手拿笊篱，把细如游丝的龙须面捞进盆里过水，捧到饭桌上；这正是大热天吃水捞面，可口又顺溜。

但是，蔡椿井拿起筷子，却愣怔怔不下箸。

"快吃吧，兄弟！"豆青婶柔声细气，"从今以后，我天天给你做饭。"

"这个丧尽天良的畜生！"蔡椿井将手中的筷子一折两断，气哼哼骂了一声豆芽儿，"嫂子，本年本月，此时此刻起，我改口叫你姐姐，虽不是一母所生，却要情同手足；我种地，你管家，姐弟二人横下一条心，三年富出个样子。"

豆青婶含泪点点头，笑道："我再养一窝鸡，喂两口肥猪，拉扯三只羊。"

"咱俩一正一副，同心合力！"蔡椿井一拍桌子，"今年要拿九百六，平均每人每月收入四十元。"

豆青婶扳着手指算了算账，说：“也不知小莠子到哪一方撞丧，有他跟你搭伴，这几亩地种双茬，超产粮更卖出大价钱。”

蔡椿井端起饭碗又放下，笑着说：“我看这头顺毛驴子，在你身上倒有七分孝心，三分敬意；哪一天他回来，我给你敲边鼓帮腔，唱一出三娘教子，劝他改邪归正。”

“可恨我偏心眼儿，早该多疼他。”豆青婶又眼泪汪汪了，“小莠子娘跟我同一年过门，两人好得像一奶同胞的双生姐妹，生下他没有一滴奶水，是我把他奶大的；别看他跟自个儿的爷爷奶奶横不吃，竖不咽，只要我的脸沉下来，他就慌了神儿，不敢顶撞我，比我那个小畜生有良心。”

蔡椿井吃完一碗面，手托着空碗发呆，沉吟着说：“田老调种瓜比我内行，要是能把他拴住，我给他打下手；一亩瓜园十亩田，多种二亩瓜，又拿一个九百六。”

“没有紧箍咒，拴不住这个老贼骨头！”豆青婶忽然想起要儿，“那个小东西，怎么也不见呀？”

“我打发要儿看望他娘去了。”蔡椿井满脸忧心神色，“这个孩子留在田老调身边，长大了也是个苗小莠子。”

“可惜玉藕这朵荷花，插在田家这座粪堆上十几年，花谢了，叶也蔫了。”豆青婶唉声叹气，“她编席织篓，打蒲草帘子，多巧的一双手。”

蔡椿井抬手一指房前屋后的柳棵子地，说：“年年割一茬柳条子，能出产上百只鸡笼、菜筐、背篓、囤圈儿，也是一笔不小的收入。”

“咱们再把河汊子的蒲苇也包下来！”豆青婶那干涩呆滞的眼睛闪

光了，“我把她请回大杂院，给她当帮手。”

“她走出了田家这座牢门，好马不吃回头草。”蔡椿井低下头，紧扒碗里的龙须面，“她那个村子比咱们烟村富得多，怎么肯回来？”

“只要你捎一句话，我能劝得她回心转意。”豆青婶的目光更亮起来，“她跟田家刀砍斧剁，可是和大杂院藕断丝连呢！”

蔡椿井脸涨得通红，满头大汗了。

他放下碗筷，走进屋里，挑出两只大筐，到瓜田里摘瓜；两只大筐装得岗尖岗尖，说了声：“我到京津公路上卖瓜去了！”挑在肩上就走。

“放下！”豆青婶追上去，“你歇晌，我去卖。”

蔡椿井并不停步，回过头，说：“做买卖得脸皮厚，你怎么张得开口？”

“我比你内行！”豆青婶拽住一只瓜筐，“我家是开鸡毛小店的，做买卖我是门里出身。”

“我真是关帝庙门前耍大刀了！”蔡椿井笑着掂了掂肩上的担子，“二百斤瓜，三四里路，我挑到路边去。”

京津公路两侧的柳荫下，路东一溜西瓜摊，路西一溜西瓜摊，就像两道一字长蛇阵；有的瓜个大，有的瓜皮薄，有的瓜切开一半，亮出令人眼花口馋的红沙瓤儿，琳琅满目，争奇斗艳，好像举行西瓜博览会。

“今天开不了张啦！”蔡椿井看看自己这两筐瓜，跟人家的瓜比起来，个头小一号，成色低一等，不禁紧锁双眉。

“你又外行了！”豆青婶心中有数地一笑，“做买卖五分靠货色，五分靠吆喝；你挑到那边的大甩弯处，抢个地利。”

半里外，公路甩弯处，有一棵浓荫蔽日的老杜梨树；杜梨树下一座土台，正是豆青婶家的鸡毛小店旧址。

蔡椿井放下瓜担，前后左右转了一圈儿，皱着眉头不中意，说："这个地势，就像阴山背后，远瞧近看不显眼，能抢上风吗？"

"你哪儿见过三十年前我家小店的风光！"豆青婶就像五十岁的穆桂英又挂帅出征了，不减当年勇，"这个地方没人搭街坊，也就只此一家，别无分号，都是咱们的生意；这棵大杜梨树有风水，过往行人热得身上起火，嗓子眼冒烟，谁不直奔这棵树下歇脚，乘凉吹风？看见西瓜堆在眼前，能不一窝蜂围上来吃吗？"

"我心服口服了！"蔡椿井笑了笑，帮助豆青婶把西瓜摆放得端端正正，引人注目，这才离开。

他走出没有多远，一阵南风送来一个少女般银铃嗓子的吆喝声：

烟村的西瓜独一份儿，
斗大的瓜船大的块儿；
烟村的西瓜另个味儿，
吃一口甜到后脚跟儿。
斗大的瓜船大的块儿，
烟村的西瓜独一份儿；
吃一口甜到后脚跟儿，
烟村的西瓜另个味儿……

蔡椿井忍不住笑出声来，带着笑声回到大杂院，牵牛扶犁去蹚地，青纱帐里的笑声一阵阵，不知道热，不觉得累，蹚了一垄又一垄。

“椿井叔，您鸣金收兵，得胜还朝吧！”青纱帐外有人呼喊，“从明天起，您管瓜园，我管大田，婶娘是总管，众人捧柴火苗子蹿得高。”

蔡椿井出垄一看，苗小莠子不知是从天上掉下来，还是从地下冒出来，嬉皮笑脸中面带愧色。

夕阳西下，炊烟四起了。

7

苗小莠子真正是歪瓜裂枣儿，他和豆芽儿是一对耍货，趣闻笑话八筐九篓十篮子。

一家娶媳妇，他俩每人一辆自行车，跑腿撒帖子；晚上主人摆一桌犒劳酒席，十二盘菜，八分一两的白薯酒，大家猜拳行令，争风抢上，一个个喝得面红耳赤。苗小莠子和豆芽儿叫阵，你一碗我一碗地拚起来，一边喝一边扯着脖子吹牛，同桌的人狂呼乱叫火上浇油。苗小莠子喝得头重脚轻，东倒西歪，豆芽儿得意洋洋，狂笑道：“小莠子，甘拜下风吧！看我再喝一碗，送你回家。”说着，他又端起一碗酒，咕噜噜一饮而尽，便架起苗小莠子的胳臂，搀了出去。这时已经鸡叫三更，出门一阵凉风扑来，苗小莠子的头脑清醒了一点儿，豆芽儿却昏昏迷迷起来；两人抬腿像踩高跷，每走一步像砸夯，摇摇晃晃像脚下拌蒜。从烟村村里到大杂院，要穿过一条乡间公路，公路上洒满皎洁的月光，像小河流水。苗小莠子醉眼蒙眬，咿里哇啦地说：“豆……芽儿……我想在河边……躺一会儿……”豆芽儿上眼皮粘住了下眼皮，却哧哧笑道：

“小莠子……你醉成一摊泥，看我……下河浮两圈儿。”苗小莠子四脚八叉躺在公路边上，豆芽儿扒下裤子，爬到公路上，两人都响起了呼噜噜的鼾声。

又有一家出大殡，他俩当杠夫，半夜吃完犒劳酒席回来，又是酩酊大醉。穿过乡间公路，眼看就到大杂院了，两人的四条腿像灌了铅，困得失去了知觉，再也走不动了，便倒在了一垛麦秸上。正是深秋时节，后半夜下了霜，寒气钻骨头缝儿，咬肉皮子；睡梦中的苗小莠子，只当是跟豆芽儿睡在水利工地的临时工棚里，两人同盖一床被子，豆芽儿把被子都扯到自己身上，才冻得他半身不遂，嘟嘟囔囔骂了声：“豆……芽儿，你真是……私字当头！”便愤愤地蹬了豆芽儿一脚，把被子扯过来。睡得死沉的豆芽儿，双腿也冻得像两根木桩子，苗小莠子这一脚正踢在他那麻木僵直的腿上，他一声呻吟，爬了几步，又沉睡起来。黎明时分，蔡椿井一条扁担两只筲，到土井挑水，看见这两个挺尸的小伙子；苗小莠子满身麦秸，豆芽儿的脑袋钻进麦秸垛里，白霜罩住他半截身子。

豆芽儿到北京顶班，苗小莠子一个人要下去。

队上打发他和蔡椿井赶一辆小驴车，串村卖青菜，他掌秤，蔡椿井收钱。来到一个村庄，有一位六十多岁的小脚老太太买一把羊角葱，两捆红水萝卜，三斤韭菜；老太太疑心大，小心眼儿，生怕分量不足，唠唠叨叨问道：“小伙子，你这是老秤还是新秤，怎么低头仰脸儿的像闹鬼呀？”这时，从老太太的家门口，走出一个穿花褂子的年轻女子，手里端着一只浅篮。苗小莠子眼尖得像两把针锥，断定必是老太太的刚过门的儿媳妇，便假装粗脖子红脸地嚷道：“老太太，您一百零八个放心！缺斤短两，我是您儿子！”老太太没有听出他的弦外之音，反倒觉得过意不去，连连说："小伙子，言重了，言重了！"那个新媳妇闹了个大红脸，扭头转身退回门里去。苗小莠子一看占了新媳妇的便宜，十分得意，还想耍几句贫嘴；便捏起一绺香菜，白送给老太太，嘻嘻哈哈地说："这绺香菜是我孝敬您老人家的，礼轻仁义重。"那个新媳妇收住脚，掉过脸儿，满面怒容，喊道："娘，不要！"老太太却笑眯了眼睛，说："多谢，多谢！往后出车卖菜，路过我的家门口，赶上刮风下雨，进来歇脚。"苗小莠子放声大笑，说："那真是一家人了。"话还没有落音，新媳妇手里的浅篮带着风声飞过来，苗小莠子藏头裹脑，浅篮正打在蔡椿井脸上。新媳妇是个泼辣货，破口大骂道："爹多娘少不够月份的坏嘎嘎儿，你想跟我是一家人，那就快去找人代笔，写下过继文书！"苗小莠子抱头鼠窜，挨了打的蔡椿井却要堆起笑脸替他服软儿。

苗小莠子的爷爷也后悔自己惯坏了这个小孽障，很想把长弯了的歪脖树扳正过来；可是，老人数落他一句，他能戗回十句来，老人只得自作自受。有一回，老人从河滩背回一捆青柴，路上被几条藤萝绊倒，挣脱不开，爬不起来；田老调正从这里路过，不凉不酸地说："老哥，你趴在地上等着，我把小莠子找来。"老人摇头摆手，说："别找他！我没摔死，倒要了他的命。"田老调问道："此话怎讲？"老人伤心地说："听说我一个跟头爬不起来，只怕乐死他！"这个故事，又经过田老调添油加醋掺味精，一传十，十传百，方圆左右几个村庄家喻户晓，妇孺皆知。

苗小莠子恼恨田老调给他满天下臭雾，又为耍儿的娘玉藕抱打不平，有冤伸冤，有仇报仇，眉头一皱便计上心来，要在田老调身上出这口恶气。

一天晚上，田老调到村里串门子找酒喝，苗小莠子早已备下几捆酸枣枝子，沿田家地界刨一条沟，夹起酸枣枝子篱笆；月黑天伸手不见五指，田老调喝得脚步趔趔趄趄，迤逦歪斜归来，又像往日横穿全院，不想一头扑在酸枣枝子篱笆上，葛针扎肉，疼得打滚儿，更扎遍了全身。玉藕端灯走出来，喊蔡椿井帮忙，把他扯出了葛针堆，又从他身上剔葛针；拔出一根葛针疼得他一声鬼叫，一直叫哑了嗓子，还有不少葛针尖儿留在肉里，疼痛难忍。田老调吃了个哑巴亏，就打起一道小墙，隔断窦、苗、蔡三姓，割据一方了。

苗小莠子虽然一身毛病，但是他眼里有两个人，一是孝顺豆青婶，二是心服蔡椿井。豆青婶的管教，他捏着脑瓜皮，不敢吭一声，顶一句；蔡椿井的规劝，他也能听进耳朵，脑瓜子里转个圈儿，多多少少留下片言只语。也多亏这二位长辈人十天半个月规整他一回，他的身影儿虽斜，脚步却没有走到邪路上。这两年，豆青婶进城给豆芽儿当老妈子，蔡椿井又上上下下奔走，想离开烟村端铁饭碗，苗小莠子就荒腔走板，结交了几个外乡的酒肉朋友，财迷心窍，昏头涨脑出外撞大运去了。

豆青婶在京津公路甩弯处的杜梨树下，鸡毛小店的旧址上卖西瓜，一声吆喝十人买，十遍吆喝卖了个光；只剩下一个地蛆咬过、皮上结疤的小瓜，卖不卖两可，却偏有个过路人跳下自行车问价；豆青婶正要出手，猛听一个嘶哑的嗓音喊道："婶娘，给我留下！"豆青婶抬头一看，只见一个蓬头垢面，破衣褴衫的小伙子，跌跌撞撞地沿着路畔柳荫下跑来。

小伙子跑到近前，豆青婶揉了又揉眼睛，才看出是苗小莠子。

苗小莠子又黑又瘦，头发像烧焦的乱草茬子，脸上像抹一层锅烟，眼窝子塌了坑，嘴唇干裂，嘴角子红烂，舌头上长口疮；头上脚下，四肢五官，七孔八窍，整个儿一副惨相。

“小莠子，你这是从哪儿来呀？”豆青婶吃了一惊，心一阵疼。

“我又渴又饿，先吃下这个瓜！”苗小莠子从那位过路人的手中把西瓜抢过来，狠捣一拳，碎成八瓣，便狼吞虎咽地啃起来，恨不得将瓜皮也吞进肚里去。

“小莠子，你怎么落得这般光景？”豆青婶含泪问道。

苗小莠子抹了抹流汤淌水的嘴，打了个饱嗝儿，嬉笑道：“婶娘，回家向您汇报！”抢过瓜担头前走。

回到大杂院，他就打听蔡椿井；一听蔡椿井在河滩蹚地，就大声呼喊着向河滩青纱帐跑去。

8

蔡椿井一见苗小莠子，喜上眉梢，含笑投过柔和的目光。

“发财回来了呀？”蔡椿井一边卸下犁杖，一边问道，“够不够翻盖你那三间房？”

“本想发一笔财，谁想惹一场灾！”苗小莠子上前牵牛，一副哭腔，满脸丧气，“我是盲人骑瞎马，被赶脚的送下汤锅了。”

原来，苗小莠子跟几个外乡的酒肉朋友搭伙，做二道贩子生意，赚了一笔大钱，被工商管理所发觉，向公安局报了案。他们逃到北京西河沿的一家旅馆，包下一个房间，先到老全聚德吃烤鸭，然后按人头份儿分赃。酒宴上，那几个人众星捧月，团团包围苗小莠子，你碰一杯，我敬一盏；半只烤鸭一瓶五粮液入肚，苗小莠子像一摊稀泥溜了桌，大红漆圆桌面下鼾声如雷。醒来，他住进炮局子看守所的隔离室里，半个月提审三十回，最后被判处六个月苦役。他上了当，受了骗，赔了本，遭了罪，只落得两手空空，身无分文，走回运河滩，老虎眼枣大的双脚泡。

“那几个家伙呢？”蔡椿井问道。

“他们又从南方贩运走私手表，刚到北京车站就被公安局一网打尽了！”苗小莠子咬牙切齿，“我办完离所手续，正看见他们戴着手铐，从囚车上押下来，公安局替我报仇雪恨出了气。”

“他们的罪大，得判重刑。”蔡椿井折一根柳枝子，轻拂牛背到河边去，“小莠子，幸亏他们把你甩出了这个团伙，你才只被押了六个月呀！”

“我认定穷命了！”苗小莠子倒背着手，拽着缰绳牵牛在前边走，一副看破红尘的口气，“钱是好东西，可就是这位千金小姐跟我命相相克；前世的冤家，今生也无缘。”

晚霞中，大河潺潺桃花水，老牛前腿跪在河柳下，一口饮一斗，腹内响如鼓，眼见肚子胀大。

“小莠子，你这是蛇咬一口，怕井绳一辈子。”蔡椿井轻柔地吹着口哨，又微笑着把一只手搭在苗小莠子的肩膀上，“我跟你婶娘商量，今年争个小富，给你翻盖房子找对象。”

“您还没结婚，我忙什么？”苗小莠子想扮个鬼脸儿，却淌下了两行泪水。

“你别抢我的晚婚冠军金牌呀！”蔡椿井轻松地玩笑，“等你新房平地起，新媳妇进了门，咱们爷儿俩再帮你婶娘消灭城乡差别。”

“您呢？”

“茶喝后来酽，好戏压轴子。”

“您这位共产党员，真舍得割自己身上的肉，给别人下酒呀！”

“过奖！”

“把你们那两句口号，割下半片子送给我，舍得舍不得？”

“哪两句口号？”

“吃苦在前，享乐在后。”苗小莠子挥起手掌剁了一下，“咱们爷儿俩一刀切，您要前言，我要后语。”

“这两句话，剁不断，也切不开呀！”蔡椿井笑道。

“我不想愧死！”苗小莠子狠踢牛屁股一脚，老牛撅起尾巴狂跑起来。

大杂院里，豆青婶已做得晚饭。一盆小米绿豆汤，一大盘凉拌黄瓜，两碟腌雪里蕻和芥菜丝儿，摆放在饭桌上，薄皮大馅的菜团子正出锅。

“洗个脸，快吃饭吧！”豆青婶向苗小莠子喊道，“你看咱们三家合了灶，多么像前几年的下放干部插队户。”

苗小莠子把老牛赶进棚去，缰绳拴在木桩上，拌完了草料，便直冲冲走到豆青婶面前，直瞪瞪地说：“豆芽儿娶了媳妇忘了娘，我恨不得到北京拍门找他，白刀子进，红刀子出；可是，杀了他我得偿命，鸡飞蛋打，两不上算，不如我替他给您当儿子。”

“你吃我奶的那一天，就是我的儿子了！”豆青婶眼里噙着泪花，“我跟你椿井叔商量，今年争个小富，给你翻盖房子找对象，转过年来又儿孙满堂了。”

“椿井叔吃苦在前，我享乐在后；您老人家比椿井叔年长，比我辈大，受我们爷儿俩一炷香吧！”苗小莠子呜咽着说，“我们爷儿俩要给您翻盖三间房，买一台电视机，消灭城乡差别。”

“我另有主张，咱们娘儿俩也商量商量吧！”豆青婶在苗小莠子耳边嘁嘁喳喳，“你椿井叔的终身大事，才是火烧眉毛尖，急上加急哩！我操心，你出力，赶快成全了他。”

苗小莠子鸡啄米似的点头，说：“您是金口玉言，我是磨房的驴，听您的吆喝。”

“过两天，蹚完了地，你骑上自行车，驮着我去给你椿井叔穿针引线。”

“是漫天撒网捕鱼，还是堵窝掏螃蟹？”

“一个萝卜一个坑，一颗弹子一只鸟儿。”

“您早有了目标？”

“十多年前就相中了，可惜好事多磨，直等到眼下才能顺水推船。”

“她是谁？”

“远不在天边，近也不在眼前，你猜！”

“我比葡萄叶上的绿胀虫多一挂下水，猜不着。”

“远瞧近看，谁配跟你椿井叔红花绿叶两相扶？我考考你的眼力。”

“玉藕大姑！”苗小莠子想也不想，脱口而出。

豆青婶拍了个巴掌，笑道："母子连心，咱们娘儿俩都想到这个好人儿身上了。"

"只怕田老调满嘴嚼蛆，玉藕大姑娇嫩脸皮儿，不好意思回来。"苗小莠子并不缺心少肺，想到了要儿娘的回头草难吃。

"咱们娘儿俩送货上门！"豆青婶哧哧笑，"你推我搡，男到女家，押送你椿井大叔当倒插门女婿。"

"不能抽走咱们大杂院的主心骨儿！"苗小莠子的脑瓜儿也不是笨蛋，眨巴眼儿想出个鬼点子，"我要煞下田老调的威风，长起玉藕大姑的锐气。"

"不许你吵嘴打架！"豆青婶慌忙阻拦。

"新鞋不踩臭狗屎，我才不想刚出牢门又唱《二进宫》。"苗小莠子的眼睛眨个不停，"田老调正做哪一桩生意？"

"这几日白天摆地摊圆梦，晚上拉桌子推牌九，开了个赌局。"豆青婶气哼哼，"你椿井叔白给他扛长工，他竟没有牙迸半个谢字儿，"

苗小莠子低低地欢呼起来："看我搬来天兵天将，下界捉妖！"

蔡椿井身背一大柳条捆的青草回来了，豆青婶向苗小莠子丢个眼色，娘儿俩装得若无其事。

9

田老调过去房无一间，地无一垄，却一不扛长工，二不当佃户，三不做生意，只靠一条舌头两片嘴，说鬼婚挣鞋底钱，也吃香的，喝辣的，嘴头子油汪汪，一身囊肉。

那个年月，小孩落生，十有八九抽四六风，不出满月就夭折了。天花、麻疹、伤寒、霍乱……一年四季闹时令病，有了病只能求神问卜，吞香灰，喝圣水，少年男女也常常一朵鲜花没有开，便短命而亡。没有婚配的少年男女，死后不能入祖坟，乱葬在河边、堤坡、沙岗上；凄风苦雨，乱草蓬蒿，九泉之下便成了孤魂怨鬼。于是，七十二行之外，又多出一门说鬼婚的行当。

这一行人，得占三个不字儿：四肢不全，五官不正，六亲不认。

说鬼婚的人，得眼观六路，耳听八方，每天打听东村西店，南庄北屯，谁家死了尚未婚配的少年男女，还要把他们的生辰年月记在心账上，就像存档立案。然后，排班列队，乱点鸳鸯谱，奔走两家，进行撮合。说鬼婚的人走夜路，办喜事也在月黑夜。一乘花红小轿，抬着两只装殓少年男女骨殖的匣子，只有如泣如诉的笙、管、笛、箫伴奏；田老调高挑一盏灯笼，跑在前面，引入祖坟，点燃两挂鞭炮，刨土挖坑，地下联姻。说鬼婚的鞋底钱，比一般媒人高十倍；解放以后，少年男女沐浴着阳光雨露，茁壮成长，田老调砸了饭锅，便改行给活人说媒拉纤。他有一句名言，老天爷饿死豆鼠子，也要给田老调留一口饭吃。

土改时候，田老调被划为游民成分；四清运动，凭他会捶胸顿足，号啕大哭，忆苦思甜，改划贫农。十年内乱，儿子红运当上造反团敢死队的队长，他也跟着鸡犬升天，在烟村街上，横打鼻梁儿，竖挑大拇指；谁家婚丧嫁娶，吵架拌嘴，分家立户，买卖交易，他都要挤进门去，口沫飞溅，指手画脚，说长道短，压断了板凳，嘣短了筷头子，吃得肚儿圆，喝得帽儿歪，打着一连串的饱嗝儿，酒足饭饱而归。可惜，天时一变，红运坐了牢，他也落了价儿，残羹剩饭也没有人请他吃，八分一两的白薯酒也没有人请他喝。包干到户，也算给他开了一道方便之门，他把耍儿和四亩二分地，像一团乱麻，扔给了蔡椿井，又重操旧业了。

一张嘴，两条腿，是说媒拉纤的本钱；别看田老调是个瘸子，走起路来像刮小旋风，跑起来能追兔子，所以买卖兴隆。他还在自由市场的背静角落，摆了个地摊，给人圆梦，圆一个梦一块钱；奇怪的是，前来圆梦的都是奇装异服和花枝招展的时髦男女。

老家伙年过花甲又生邪念，三间房开起一座宝局，见十抽一，一本万利，打算攒一大笔钱，娶个女人进门，点灯说话儿，吹灯做伴儿；早晚臭块地，不如做个牡丹花下鬼。

吃过晚饭，蔡椿井悄悄离开大杂院，到大队部打电话给公社派出所，通知民警抓局。

宝局已经开了场，吆三喝六吵蛤蟆坑；田老调那三间泥棚的窗口，冒出一团团浓烟，赌鬼又是烟鬼，在仲夏之夜的花香水汽中下臭雾，肮脏了月白风清的天地。

蔡椿井轻着脚步，穿过柳棵子地，正要向村里走去，突然从路边一片野蒿子丛中，站起一道黑影来，两只猫儿眼贼溜溜，亮晶晶。

“椿井，哪儿去？”原来是田老调早有提防，半路埋伏。

蔡椿井吓出一身冷汗，定了定神儿，才答道：“开会。”

“大侄子，你还是袖口吞棒槌，直来直去吧！”田老调嘿嘿冷笑，“你走你的阳关道，我走我的独木桥；和气生财，都富起来。”

“你开宝局，犯法！”蔡椿井见他厚颜无耻，火了起来。

“咱们爷儿俩搭伙，有福同享！”田老调一拍胸脯，“三七分红，肉肥汤也荤。”

真像一只屎盆子扣在头上，蔡椿井火冒三丈，喊道：“接你一分钱，剁我的手！”怒冲冲而去。

田老调转身回屋去，走到柳棵子地，柳棵子地里低头闯出一个人来，心急收不住脚，砰的一声跟他撞了头。

一屁股跌坐在蒺藜狗子秧上，田老调揉着额角上鸡蛋大的一个青包，龇牙咧嘴地问道：“给你妈抓药，还是抢丧盆子去呀？”

“报案去！”那人仍然行走匆匆。

“你是小莠子！”田老调慌忙爬上去，扯住苗小莠子的后腿，“咱们爷儿俩有堵墙是两家，拆了墙就是一家子，兔子不吃窝边草呀！”

“我出外做生意，赔了个赤条精光呀！”苗小莠子拍打身上，乒乒响得像个空壳子，“报了案，得几块钱奖金，买几尺布做一条裤子。”

“咱们爷儿俩搭伙吧！”田老调抱着苗小莠子的大腿站起来，“二八分红，有福同享。”

“当真？”苗小莠子站住脚，垂涎三尺了。

“我正少个帮手，早就想到你了。”田老调满面堆笑，“我在屋里抽钱，你在外边巡风。”

苗小莠子忙问道：“是不是站岗放哨，防备警察来到？”

“也不能像一根木桩子，死不动窝儿。”田老调指点他，“你要四面八方转一转，后脑勺子长眼睛。”

“我这就算走马上任了！”苗小莠子兴高采烈，急不可耐，“今晚上散场就分钱。”

田老调眯着眼睛想了想，点了点头，说：“刚才蔡椿井急匆匆奔村里去，只怕是给公社派出所打电话，你听见摩托车声，赶快进屋给我报信。”

“您把心放进肚子里！”苗小莠子油腔滑调耍嘴皮子，“三里外飞来一只蚊子想叮您的肉，也逃不出我这一双日看千里，夜看八百的火眼金睛。”

田老调掐指一算，转忧为喜：“摩托车到来之前，还能押三盘！”说罢，他一瘸一拐，一蹦一跳，一溜烟回他那蛤蟆坑宝局去。

苗小莠子等田老调走出十几步远，便蹑手蹑脚地尾随在他的身后，看田老调进屋，悄悄在门外上了锁；屋里的赌徒狂呼乱叫，人声嘈杂，谁也没发觉。然后，他又扯来一堆酸枣枝子，散到后窗根下，才返回原处。

蔡椿井正急匆匆从村里回来，两人照了面。

“打通电话了吗？”苗小莠子咯儿咯儿地笑着问道。

“民警的摩托车已经出发了。”月光下，蔡椿井面带歉色，“我是个党员，应该先给田老调做一点说服工作。”

“您这个人，唐僧脾气！”苗小莠子很不以为然，“田老调跟我犯的是一个病，不到公安局住院，除不了根。”

正在这时，几辆风驰电掣的摩托车，沿着乡间公路，呼啸着直奔烟村疾驰而来。

“我去给他们带路！”蔡椿井向公路的岔道口跑去。

苗小莠子一道流星似的飞奔田老调宝局，蹲门堵窗口，以防逃脱漏网之鱼。

摩托车已经冲进大杂院，田老调才听见马达声，一声嘶叫：“抓局的来啦！”抬手打碎了电灯泡，屋里一团漆黑，赌徒们像麻雀炸了窝。

“我的钱！”这个喊那个叫，“谁抢走了……我的……钱！”

赌徒们想鸟兽四散，可是房门和前窗撞也撞不开。田老调手疾眼快，抢了一抱钞票，瘸腿旱地拔葱，蹿上后窗窗台，从窗口跳了下去。

“哎哟，哎哟哟！”他落在大堆酸枣枝子里，被葛针扎成了刺猬，呻吟连声。

“老调爷爷！”苗小莠子跑来救驾，嘴儿蜜甜，“您快搭民警的摩托车，进城住院，治好了病我接您回来。”

10

豆青婶下令，三人六只手，将九间泥棚屋里的四壁抹白灰，粉莲纸糊棚，门前几丈地打扫得镜面似的照得见人影：免得过上了富日子的耍儿娘玉藕到来，硌人家的眼。

唐僧脾气的蔡椿井，觉得皆因自己打电话报案，民警抓赌，田老调才被拘留，心里很过意不去；也不跟豆青婶和苗小莠子商量，自作主张，打开田老调的房门，也给田老调糊棚抹墙。苗小莠子不忍看蔡椿井一人劳累，赶忙跑来打下手；于是，田老调这三间猪圈似的泥棚屋，也蓬荜生辉了。

正是挂锄时节，农闲一月，苗小莠子借一辆凤凰牌加重自行车，后车架上驮着豆青婶，一路顺风到耍儿娘玉藕的村子，接回他们母子来。

傍晚，蔡椿井正在瓜园里查看瓜垄，掐掉黄叶子，剪断疯蔓子，给二茬子瓜催熟，忽听柳棵子地里响起一阵车铃声；他抬起头，只见苗小荞子那辆自行车像离弦的箭，从柳棵子地里射出来，后车架上带回耍儿。

“大伯！”耍儿从车上跳下来，向瓜园飞跑，“快给我摘一个大西瓜，我把脑袋钻进去吃。”

几天不见，这个小东西令人刮目相看了。

耍儿头戴一顶白帆布的荷叶帽儿，上身海魂衫，下身紧腰涤卡运动短裤，脚穿一双白球鞋，城里小学生的打扮。

“耍儿，你没有娶媳妇就忘了娘！”蔡椿井弯下腰摘瓜，“头一个瓜先捧给你娘尝鲜儿。”

他怀抱着两个斗大的西瓜直起腰来，忽然眼前一亮，只见玉藕的自行车扯一片霞光，驮着豆青婶来到瓜园外。

一年不见换了个人，霞光中的玉藕人面桃花，三十四五岁又青春年少起来。

乌黑的头发，齐眉的刘海儿，抱身的半透明藕荷色汗衫，浅咖啡色的三合一长裤，白凉鞋是半高跟儿的；眉梢生喜，满面春风，像个晚婚的大姑娘。

玉藕见蔡椿井直了眼盯着她，脸一红，羞涩地一笑，问了一声：“椿井大哥，你好！”

蔡椿井眨了眨眼醒过来，不好意思地笑道：“耍儿娘，你也好吗？”

“人家发了财，比你强得多！”豆青婶像竹筒倒豆子，“玉藕回娘家一年，分红一千多，买了自行车，搬来电视机，还……”

“订下几千砖瓦！”苗小荞子插嘴抢话，“打算今年冬闲盖新房。”

“发财了，发财了！”蔡椿井赞叹，“有了钱就要舍得栽培耍儿，多上几年学。”

玉藕见蔡椿井的神色平平淡淡，口气不冷不热，像被迎头泼了一葫芦瓢凉水；望望豆青婶，又看看苗小莠子，明媚的目光罩上了一层水雾。

“人家玉藕的心挂在胸脯上，你怎么就看不见？”豆青婶嗔怒地狠瞪了蔡椿井一眼，“热土难舍，玉藕想回大杂院。”

蔡椿井的嘴角挤出一丝苦笑，说：“难道烟村的穷日子还没有过够？”

“我不嫌贫爱富！”玉藕整着脸子，“一声雷，天下响，全国都是一个政策，烟村又不是在九霄云外，早晚也能富起来。”

蔡椿井抱着西瓜低下头，说：“你这几句话，显出我没志气了。”

“西瓜压断了椿井叔的胳臂！”苗小莠子要驱散这沉闷空气，大呼小叫，“屋檐下吃瓜，我掌刀。”

“莠子哥真会说我的心里话！”耍儿欢笑起来，“别看我姥姥家的那个村子瓜大，可没有咱们烟村的瓜甜。”

蔡椿井的眼眶湿润了，说：“耍儿在你身边这几天，长了出息。”

大家团团围坐在豆青婶的屋檐下，苗小莠子掌刀切西瓜，黑子红瓤月牙块儿。耍儿像一只剁尾巴的猴子，跳来跳去；敬上豆青婶一块，又捧给蔡椿井和他娘各一块，便从苗小莠子的刀下抢过半个西瓜，遮住脸啃起来。

玉藕擦了擦嘴，问豆青婶道：“婶娘，该做饭了吧？”

豆青婶笑道："大杂院的几家老小，难得大团圆，你就做一顿团圆饭。"

"吃什么呢？"玉藕又问道。

耍儿嘴馋，抢着说："烙糖饼，红豆稀粥。"

"小拇指上的瘊子，你算老几？"苗小莠子喝道，"你豆青奶奶是咱们的一家之主，听她老人家点戏。"

豆青婶笑着摆手，说："椿井一言为定吧！"

蔡椿井只有两个字："随便。"

玉藕挽着袖子，沉吟半晌，说，"我记得……椿井大哥爱吃……柳叶面片儿。"

"好个知心的姑姑，有心的妹子！"苗小莠子吵吵嚷嚷，"玉藕姑早就知道我跟椿井叔是一个胃口。"

玉藕啐了他一口，红着脸儿到灶上去了。

北运河的古风旧俗，时至今日，兄弟媳妇和大伯子之间，差不多还是男女授受不亲，十分拘礼。可是，北运河的俏皮话儿，却又常在兄弟媳妇和大伯子之间做文章：大伯子背兄弟媳妇过河，挨压不是人；兄弟媳妇改嫁大伯子，有心的妹子等等。蔡椿井比田老调的儿子红运大几天，乡亲辈分，玉藕算是蔡椿井的兄弟媳妇，蔡椿井也就是玉藕的大伯子了。苗小莠子的几句玩笑，话中有话。

十五年前，玉藕还是个含苞待放的二十岁姑娘，有人给她说媒，男方就是蔡椿井。媒人就像牵羊上市，把他俩带到北运河的一座草桥上；一个桥东头，一个桥西头，媒人来回跑腿传话，先办交易后见面。西桥头一棵翠柳，爬满了牵牛花，玉藕站在柳伞下，扯几条柳枝儿遮住脸，只见花红柳绿不见人；东桥头一棵青杨，直溜溜刺破天，蔡椿井背靠青杨上，玉藕隐隐约约看见一个小伙子的身影。媒人从西桥头走到东桥头，捎来玉藕一句话，不多不少只要五百元彩礼；蔡椿井气呼呼说了声："我买不起！"怒冲冲扭头就走，心中恼恨这个贪财卖身的贱货。他哪里知道，玉藕将自己换来一笔身价钱，好替弟弟娶媳妇。一年过去，田老调的儿子红运打、砸、抢，腰缠几千元，便想赖汉子娶花枝儿。只要多给鞋底钱，媒人不怕跑断腿，手提着四两棉花纺（访）一纺（访），就把玉藕拴了来。玉藕一进田家的门，公公是地癞，丈夫是流氓，才知道自己跳了火坑。蔡椿井住同院，玉藕的记忆里还依稀残留着他的影子；从此每天抬头不见低头见，日久天长看出蔡椿井是个上等人品，后悔自己只为了彩礼而错过了良缘。玉藕本来没有给蔡椿井留下一点印象，蔡椿井又粗心大意，早忘了玉藕的姓名，而且身为大伯子，跟玉藕走碰头赶忙一笑而过，不肯言来语去。十多年，玉藕强忍着单相思的痛苦和田红运的打骂，只怨自己罪有应得。盼到田红运走了背字儿坐了牢，她从法院拿回离婚判决书，多么想第二天就搬到蔡椿井屋里去；蔡椿井的泥棚屋却铁将军把门，到北京城里找铁饭碗，只得带着两眼伤心泪回娘家。回到娘家的村子一年整，月月都有说媒的人踢门槛子，她也跟几个男人见过面，都不入她的眼，不中她的意。她有一把量人的尺子，尺子就是蔡椿井。所以，今天豆青婶和苗小莠子找上门来，刚刚三言两语，她就哭了，急忙梳妆打扮回烟村。

玉藕有一双巧手，一会就端出一大盆柳叶面片儿，又好吃又好看。

"耍儿，快吃呀！"苗小莠子好像猛然想起一桩大事，惊惊乍乍喊道，"今晚上大队部的电视有好节目，加里森敢死队打入敌营十八年。”

耍儿一听，山珍海味也不想吃了，抓起只板凳，说：“莠子哥，我先占个好地方，你快点来呀！”撒腿就跑。

苗小莠子狮子大张口，把一碗柳叶面片倒进嘴里，咕噜噜吞进肚去，噎得像扎了脖儿的鱼鹰子，抓挠着胸脯，说：“今晚上……还有……新凤霞的……《杨三姐告状》。”

“谷文月的《杨三姐告状》！”豆青婶是个评戏迷，忙给苗小莠子更正，“谷文月是新凤霞的徒弟，唱腔扮相儿都描着她师傅的影子，外行人分不出她们娘儿俩谁是谁。”

苗小莠子却咬定牙关，瞪着眼睛，说：“今晚就是新凤霞演《杨三姐告状》！”

“她还没有治好了腿，登不了台。”豆青婶叹了口气，“偏方治大病，但愿有人能给新凤霞淘换一个药到病除的偏方。”

“您真猜中了！”苗小莠子一拍大腿，“老杨三姐还活着，带着个偏方进北京看望新凤霞；新凤霞只吃了三剂药，两条腿就‘官复原职’，跑起圆场就像风摆杨柳小燕飞。”

“你听谁说，我怎么不知道？”豆青婶半信半疑。

苗小莠子摆出一副过五关斩六将的神气，说：“我走南闯北那些日子，在火车上遇见一位常到新凤霞家串门的人，听他亲口所讲。”

一听新凤霞又演了戏，龙肝凤胆吃在豆青婶的嘴里也不香，她扔下筷子，说：“我也到大队部亲眼看看！五二年新凤霞下乡演《刘巧儿》，我还跟她说过几句话，忘不了她那一双甜人的笑眼儿。”

“我搀您老人家起驾！”苗小莠子架起豆青婶，一阵风而去。

荇水荷风，满院清香，月影婆娑星眨眼；二亩大的院落只剩下蔡椿井和玉藕两个人，面对面只隔一张饭桌。

“小荞子沾染上一身江湖习气，满嘴云山雾罩嚼舌根子。”蔡椿井不得不找个话题，放下碗筷笑了笑，“豆青嫂子受了他的骗，你也小心上他的当。”

玉藕一阵心凉，打了个寒噤问道：“是你打发豆青婶和小荞子把我接回来的吗？”

蔡椿井也不多想一想，便大笑道：“原来你已经上小荞子的当了！”

玉藕哇地一声哭出来：“我这个没心没肺，没脸没皮的女人！”她双手捂住脸，跌跌撞撞向河边跑去。

“耍儿娘！”蔡椿井慌了手脚，追上前去，“你到哪儿去？”

“我回我的娘家！”玉藕头也不回。

“等一等，听我说……”

蔡椿井不敢动手拉扯她，只得大步流星抢在前面，在一条小河汊子的独木桥上，张开胳臂把玉藕拦住了。

“我知道你……”玉藕那泪光晶莹的眼睛，满含怨怒，“……不想解开……十五年前结下的……那个扣子。”

“这话从何说起？”蔡椿井摸不着头脑，“咱俩远日无冤，近日无仇呀！”

“十五年前……在草桥上……”玉藕手指月光下渺渺茫茫的大河，“那个要五百块钱彩礼的……就是我。”

“原来是你！”蔡椿井目光失了神，“花红柳绿遮住你的脸儿……

早知道是你……我就……”

“买下了？”玉藕心跳着问道。

“我就走到桥那边，劝你别把自己当鸡鸭卖。”蔡椿井面孔痉挛了一下，“这十多年，你在田家……受了多少罪！”

“眼下我又想嫁人了，你劝我几句吧！”玉藕仰起脸，大胆地盯着蔡椿井的眼睛。

蔡椿井难为情地一笑，说：“你已经不是十五前的那个小姑娘，酸、甜、苦、辣尝了个遍，不会卖自己了。”

“你可是还像十五年前的那个小伙子，仍然买不起。”玉藕哧哧笑，“乾坤倒转，妇女大翻身，你要多少彩礼？我买你。”

蔡椿井慌了神儿，扭过脸去，说：“我分文不值。”

“你在我眼里，是一座金身！”玉藕扑到蔡椿井的胸前。

小河汊子上的独木桥，化成了天河的鹊桥。

11

拘留半个月，田老调被放回家，只见他那杂草丛生的刀条子小院，像被剃头刮脸，面目大变；打开屋门一看，原来猪圈似的三间泥棚屋亮堂堂，就像哪一对新人的洞房。难道在他被拘留的这半个月里，有谁强占了他的老窝儿？吓得他慌忙撤出身子，扒墙探头探脑，想找到那三家的一个人，问个究竟。

他却看见了玉藕。

玉藕身穿家常衣裳，但是鬓角上簪着一朵喜兴的小红花，正在冷灶上准备饭菜；饭菜的浓香被热风吹过墙来，田老调垂涎欲滴了。

他咽下一摊口水，才喑哑着嗓子喊道：“耍儿娘！”

正在切菜的玉藕，停住手中的菜刀，抬起胳臂遮挡阳光，看见田老调，不咸不淡地问了一声：“老调叔，回来啦？”

田老调迷惑不解地问道：“你……你怎么管我叫大叔？”

玉藕冷笑一声，说：“我是蔡椿井的屋里人了，该管您叫什么呀？”

“啊！”田老调的秃顶上淌下了冷汗，“我的耍儿呢？”

“他自个儿改姓蔡，不姓田了！”玉藕的脸色冷若冰霜，“老师给他起了个新名字，叫蔡家男。”

田老调只觉得天旋地转，从墙头上直溜下来，一屁股坐在了地上，嘴眼歪斜了。

从村里开会回来的蔡椿井，正和从京津公路上卖瓜回来的豆青婶说说笑笑走在路上，一眼看见田老调坠墙落地，忙向豆青婶说：“你快把大队医请来！”便飞跑到墙下，把田老调抱进屋去。

大队医妙手回春，在田老调的头上脚下扎了几针，田老调的喉咙里咕噜一声，歪斜的五官归了位，抬起眼皮，老泪汪汪地说：“椿井侄子，我这是恶有恶报……你不该救活我，我这个败了家的孤老头子，活着还有什么滋味呢？”

“老调叔，把心放宽吧！”蔡椿井和颜悦色地劝道，“咱们这四家抱成一团，搓成了一股绳。刚才大队管委会找我，把咱们大杂院划为第十八包产组，还把几条河汊子包给了咱们；我们三家富起来，不会丢下您一个人受穷。”

“大恩大德呀！”田老调在枕上叩头，“你们三家在桌上吃肉，我在桌下啃骨头，就心满意足了。”

这时，玉藕端来一盘切好的西瓜，给田老调败火。

“耍儿娘……”田老调一把鼻涕，一把眼泪，“可怜我这个土埋到下巴颏儿的人吧！你肯答应……做我的……干女儿吗？”

“我是您的乡亲侄媳妇！”玉藕沉着脸，“椿井敬您一尺，我也不会九寸，可是别想跟我玩您那连环套。”放下瓜盘子，一个车转身，出了屋。

蔡椿井跟了出去，堆起笑脸，吞吞吐吐地说：“玉藕，有一件事……想听听你的主张……”

玉藕啐他一口，撇着嘴儿笑道：“别装出低三下四的样子，你早有一定之规了，说吧！”

“那位党支部副书记，嫌他的补贴工分少，撂挑子了；公社党委打算提名我来接替他的工作，你看——”蔡椿井觑着玉藕的脸色。

“不是就少挣几个工分吗？”玉藕脸上放光，“我倒贴你！”话出口，才发觉走了嘴，掩口一笑，回冷灶。

烟尘四起，人欢马叫，苗小莠子把一辆满载青砖红瓦的大车赶进大杂院。

原来，那天夜晚在小河汊子的独木桥上，蔡椿井就已经跟玉藕商定，他们都是过景的人了，半间草屋也能做洞房，把玉藕订下的那几千砖瓦借给苗小莠子，翻盖新房招引媒人登门提亲；苗小莠子又高兴又感动，下决心败子回头金不换，今天便赶车到砖瓦厂拉回砖瓦。

田老调吃下一个西瓜，放个响屁跳下炕，跑过来帮助卸车，少不得饭桌上多一副碗筷和一只酒盅；喝得恰到好处，田老调自告奋勇，苗小莠子娶媳妇包在他身上，也算将功补过。

于是，每天傍晚收工之后，田老调便拄一根柳棍，打一只手电筒，在运河滩上周游列国；凭他那三寸不烂之舌，两行伶俐之齿，把一个个年轻姑娘带到大杂院，跟苗小莠子见面。

头一位姑娘，虽没有沉鱼落雁之容，闭月羞花之貌，却也是柳叶眉，杏核眼，樱桃小口一点点，一副美人胎子；烫了个绵羊尾巴头，穿紧身衫和喇叭裤，走路拧腰晃膀子，爱情影片中的时髦女郎仿造品。她一开口就要一千元奶水钱，还得八机俱全，四十八条腿。苗小莠子回答得很干脆，跟十五年前蔡椿井在草桥东头青杨树下的回答一字不差："我买不起！"二一位姑娘，模样儿虽然平常，却是个搞对象的老手，身价不算太高，附加条件却面面俱到；一听苗小莠子要她在过门之后，得把豆青婶当亲娘孝敬，气得鼻翅扇动，哼了两声，掉头而去，也是一个回合就吹了。一连吹了一打，田老调都失去了耐性；沙锅砸蒜，一槌子买卖，最后带来一个膀阔腰圆，粗手大脚的黑丫头。黑丫头正在河边打青柴，乱莲蓬的头发粘满草叶儿，湿漉漉的旧花褂子像刚从洗衣盆里捞出来，没有拧干就裹在了身上，打着补丁的裤子溅满泥点子；一阵急急风来到大杂院，媒人田老调气喘吁吁紧追慢赶。黑丫头跟苗小莠子打了个照面，便一见倾心；苗小莠子说一，她不说二，彩礼分文不取，八机四十八条腿全都不要。苗小莠子带她拜见豆青婶，黑丫头一声比一声高地连叫婶娘，苗小莠子当场一言为定。

黑丫头走后，豆青婶怕苗小莠子一时发高烧，过不了几天就得凉下来，忧心忡忡地说："君子一言，快马一鞭，终身大事不是儿戏；这个丫头长得丑点儿，你已经把话说死了，可不能三心二意又变卦。”

“绣花枕头好看，满肚子荞麦皮！”苗小莠子指天画地，吃下秤砣铁了心，“丑妻近地家中宝，我想过庄稼人的日子。”

黑丫头粗手大脚，却粗中有细，蛮中有巧，她会摔坯，还会烧砖；半个挂锄时节，她摔出了几大垛坯，小土窑也冒起了青烟。

完秋，在烟村大杂院的旧址上，一座青山似的大宅院将平地而起。

一九八二年四月至五月

河畔隐居，改定于儒林村

原载一九八二年第四期《小说界》

图书在版编目（CIP）数据

小荷才露尖尖角 / 刘绍棠著. — 北京 : 北京十月文艺出版社，2018.5
（刘绍棠文集）
ISBN 978-7-5302-1775-7

Ⅰ. ①小… Ⅱ. ①刘… Ⅲ. ①中篇小说—小说集—中国—当代 Ⅳ. ① I247.5

中国版本图书馆 CIP 数据核字（2017）第 321748 号

小荷才露尖尖角
XIAOHE CAILU JIANJIANJIAO
刘绍棠　著

出　版　北京出版集团公司
　　　　北京十月文艺出版社
地　址　北京北三环中路 6 号
邮　编　100120
网　址　www.bph.com.cn
发　行　新经典发行有限公司
　　　　电话（010）68423599
经　销　新华书店
印　刷　固安县铭成印刷有限公司
版　次　2018 年 5 月第 1 版
　　　　2018 年 5 月第 1 次印刷
开　本　880 毫米 ×1230 毫米　1/32
印　张　10.25
字　数　225 千字
书　号　ISBN 978-7-5302-1775-7
定　价　35.00 元
质量监督电话　010-58572393
如有印装质量问题，由本社负责调换。